A arte de driblar destinos

F☀SF☀R☀

CELSO COSTA

A arte de driblar destinos

*Para Rosa Maria Moreira da Costa
e Carlos Eduardo Bielschowsky,
com amor e gratidão*

9 Tourada e chuva

14 Confisco da tourada

19 O susto do coveiro

23 Quem tem medo da Ferrugem?

28 *Pega* na Ferrugem

35 Adeus ribeirão do Engano

40 Duelo ao entardecer

46 Cipriano Sombra

49 Trapalhadas do Casimiro

55 A festa do padroeiro

62 O faquir sertanejo

72 Sertão do ribeirão do Engano

77 Entreveros do Quintino

82 Grupo Escolar e tio Bento

93 Risadinha em desfile

97 A Mulher-Gigante

103 Zangas da avó

109 Caminhões em desvario

114 Tiros na zona

121 A fuga do pai

127 Rodolfo e o enterro da dona Matilde
136 O negócio do bar
141 Um desastrado rasgo poético
148 A fuga do doutor Marfan
154 A doença do sono
160 A grande caminhada
172 Poesia para a vovó
179 Um certo paletó azul
186 Passes de benzedura
194 Ruzio roda no Engano
200 Mudança para Santo Antônio
203 A nova cidade
210 A primeira serraria
215 A Maligna visita Urias
221 Convite de mudar destino
228 Salto duplo no trapézio do infinito
235 Matemática no banco da praça
240 Tiros na serraria
249 Agonia
255 Laurindo e Agenor
259 Aprendiz de feiticeiro
266 Simbiose
278 Últimos tempos
283 Desembarque do caipira

Tourada e chuva

Do lado leste da cidade, quem saiu de casa com os primeiros clarões do dia logo percebeu aquela montanha de tralha no terreno, certamente deixada de madrugada por algum caminhão. A notícia se espalhou com grande alegria pela cidade: uma tourada acabava de chegar.

Na mesma manhã ergueram as duas barracas e depois veio o trabalho mais complicado de levantar os dois mastros, cavar os buracos, aprumar os esteios em toda a roda, armar a arquibancada, a arena e a seringa, até o arremate para fechar o conjunto circular típico. O trabalho durou mais de uma semana.

Era uma tourada simples, dessas de cirandar pelas pequenas cidades do interior. Uns panos grossos, amarelados e cansados de uso envolviam toda a superfície lateral. O teto, descoberto, deixava a arena e a arquibancada expostas ao tempo. No alto de cada um dos dois mastros tremulavam bandeiras velhas e coloridas; e aos fundos se deixavam ver as duas barracas: a maior ocupada pela família do dono — ele, a mulher e dois filhos pequenos — e a menor onde se ajeitava o toureiro.

Por isso, na quinta-feira à tarde, quando os trabalhos de armação foram concluídos e a estreia anunciada para o sábado seguinte, a expectativa incendiou as imaginações. Mas, justo na véspera, o indesejado aconteceu na forma de uma chuvinha pacata tombando insensível sobre a cidade. Porém não haveria de ser nada de sério, não era chuva de persistir: "O tempo deve se acertar a tempo", conjuravam uns poucos e otimistas filósofos amadores carentes de diversão.

Mas não foi assim, a chuvinha pachorrenta teimou, dias e dias seguidos sem sinais de recuo, apenas intercalando curtas estiagens. E coisa que ninguém poderia imaginar ou desejar era que a chuvinha melancólica se enfezasse de repente. Pois, na tarde de sexta-feira, sete dias depois, como a comemorar uma semana de reinado, os altos das serras azularam, o tempo foi escurecendo, e em menos de cinco minutos destampou a tempestade, trazendo junto uma persistente ventania e redemoinhos inesperados. Telhas das casas voaram longe para os quintais vizinhos, galhos quebrados se desprenderam das ramagens enlouquecidas das árvores, mais de uma hora de fúria líquida, até ir se arrefecendo e estacionar no estado de chuvinha desacorçoada, de tamborilar monótono, e algumas pessoas de guarda-chuva, escadas e botas de borracha puderam sair a campo para recuperar os telhados... Ninguém mais arriscava um palpite sobre a data de estreia da tourada. Era chuva da grossa, chuva da fina, chuva matinal, chuva noturna. Numa tarde despencou uma chuva de pedra furando telhados, derrubando as folhas das árvores e tornando o chão um imenso tapete verde de folhas misturadas à lama, com detalhes de intenso rendilhado de pequenos diamantes brancos e redondos. Mesmo nos curtos estios o céu permanecia tão carrancudo e baixo que enroscava na ponta dos guarda-chuvas e sombrinhas das pessoas que saíam à rua para comprar itens de primeira necessidade, ou iam até a igreja rezar a santa Bárbara.

Aquartelada em ócio forçado, sem espetáculo e bilheteria, a trupe mofava nas barracas. As únicas saídas, nos momentos oportunos, eram para uma corridinha até a venda do Gentil. Tal venda ficava a uns oitenta metros do terreno baldio onde se erguia a tourada, no extremo leste da rua comprida de chão de terra vermelha que atravessava a cidade.

Gentil era o comerciante mais forte do lugar, o maior fornecedor de primeira, segunda e terceira necessidades. Nas prateleiras e depósitos de sua venda, encontrava-se de tudo para o dia a dia: lápis, cadernos, giletes, estojo com seringas e agulhas para uso humano e animal, facas, facões, canivetes, pasta e escovas de dentes, tecidos, brinquedos de madeira, panelas de ferro, caçarolas, frigideiras de alumínio, tachos de cobre, pratos e bules esmaltados, enxadas, foices, machados, alicates, fogareiros, limas, sabão, vassoura, carne-seca, arroz, açúcar, doces, uma variedade de pingas de nomes extravagantes, refrigerantes, chicletes, capilés, groselhas...

Devido a essa proximidade, a venda do Gentil se tornou o sumidouro dos tostões do povo da tourada, tostões investidos nos itens de subsistência: arroz, macarrão, carne-seca, feijão e, também, guloseimas, pé de moleque, quebra-queixos, marias--moles, capilés coloridos — ora, as crianças da tourada também precisavam ser felizes — e ainda os tragos de cachaça para esquentarem a garganta do Cigano, o toureiro, e do Germano, o dono da mambembe empresa de diversão.

Cigano, um homem jovem e bonito, alto e enérgico, tinha cabelos negros como carvão e um bigode matador emendado em frondosas costeletas a azular um rosto varonil. Durante o dia, nos breves estios, sem touro pela frente, ele arriscava seu ócio em desfiles pela cidade, exibindo a saúde de seus músculos. Às vezes, levava a capa vermelha nos ombros, para arrancar suspiros das moças debruçadas nas janelas, desejosas de pular para a vida na garupa de um cavalo branco conduzido pelo príncipe Cigano. O talismã vermelho, além de servir de adorno nos passeios provocativos às donzelas, também era usado na forma esvoaçante sobre a cabeça, servindo de proteção a alguma poeira de chuva, quando dava sua corridinha na travessia do caminho batido da barraca de solteiro até a venda do Gentil.

O tempo chuvoso e o marasmo terminaram por impor esse ritual cotidiano ao toureiro: durante o dia alguma ronda às janelas das moças; e nas tardes escuras, o corpo sentindo falta das descargas de adrenalina — era muito tempo longe dos touros —, lá ia o Cigano com a capa na cabeça em busca da venda do Gentil para um gole de cachaça e as conversas de fabulação. Ele encostava o umbigo no balcão, pedia sua dose e aproveitava para presentear os fregueses com suas histórias de coragem e perigo. A preferida era a narrativa de destreza quando enfrentou o touro Bufa, na praça de Jacutinga. O touro com o diabo no corpo quase o crucifica nos chifres, não fosse a grossa medalha com a imagem da Virgem Maria, pendurada ao fim de um cordão reluzindo a falso ouro, presente da mãe, e que ele não tirava do pescoço nem para tomar banho. E mostrava os arranhões na imagem provocados pelos chifres do Demônio. Então, o toureiro se movia para o centro do salão, exibindo um sapateado sincopado no assoalho a chamar um touro Bufa imaginário, a capa esticada ao lado do corpo ereto, os movimentos em semicírculo driblando o Diabo sem sair do lugar, exibindo os volteios de mestre que lhe salvaram a vida. Pois eu presenciei a cena.

O lugar era tão pacato que se podia soltar uma criança de cinco anos num intervalo da chuva para buscar, do outro lado da cidadezinha, açúcar, agulhas de costura e meio metro de pano. Minha mãe estava atarefada com suas costuras e faltou tecido para concluir as golas e as mangas de um vestido, e o café amargo não descia. Por isso, sob severas instruções, fui despachado com dinheiro e uma pequena tira de amostra do pano até a venda do Gentil: "E não esqueça do quilo de açúcar; guarda esse dinheiro direito no bolso para não perder; e aproveita a estiagem, quero um pé lá e outro cá". Foi uma delícia a estirada de mais de um quilômetro até a venda, chapinhando nas poças d'água, patinando na rua enlameada. E já dentro da venda, com as compras em mãos, por conta das cenas imaginárias de tourada do Cigano, lá me entretive demais. Quando, enfim, peguei o caminho de volta, o céu já era um breu e algumas gotas grossas começavam a cair. Encontrei minha mãe no portão, embaixo de um guarda-chuva: "Mas onde você andava, menino do céu? Você, por acaso, foi buscar esse açúcar em Santo Antônio? Já estava indo atrás de você. Não viu a chuva engrossar?". A mãe estava muito irritada diante do frangote ensopado lhe apresentando os embrulhos de papel meio molhados, o do pano em péssimo estado e o do açúcar já bem desmilinguido. Entramos em casa, ela jogou o embrulho do pano sobre a mesa, foi para a cozinha com o açúcar e eu fui direto para o quarto. Depois ela apareceu com toalha e roupa seca, jogou em cima da cama e soltou ordens enfezadas: "Enxuga bem esse cabelo e o corpo. Veste essa roupa seca, ainda vai ficar doente e me dar trabalho". Depois se afastou, pisando duro.

Refeito, apareci na sala com passos curtos, encontrei a mãe já debruçada sobre a costura. Seus olhos não eram de paz: "Você não sabia que eu estava atrasada com essa costura, não?". Mas, com jeitinho e voz doce e submissa intentei acalmá-la, até relatar o episódio do Cigano: dei a ela uma estreia particular da tourada. Fiz um volteio pela sala batendo os calcanhares no assoalho de madeira, imitando as manobras do toureiro evitando os chifres do touro Bufa. Julguei perceber, naquele momento, um pequeno sorriso nos lábios de minha mãe, que não aflorava para não dar o braço a torcer.

Confisco da tourada

Assim se esgotavam os dias e as noites. E a chuva persistia encarnada em senhora da natureza, nada de estreia da tourada, nada de entrar o lucro da bilheteria. De permanente só a enervante monotonia das águas caindo do céu, de volúvel só o dinheiro do "povo da tourada" escoando rápido pelo ralo, até o esgotamento e a consequente necessidade de um solidário Gentil vender fiado, gentileza de comerciante nos aprontos de insidiosa armadilha.

O trânsito entre a venda do Gentil e o acampamento parecia uma correição, formigas atarefadas carregando os provimentos — eram cinco bocas para alimentar. Assim, a dívida aumentou a ponto de Gentil considerar chegado o momento ideal de encenar o segundo ato da tragédia. Chamou o delegado Malvino e se pronunciou: "Não vejo saída, a não ser virar dono dessa tourada", falseando sua desesperança de receber o pagamento da dívida. "A cidade ganharia uma atração permanente", argumentava, desfilando benefícios e prometendo a Malvino, como peça final de convicção, a metade da renda das duas primeiras sessões.

O pedido soava como boa música aos ouvidos do delegado, um homem miúdo, de um pouco mais de um metro e meio de altura, imenso de violento, uma cobra com asas. Doze anos antes, tinha chegado do extremo sul, dizem que fugido. Trazia apenas a mãe, mas as notícias vieram logo atrás, contadas por vendedores ambulantes que viajavam por toda a região, relatos de que tinha deixado para trás pelo menos duas mortes e vários filhos abandonados. O forasteiro não demorou a se transformar no homem mais rico das redondezas, dono de mais de vinte mil alqueires de terra, da melhor casa da cidade, de um automóvel pé de bode* e de um posto de gasolina, tudo conquistado pela prática indecente da grilagem de terra. O tubarão invadia as terras dos posseiros com capangas armados, botava fogo nas roças e choupanas e se transformava em proprietário, num tempo de grande confusão fundiária, quando quase ninguém tinha documentos das terras.

Por isso, os pais de Idalina nunca entenderam de onde uma adolescente de quinze anos arrumara coragem para se casar com um homem de quarenta e cinco e com tamanha fama de violento. Idalina era prima de minha mãe, e motivos não lhe faltavam para entrar nesse enlace, fosse ambição por riqueza, fosse pelo desejo de ir embora da tutela dos pais, ou talvez as duas razões misturadas. Logo após o casamento, Malvino foi empossado no cargo honorífico de delegado da cidade e mantinha a *ordem* com a ajuda de dois soldados.

O delegado, de pronto, acolheu a proposta do Gentil, achou justo o arranjo de tomar a tourada pela dívida. Do seu lado, tinha duas razões: estava de olho na promessa financeira e aproveitaria a oportunidade de exercitar seu desprezo "por esse povinho vagabundo e depravado que vive perambulando de cidade em cidade com touradas". E o plano foi colocado em marcha. Gentil convocou um menino descalço e encharcado

---

* Os primeiros automóveis a circular no país. (N.A.)

que passava pela rua e, em troca de uma goiabada, despachou o guri até as barracas levando a convocatória aos devedores: "Que venham os dois: Germano e Cigano!".

Eles vieram troteando debaixo de chuva miúda: o dono da tourada com um chapéu de feltro de abas largas, o toureiro com a capa vermelha esvoaçando sobre a cabeça. Ao toparem Gentil de rosto crispado e o delegado de revólver à mostra na cintura, sentiram cheiro de encrenca. Cumprimentos em monossílabos de um lado e do outro. Os endividados, em pretensão de desanuviar o ambiente, pediram dois tragos de cachaça. Os copos foram servidos sem palavras. A chuva crescia de vez, uivava com rajadas de vento. Gentil saiu de trás do balcão para fechar as janelas do lado que entrava água. A claridade do salão pouco foi afetada, as janelas do lado oeste continuavam abertas. Gentil sentou-se sobre o tampo de uma mesa e começou com os prelúdios: comentava a insensatez da chuva, falava em tom sombrio, reclamava de não estar chegando nenhum suprimento encomendado havia mais de um mês.

— Na estrada para Ribeirão do Pinhal só passa carro de boi. Imagina, já subi três vezes pra consertar o telhado — e apontava para cima.

Germano entrou em conversa de amenidades, que isso de telhado, pelo menos, não lhe perturbava:

— Minha barraca é firme, as estacas são fundas no chão e a lona é grossa, pode ventar e chover à vontade. Mas o que me incomoda mesmo é não ter mais roupa para trocar. Lavar até que a mulher resolve, mas cadê o sol para secar? E como secar no ferro a brasa se não tem carvão e a lenha tá sempre molhada?

Malvino, calado, observava empinado em sapatos de verniz manchados de lama e o cabelo espumando de brilhantina. Em passos lentos, o delegado navegava de um lado para o outro defronte o balcão, e de vez em quando tocava na cintura apalpando o revólver. *Povo de tourada* é gente escolada na vida e Germano sabia que a qualquer momento o assunto iria derrapar em drama. E não demorou. O tom de voz de Gentil, raspando nos dentes, abriu a querela:

— Germano, não tenho mais condição de continuar vendendo fiado. Preciso receber agora a dívida. O delegado, aqui presente, tá ciente da situação: eu quero um justo acordo.

— Ora, Gentil, sem espetáculo, você sabe que não tenho como pagar — respondeu Germano em voz subalterna.

— Sei disso, Germano, entendo o seu lado. Mas entenda o meu também. Preciso receber. Não tenho culpa se o tempo firma na terça e chove na quarta, estia na quinta e emenda chover na sexta e no sábado. Mais de um mês e meio e isso se arrastando. Eu não tenho culpa, não sou dono do tempo.

Malvino permanecia calado, continuava em sua dança lenta, de um lado para o outro na beira do balcão, como um galo miúdo de crista levantada.

— O tempo vai melhorar, o tempo vai melhorar — repetia Germano. — Todo mundo tá esperando a estreia, todos querem ver o grande Cigano capear a Ferrugem — falou e estendeu um braço em reverência ao toureiro.

— Que Ferrugem, que nada. Não é assim que a banda toca. A vaca tá lá, debaixo de chuva, pastando e comendo sal nos cochos do Pedro Olímpio. Mas eu não posso ficar sem meu dinheiro.

— Peço só mais um pouco de paciência, Gentil. Vamos ter casa cheia, vai ser uma beleza, toda a cidade nas arquibancadas — implorava o dono da tourada, a voz rastejando de humildade. — Por favor, só mais um pouco de paciência.

— Essa chuvarada tá mexendo com os nervos. Nunca se viu um outubro de águas como esse. Parece uma praga do Egito. E vai tombar muita água ainda — grasnou Gentil, em pleno domínio da situação.

Cigano, que até o momento estivera murcho, calado, intercedeu com voz desbotada:

— Uma brutalidade essa chuva, senhor Gentil. Mas garantimos para o senhor a renda inteira do primeiro espetáculo — o toureiro prometia algo fora de sua alçada, apenas para marcar seu lado na disputa.

— Não tenho condições de esperar mais — vociferou Gentil com uma energia indecente, ao mesmo tempo batendo com a mão espalmada em cima da mesa. — Já passa de um mês esse fornecimento. Acabou. Quero receber.

Germano se encolheu, o rosto crispado como se tivesse levado um soco no estômago. O toureiro com o copo vazio na mão e a capa no ombro parecia um pássaro vermelho assustado.

— Estou ciente da situação — entrou Malvino, a voz feito um estrepe magoando. O homenzinho costumava se levantar na ponta dos pés ao exprimir agressividade. — E eu só vejo uma solução: Gentil, você fica com a tourada pelo valor da dívida. E vocês levantem a barraca amanhã e peguem o caminho da estrada — falava e emitia sinais com uma das mãos acariciando a cintura.

— Isso não é possível, por favor, vamos esperar mais uma semana. Tenho mulher e duas crianças na barraca. Como farei sem dinheiro e sem tourada?

A noite descia prematura, violenta, como garras afiadas de um gavião enlouquecido, e Germano saiu para arrumar seus tarecos na barraca, tão transtornado que se esquecera até mesmo de retornar o chapéu à cabeça. Cigano também ia com status de sobrevivente provisório, uma mão depositada no ombro do amigo, em solidariedade levava a capa enrolada no ombro, os dois molhados, indiferentes à chuva que desabava.

O susto do coveiro

No dia seguinte, uma caminhonete recolheu a barraca e os magros pertences de Germano. A pequena família saiu para rumo ignorado. Para trás ficou a tourada montada e, ao lado, a barraca solitária do toureiro. No interesse de limpar logo a área, o dinheiro do frete da caminhonete foi oferta do Gentil, agora empossado em dono, e já a vislumbrar ótimas oportunidades de negócios: manteria a tourada, seria permanente e teria Cigano como a estrela anunciada. O acerto com o toureiro era temporário, ele continuaria comprando fiado e pagaria suas dívidas atuando na estreia e em mais duas sessões. Isso tinha sido decidido no calor do entrevero, e Malvino endossara o acordo. Depois, na continuidade, Gentil revigoraria o empreendimento contratando novos toureiros e promoveria também montaria em cavalos e burros chucros... A cidade com diversão contínua, o céu como limite.

Mas o tempo, senhor absoluto e insensível comandante de destinos, continuou em aguaceiro desarvorado. Bastaram mais duas semanas, após a expropriação da tourada, e Cigano se decidiu pela estrada. Partiu deixando para trás a barraca, um par de botas número 43 em bom estado, um relógio banhado de falso ouro e a capa vermelha. Em troca, recebia a quitação da dívida e um dinheiro pouco, justo e necessário, para pagar uma passagem de ônibus.

Mas quem entende dos humores da natureza? Dois dias e duas noites depois da partida de Cigano, um sol imenso surpreendeu a cidade, tão intenso que era preciso acostumar os olhos com a claridade. As janelas se escancararam em celebração de estiagem tão linda, e um movimento de formigas abandonando os abrigos, a levarem pares e mais pares de sapatos para secar nos muros e nos gramados, e roupas e mais roupas para serem estendidas ao tempo. A cidade parecia enfeitada para dia de festa, com aquele espetáculo de roupas molhadas e coloridas encurvando os varais.

E não seria o caso de oferecer uma sessão de tourada já naquele fim de semana? A ideia sedutora se insinuou na mente gulosa de Gentil; a bilheteria seria fantástica, a cidade estava ávida, necessitada de romper a melancolia da longa temporada de chuvas. Seria o caso de correr atrás de Cigano? As notícias eram contraditórias, uns garantiam tê-lo visto entrar num ônibus para Ibaiti e outros que montara na carroceria de um caminhão.

A tarde desmaia em apoteose, abrindo as portas da noite. Cipriano Sombra, o homem responsável por enterrar as pessoas no cemitério, acaba de esvaziar seu primeiro copo de cachaça de um só gole — era seu jeito brusco de começar a rotina em sua maratona de poucas variações. Dessa vez sua largada está sendo dada na venda do Gentil, e talvez fique por ali noite adentro, como acontece muitas vezes, ou talvez tome alguns copos expeditos encostado no balcão, depois estique uma boa ronda pelos bares da cidade e encerre seu périplo altas horas da noite, totalmente embriagado no extremo oeste da longa rua, no bar do Galdino, onde deve estar rolando um animado jogo de truco. Mas nada de pressa, a noite ainda engatinha, e Cipriano Sombra bate o copo vazio no balcão.

— Que *nação* de pinga é essa, Gentil? Parece um coice de mula. Bota mais uma dose!

E quando a bebida está sendo servida, junto da música do líquido caindo no copo, Cipriano Sombra ouve na voz do próprio Gentil a agradável notícia da estreia da tourada. E reage excitado com a novidade:

— Já não é fora de tempo, Gentil, a madeira dessa tourada quase apodreceu na chuva.

— Sim, é verdade, essa chuvarada foi castigo demais. Mas a tourada tá em perfeito estado, pode ficar tranquilo que nenhum boi vai arrombar a arena e botar o povo pra correr, como já aconteceu mais de uma vez por aqui. — Faz uma pausa e suspira, antes de completar: — É isso. Tá decidido. Depois de amanhã o chão vai tremer.

— Mas, Gentil, de que *nação* vem mesmo o seu toureiro? — indaga curioso o coveiro, em lampejo de lucidez.

— Você tá na frente do toureiro — responde o comerciante, sem esconder uma imodesta empáfia. E enche de novo o copo que bate no balcão.

— Você, toureiro? Nossa, homem, isso é prelúdio de defunto. Vai me dar trabalho de abrir cova, homem! Mas, como assim, Gentil, você nem mesmo sabe quantas pontas de chifre tem um touro — pondera espantado Cipriano Sombra, esvaziando de golpe o terceiro copo de cachaça. E no meio da careta solta uma despudorada gargalhada, dentes reluzentes, atingindo os brios do candidato a toureiro.

— Não tenho medo de touro. Já fui vaqueiro de lidas em invernadas. Toquei muita boiada nos meus dezoitos anos. Só depois resolvi ser comerciante. Lidar com boi é como andar de bicicleta, não se esquece. Minha capa vermelha já tá preparada, passada e engomada.

E nesse momento Cipriano Sombra percebe a capa confiscada do Cigano, em destaque, pendurada num prego da prateleira.

— E a *nação* dos touros, vem de onde? — indaga o coveiro atônito, de olhos estreitos e dançantes, brilhando de incrédula curiosidade.

— Do lugar de sempre, do Pedro Olímpio — responde Gentil solícito, servindo mais cachaça no copo, de novo vazio. E, enquanto Cipriano Sombra faz o movimento de suspender o copo e levá-lo à boca, Gentil ainda acrescenta afetando displicência: — E, se quer saber mais, no meio dos touros eu faço questão de trazer a Ferrugem.

No ouvido bom do coveiro martela o nome Ferrugem, no exato instante em que ele sorve de um só gole a cachaça. Ferrugem, o maior pesadelo de todos os mestres de capa vermelha que pisaram naquele lugar, o Cinzas. Cipriano Sombra solta um riso miúdo e nervoso, quase um guincho, o suficiente para a pinga voltar espirrada pra cima do balcão, obrigando Gentil a fazer um recuo, evitando ser atingido. O coveiro demora ainda um segundo para se recuperar do baque e declarar:

— Homem, a Ferrugem vai botar suas tripas pra fora, não perco essa por nada no mundo! — E uma gargalhada encharcada de zombaria balança as garrafas nas prateleiras.

Cipriano Sombra apoia a mão esquerda no balcão em garantia de equilíbrio, se espicha em pose solene, a mão direita tira do bolso uma nota suficiente para cobrir a despesa, nem se desculpa, nem espera o troco, nem se despede, sai atrapalhado, quase desaba ao transpor a porta. Fora do bar, as casas e os postes dançam quando o homem que enterra as pessoas no cemitério se apruma rua abaixo, para dentro da noite, preenchendo o mundo, para espalhar a assombrosa notícia.

Quem tem medo da Ferrugem?

As arquibancadas rebentavam sob o peso de um mar de gente excitada, muitas crianças, inclusive as mais crescidas, estavam sentadas nos colos dos pais; muitos homens, em pé, rodeavam a cerca do picadeiro pelo lado de fora. Uma profusão de sombrinhas coloridas, protegendo as cabeças das moças e senhoras do sol forte, conferia um toque de festa pagã à tão aguardada estreia da tourada. Não havia mais lugar nem mesmo para um alfinete.

Lá embaixo, no círculo interno, Gentil se apresentava confiante, de corpo espichado. Era um homem alto e forte, com menos de quarenta anos, e de vez em quando volteava a capa vermelha em torno do corpo, em movimentos típicos de enfrentar um touro imaginário. Os gestos de aquecimento do estreante agitavam ainda mais a plateia.

Naquela tarde meu pai vestia camisa branca e calça azul-clara, minha mãe estava tão bonita em um vestido comprido, amarelo, com seus longos cabelos negros reluzindo ao sol. Hoje vejo a absurda temeridade da presença de minha mãe em um espetáculo tão bárbaro, sua barriga já estava bem crescida. Eu calçava botinhas com meias até o joelho e trajava calças curtas de domingo com suspensórios. Aos cinco anos, era a primeira vez que eu assistia a uma tourada e estar sentado entre meus pais aliviava um pouco o medo.

Os animais vinham sempre da fazenda do Pedro Olímpio, cujos limites emendavam com a cidade. A aludida vaca Ferrugem, a pérola venenosa do plantel, podia ser sentida em movimentos nervosos no cercado de contenção. Era uma vaca de pelo branco encardido, salpicado por pintinhas vermelhas e pretas, justificando seu nome. Em seus quinhentos quilos sobre quatro patas, a massa feroz já tinha esfolado alguns toureiros experientes e, por isso, funcionava como espécie de garota propaganda: era anunciar a presença da vaca Ferrugem e as arquibancadas apinhavam de gente. Afinal, tourada é emoção, é adrenalina. Quem não quer ver um toureiro em apuros?

A seringa foi aberta e saiu o primeiro animal espantado, corria em círculos e berrava com o rabo levantado. Caramba, era um bezerro bem crescido perseguido pelo toureiro com a capa desfraldada, em uma confusa tentativa de executar as peças da coreografia. Tentou mesmo fazer *o pega** mas nada do animal entender o seu papel. Ao lado do meu pai, um espectador disparou um comentário mordaz: "É um bezerro criança, ainda precisa comer muito capim e lamber muito sal para ser touro. Nem sabe berrar direito". E continuaram as correrias desajeitadas, de um lado para o outro, berros e sapateios, e Gentil dispensou o animalzinho.

Na próxima atração entrou em cena uma vaca, mais assustada que raivosa. O mesmo espectador ao lado voltou a comentar, pedindo a atenção do meu pai: "Veja a esperteza, seu Zé Branco, já tirei leite dessa vaca. Atende por Barrosa. É bicho

---

* Expressão popular para uma cena de alta dramaticidade nas antigas touradas brasileiras, grafada no masculino.

perigoso só quando tá de cria nova". Meu pai não duvidou, era sabido que o sujeito trabalhava na fazenda do Pedro Olímpio. E, mergulhada no alarido de assobios e incentivos do público, Barrosa urrava estressada, cavava o chão com os cascos e logo partia furiosa para cima do Gentil. Mas era arranque desnorteado, a vaca parecia não ter em mira nem a capa nem o toureiro, e logo empacou no canto da arena. Nada de sair do lugar. Só urrava de maneira cavernosa. Homens mais ousados, daqueles que assistiam à tourada encostados na arena pelo lado de fora, cutucaram a vaca, torceram-lhe o rabo, mas nada de resultado, o animal apenas escoiceava, urrava e ficava cavando o chão. "Já pode tirar leite, a vaca é mansa!", gritou o sujeito falante ao nosso lado, arrancando algumas risadas no entorno. A decepcionante atração foi retirada da cena.

O espetáculo estava fraco, mas a visão da Ferrugem encarcerada na seringa mantinha os ânimos em delírio, a plateia aguardava pelo grande momento da tarde. "Solta logo a Diaba", gritou alguém. E o entusiasmo do público disparou, e muitas vozes explodiram ao longo das arquibancadas reforçando o refrão: "Solta a Diaba! Solta a Ferrugem!". Lá embaixo Gentil parecia hipnotizado sob o estrondo dos gritos e o estardalhaço provocado pelos choques da fera na madeira da seringa. Como uma sinfonia louca, os mugidos roucos da garganta da Diaba descontrolavam as emoções. O homem, antes destemido, parecia um espantalho espetado no meio do picadeiro. E, ao invés do esperado comando para soltar a vaca, jogou a capa ao ombro, virou-se para as arquibancadas e, alçando a voz acima da massa de barulho, decretou o encerramento da sessão. Justificava dizendo que o chão ainda estava liso — e para comprovar riscava com a ponta da bota o terreno — e reclamava de não possuir nem mesmo capas para os chifres da Ferrugem — as capas de borracha dupla, essa espécie de luvas que se vestem nos chifres para oferecer uma mínima proteção, no caso de o animal atingir o toureiro.

A frustração desencadeou uma onda de protesto, gritos que aumentavam ainda mais o nervosismo da vaca encarcerada no exíguo cercado, provocando uma sequência brutal de urros e embates contra a cerca. Gentil gritava, sem sucesso, tentando acalmar o público: "Ferrugem vem no próximo sábado! Deixa o tempo firmar mais. Com o chão bem seco vai ter tourada completa!". Mas uma vaia mais poderosa explodiu, e da massa de alarido sobressaíam gritos acusadores, "mentiroso, medroso, patife" e mais umas tantas contas de um rosário de palavras impublicáveis; Cipriano Sombra, duas fileiras abaixo, bêbado, entrava no coro dos descontentes: "Vai lá, Gentil, você não disse que sabia andar de bicicleta? Enfrenta a Ferrugem, homem. Amanhã tem enterro!". E uma gargalhada sinistra do coveiro reverberava na confusão; os gritos das pessoas nada de se aplacar, exigiam o dinheiro de volta e Cipriano Sombra voltava à carga em altos brados: "Já vi muitas coisas com a Ferrugem, mas é a primeira vez que o toureiro caga nas calças!". Confusão da grossa, o barco à deriva, as sombrinhas se chocavam, chapéus eram lançados para o alto. E foi aí, nesse torvelinho, que o homem solitário e espigado no centro do picadeiro encontrou forças para empinar o queixo e vociferar ao seu público: "Não tem condições de continuar a tourada! Ninguém vê que o chão tá ensaboado demais?! E a Ferrugem é uma vaca perigosa, ainda mais sem capa nos chifres!". O tom entre o dramático e o patético teve o mérito de impor um momentâneo silêncio nas arquibancadas. E, em clara pretensão de lavar sua honra e encerrar o assunto, Gentil lançou o desafio: "Mas se tiver algum homem de coragem, algum homem capaz de enfrentar a Ferrugem aqui nesse chão liso, esse macho desça aqui no picadeiro!".

Ao oferecer em gestos teatrais a capa vermelha estendida, Gentil lançava sua última cartada, provocando um possível louco que se decidisse a entrar na arena. O impacto da alfinetada teve o mérito de impor quase dois segundos de novo silêncio, mas logo se renovaram as vaias, os assobios e os gritos. Gentil se encorajou, aumentou a aposta, gritou por cima da algazarra: "Digo mais: para quem entrar aqui e sair vivo, eu dou a metade da renda!". E de novo estendeu o braço, oferecendo o pano vermelho. De novo profundo silêncio em lapso de meio segundo, um tempo para Gentil, de cabeça erguida, exibir um sorriso de vitória, antes de ser sacudido pelo grito lançado do alto da arquibancada:

— O homem tá aqui! Soltem essa Diaba!

Pega na Ferrugem

Não queria acreditar que era meu pai, em pé na arquibancada: "Preparem a Ferrugem, estou descendo", gritava já em movimento. Minha mãe tentava em vão demovê-lo, segurando-o pela ponta da camisa. Ondas de medo tatuaram os acontecimentos com profunda nitidez nas minhas lembranças. Meu pai era um homem de vinte e quatro anos, acostumado na lida com gado na fazenda. Mas uma coisa é lidar com gado bruto em invernadas descampadas, outra é enfrentar uma vaca com aquela biografia, em um espaço de manobra tão reduzido, uma arena circular de menos de trinta metros de diâmetro. Eu me recordo dele descendo e de minha mãe implorando com uma mão pousada no ventre e a outra apertando os meus dedos: "Deixa dessa loucura, homem!". Mas que nada, de um salto já meu pai pousava três degraus abaixo e descia as arquibancadas saltando em passos largos e ágeis. Pelo caminho, amigos de verdade tentavam dissuadi-lo da loucura, enquanto amigos de desordem o incentivavam, queriam ver a tourada pegar fogo. E não existia conversa com meu pai quando o assunto era a valentia: "A coragem é sempre melhor, não bota arrependimento na consciência de ninguém". Estava em execução o seu mantra preferido.

Já no centro do picadeiro, num gesto deseducado, tomou a capa das mãos do Gentil, encarou o fantoche de toureiro nos olhos — os rostos quase se tocando — e gritou nos seus ouvidos: "Pois, tá aqui quem é homem! Não quero porcaria de renda nenhuma, só vim pra carimbar sua covardia!". Um urro de entusiasmo varou a plateia e, enquanto Gentil se afastava da cena trepando na cerca, o intrépido toureiro de ocasião abria o pano vermelho e realizava uns poucos floreios, num gesto de experimentar. Em seguida caminhou para o centro da arena e comandou: "Podem soltar a Diaba!". Era a ordem para os homens trepados no alto da jaula tirarem as varas de madeira de contenção. Apenas a vara superior tinha sido retirada e já a Ferrugem, com cabeçadas e golpes de patas, arrombava a porta do cativeiro. Berros descomunais estremeceram a atmosfera, a explosão de meia tonelada invadiu o picadeiro só nas patas de trás, em estranho galope, as patas da frente golpeando livres o ar como um enlouquecido boxeador. Muitas pessoas se colocaram em pé nas arquibancadas, umas tomadas de emoção pela cena, outras de prontidão para correr, caso a vaca arrebentasse o cercado. Quando Ferrugem estava na iminência de alcançar meu pai, ele deu um giro de toureiro e ofereceu a capa aos chifres: a massa animal passou resvalando perigosamente e, sem conseguir frear nos cascos, encontrou a cerca com violência. Soprou um vento forte, levando chapéus e sombrinhas coloridas em voo por cima das cabeças. O toureiro sobrevivia ao primeiro assalto naufragado em gritos, palmas, assobios, o choro inconsolável de algumas crianças menores e um imenso suspiro de alívio.

Refeita do choque com a cerca, Ferrugem levantou o rabo e disparou pela segunda vez. Veio violenta e, de novo ludibriada pelo eficaz floreio de capa do toureiro, passou batida sem alcançar o alvo. Naquele instante se aquartelou no canto, mostrando já algum respeito. Não investia, as patas cavavam o chão, momento de acumular força e desenhar nova estratégia. E então decolou possessa para a terceira investida, mas de um modo diferente, abaixando e levantando freneticamente a cabeça, o rabo alçado às alturas e o corpo bamboleando feito parafuso. Os movimentos de encontro embolaram capa, vaca e toureiro, um chifre riscou a perna na altura da coxa e a capa mudou de dono. Ferrugem passou a reinar no picadeiro, dona do pano vermelho! A capa enroscada num dos chifres caía sobre a cara da vaca, tapando um dos olhos, à moda de fábula, um ciclope monstruoso soltando fogo pelas ventas e balançando a cabeça para se livrar do entulho.

Nada de grave sucedeu, apenas o tecido da calça azul rompeu na altura da coxa. Tudo isso acontecendo, e das pessoas nas arquibancadas continuavam a eclodir gritos de incentivo, suspiros entrecortados de medo, uma moça e uma velha desmaiaram e foram retiradas, eu bloqueava um choro enroscado na garganta e agarrava as mãos geladas de minha mãe, coitada, por certo se vendo sair viúva e grávida do dantesco espetáculo.

Encostada na cerca, a Diaba com a capa vermelha na cabeça, a visão com um olho só, bufava e cavava o chão no preparo de nova investida. Um silêncio de reverência e expectativa se instalou nas arquibancadas quando meu pai se ajoelhou na serragem do picadeiro. Todos compreenderam o gesto, a apresentação caminhava para a culminância, para o momento da mais arriscada manobra: a hora *do pega*. A distância até a vaca era de um pouco mais de sete metros e o toureiro começou a andar de joelhos, encurtando-a... andava de joelhos e esperava... a vaca cavava o chão em advertência... uma baba esverdeada e espessa escorria da boca bufante... meu pai então abriu os braços e seguiu em frente, sempre de joelhos e sempre se aproximando mais... aproximava e parava um pouco na espera... e guardando posição, a massa de energia continuava a cavar o chão, mugia curto, cabeceava pra cima e pra baixo tentando se livrar da capa, e com o olho, único e esbugalhado, media o lento avanço do toureiro ajoelhado. O pai então colocou as mãos enlaçadas, uma em cima da outra, atrás da nuca e avançou mais, um pouco mais... as mãos sempre atrás da nuca, os cotovelos projetados à frente, estava já muito perto da vaca... e continuava a avançar de joelhos, as mãos na nuca, até que atingiu uma distância de quase sentir o bafo quente do animal. Era o momento de adivinhar o futuro, decidir e realizar todas as manobras em um tempo mais curto que uma batida de um coração alarmado, era só esse tempo a se dispor para decifrar, através dos estremecimentos do corpo da vaca e das luzes daquele único olho descoberto, o momento exato do disparo. Quando a distância se tornou insuportável, o átimo de segundo desatou e Ferrugem arrancou, decidida a liquidar o alvo fácil e quase imóvel à sua frente. Na iminência do choque, com um movimento sincronizado de três ações simultâneas, meu pai entrou no vão dos chifres, levantou as pernas para aliviar o choque na barriga e se abraçou ao pescoço do bólido animal. Ferrugem saiu dando voltas desordenadas na arena, urrando e tentando desembaraçar a cabeça da incômoda carga enroscada entre seus chifres. Nesse momento, dois homens mais afoitos, que assistiam trepados na cerca, auxiliaram o toureiro lhe dando as mãos para a saída do vão dos chifres.

O público, em pé, aplaudia, e meu pai, agitado com a autoridade conquistada, trepado de onde estava na cerca, levantou um dos braços ao alto e gritou solicitando silêncio à multidão. Procurou Gentil com o canto dos olhos, até encontrá-lo pendurado na cerca do lado oposto. Então disparou em tom grave: "Tá vendo, Gentil, o que é um homem? Tá provado que dava, sim, para capear a Ferrugem! Mas, já que você ficou com medo, agora pelo menos monte nessa vaca!". Parte do povo, sedento por mais emoções, começou a gritar apoiando a ideia: "Monta, Gentil! Monta, Gentil!". E, incontinente, quatro homens, desses que assistiam trepados na cerca, entraram em cena para participar da festa. Com uma corda grossa, a vaca, já meio cansada, foi contida em um tronco da cerca do picadeiro e os homens puseram-se a preparar a montaria. Nesse ínterim, Gentil, aproveitando um lapso de descuido, escapou por baixo da lona, fugindo para um matagal vizinho.

A plateia aguardava sentada a delicada operação de encilhar Ferrugem. A vaca, com a cabeça presa ao tronco, resistia à fixação do *sorfete* — um rústico equipamento de montaria, constando de uma corda presa em uma volta completa na parte da frente do tronco da vaca. Enquanto isso, cinco outros voluntários — desordeiros, ou talvez desafetos em busca de vingança por antigas rusgas — saíram atrás do comerciante. A busca dentro do mato não demorou muito, e logo Gentil apareceu um pouco sujo e assustado, não havia retornado sem luta. Sua presença disparou na arquibancada uma profusão de movimentos e sentimentos descontrolados: as pessoas se levantavam, gesticulavam, mexiam-se para todos os lados, como um rio cheio vazando, com tempestade de chuva caindo em cima. A essa altura, afinal, Gentil parecia dar mostra de estar convencido de que montar seria uma saída honrosa. Talvez ponderasse que a vaca já estava exausta, depois de tanta energia desperdiçada em correrias pela arena, em tentativas de livrar a cabeça presa ao tronco e de reagir ao *sorfete*. Montou e se agarrou com as duas mãos no laço do *sorfete*. A vaca ficou quieta durante a rápida operação de livrar sua cabeça da prisão das cordas. Mas, liberta, sem nenhum aviso se lançou no espaço num salto sobrenatural, avançando em hélice ascendente de quatro patas suspensas. A surpresa do estranho galope foi importante para desequilibrar Gentil e o derrubar de bruços no chão. Ferrugem deu apenas mais um pinote em círculo, e girou para se arremessar sobre o homem caído.

A vaca estacionou sobre Gentil urrando possessa, uma ópera apavorante expelida de uma garganta rouca e possante. Estava instalado um esplêndido caos! Muita gente em pé de novo, as mulheres foram as primeiras a soltarem gritos: "Acudam o homem!". Ferrugem nervosa como nunca visto, com a pança destemperada, começou a cagar uns enormes discos verdes em cima de um Gentil dominado. O dono da venda, que queria ser toureiro, continuava imobilizado no chão, prostrado de bruços, enlameado pela bosta da vaca.

"Olha, é o Malvino!", minha mãe apertava minha mão pedindo atenção à cena. Até aquele momento, o delegado permanecera encostado na cerca do picadeiro pelo lado de fora. E, julgando ter chegado o momento propício, com a agilidade de um cabrito, exibiu coragem ao escalar a cerca e entrar no picadeiro, manchando de resíduos verdes seus sapatos de verniz. Dentro da cena sacou o revólver — talvez atirasse se a vaca abandonasse Gentil e mudasse de alvo. Os olhares das arquibancadas desabaram sobre os rumos inesperados do drama. A fera continuava sapateando no espaço exíguo, exibindo uma persistência desmesurada em alcançar o alvo com os chifres. O drama vertiginoso acontecia num espaço próximo à cerca. Meu pai havia se movimentado para o centro do picadeiro quando o delegado, mantendo o revólver apontado para o alto, corria em sua direção, na ponta dos sapatos, as barras da calça já enlameadas de massa verde. E quando alcançou o alvo, se precipitou com a mão livre sobre um dos braços do meu pai e o sacudiu, firme, sem nenhuma delicadeza, expelindo o decreto autoritário: "Vá lá, e tire já o homem de baixo da vaca!". Meu pai se desvencilhou da mão inoportuna e, sem demonstrar respeito pela voz da autoridade de arma em punho, revidou em movimento simétrico: agarrou o delegado por um dos braços e também o sacudiu indelicadamente. "Vá lá você! Por que deu ordem para funcionar essa porcaria, sem toureiro?"

O drama ultrapassava qualquer bom senso, e por isso alguns dos homens trepados na cerca tomaram a iniciativa de laçar a vaca e esticar e prender a ponta da corda em um tronco. Então, em cabo de guerra, oito homens arrastaram Ferrugem, dando oportunidade de Gentil escapar da arena, rastejando por baixo da cerca. Meu pai não quis o dinheiro de metade da renda, mas exigiu que os valores fossem devolvidos para todos os pagantes.

Uma tarde bárbara, gravada com tintas de eternidade em minhas lembranças. Na volta para casa, vínhamos calados, descendo pela rua comprida, eu de mãos dadas com meu pai, do outro lado minha mãe caminhava curvada, parecia recomposta, mas reclamava de dor na coluna, talvez a barriga pesasse mais naqueles instantes pós-adrenalina. Eu sentia pena de que o tio Bento houvesse perdido aquela tarde emocionante, pois tinha ido visitar seu irmão em Nova Fátima. Meu pai, calmo, nem parecia exultante em sua veste suja: a camisa sem alguns botões, a calça rasgada na perna e o rosto plácido combinavam com uma expressão de êxito.

Adeus ribeirão do Engano

A fazenda do ribeirão do Engano ficara para trás. Meu pai, ao volante de um caminhão tinindo de novinho, trazia nossa mudança para o Cinzas. Eu era um bebê e o essencial do que sei dessa viagem e dos acontecimentos desse tempo é de ouvir contar, por tanta gente e de tantas formas. Soube das notícias do casamento dos meus pais, uma festa magnífica, as famílias do noivo e da noiva presentes, mutirão de uma semana de preparativos, o padre e o escrivão vindos de Ibaiti, cerimônia na capelinha, foguetes pelos ares e sinos badalando. E depois, na paliçada montada no terreiro da casa, leilão de prendas e assados em benefício da igreja, e bebidas e danças varando a noite ao som de uma sanfona. Naquele pedaço de mundo encravado na Mata Atlântica, a alegria dos festejos reinou até altas horas da noite, sob as luzes de lampiões a querosene e archotes enroscados nos postes de madeira. Um excesso de vida flutuava no ar — os cachorros latiam alegres de barrigas cheias e corriam se perseguindo em corrupios, às vezes se chocando com as pernas dos homens e levantando a saia das mulheres —, sem que nada desse a perceber e nem ninguém pudesse adivinhar que eram os últimos clarins de felicidade. Em pouco tempo, os terríveis planos traçados do destino virariam tudo de pernas para o ar.

Pois não demoraram quatro meses para acontecer o primeiro golpe: a morte de Pasiano, irmão mais velho de minha mãe. O moço forte de vinte e um anos, alto de quase dois metros, que nunca tinha perdido um dia de trabalho por causa de doença, sucumbia a uma severa pneumonia. E apenas três meses mais tarde, ainda a terra sobre a sepultura de Pasiano não tinha baixado, e já acontecia o segundo ato da tragédia. Seu irmão Nelson roçava uma capoeira grossa quando a foice enroscou em um toco. Ao puxar, com um pouco mais de força que o necessário, a lâmina pulou em sua perna provocando um corte acima do tornozelo. E naquele fundo de sertão, sem socorro médico ou antibiótico, em menos de uma semana o ferimento infeccionado evoluiu para uma gangrena implacável e a jovem vida foi embora aos dezenove anos.

Quarenta e um dias depois de entregar o segundo filho à sepultura, meu avô morreu de desgosto, o coração não aguentou o baque de tanto luto. Foi assim que me contaram, muitas e muitas vezes, principalmente minha mãe, em ato de exorcizar a dor que nunca a abandonou. Às vezes, ao me contar de novo a história, seus olhos se enchiam de lágrimas e no meio dos lamentos reclamava: "Seu avô poderia ter enganado a morte, meu filho, pelo menos por mais vinte e três dias, o tempo justo para te ver nascer e, quem sabe, ganhar motivo para viver mais".

Após meu nascimento, minha avó Rosária sobreviveu mais três anos, dois meses e sete dias, até que o desgosto também a levou em uma noite fria de junho. Mas, enquanto teve vida, não passava um dia sequer sem pedir para ser chamada também. Sempre gostei de imaginar que era real o que minha mãe contava sobre meu nascimento, do raio de luz de alegria na alma de minha avó, motivo de adiar um pouco sua partida.

Consumados todos os atos da tragédia, a foice da morte apaziguada, meus pais receberam a incumbência de tomar conta da propriedade. Conosco ficou apenas meu tio Bento, o irmãozinho caçula de minha mãe. Os outros irmãos e irmãs se espalharam indo morar em casa de parentes. Foram tempos de choro e tristeza naquele fundo de sertão, longe de vizinhos, a imensa casa esvaziada de gente, quartos sobrando, cadeiras sobrando, panelas na cozinha sem utilidade, corredores silenciosos, os animais errando soltos sem atenção nos pastos, no terreiro os cães latindo saudades, as galinhas, as patas e as peruas botando os ovos em qualquer lugar, não tinham nem mesmo quem se animasse a lhes arrumar os ninhos. Tinha ido embora com os mortos a força de controlar o dia a dia da vida. Essa fase dolorosa durou quatro meses, até a fazenda do ribeirão do Engano ser vendida.

No momento de ser negociada, a fazenda era enorme, estendia-se por mais de mil e novecentos alqueires contínuos, possuía mais de dois terços da área coberta de floresta nativa, onde corria em muitas voltas o leito sinuoso do ribeirão do Engano. Na parte cultivada vicejavam setenta alqueires de exuberante cafezal em plena produção, e nas maiores extensões sumiam de vista invernadas e mais invernadas de largos fechos, espaço de manejo de mais de duas mil cabeças de gado e dezenas de animais de trabalho e sela. Em um terreno elevado e plano, não longe do rio, erguia-se a espaçosa casa, sede da propriedade, envolvida por um pomar de frutas variadas e um largo terreiro de chão vermelho — em tempos normais era varrido dia sim, dia não, com vassouras de guanxuma —, onde zanzava uma variedade de aves. Tudo foi vendido de porteira fechada. Na partilha da herança entre os seis irmãos, minha mãe recebeu um excelente quinhão. Meu pai de vinte e dois anos, minha mãe de vinte, meu tio menino de doze anos e eu, então um bebê de três anos, formávamos uma família prestes a levantar o acampamento, com um primoroso lastro financeiro, em busca de rumo e vida nova em outro lugar.

Meu pai, endinheirado, nos deixou na casa da fazenda e foi para o Cinzas arrumar moradia e negócios. Em sua ausência, meus avós paternos saíram de sua casa no Vassoural e vieram ficar conosco. Chegaram numa carroça puxada por dois cavalos em uma viagem de mais de duas léguas. Naqueles dias, a missão dos três adultos e do menino Bento era preparar toda a mudança para ser transportada em duas carroças até um ponto de acesso à estrada, onde seria colocada em um caminhão.

Mas o pai não retornara tão rápido como prometido, mais de dez dias e nada. A demora começava a inquietar, quando a mancha azul e branca surgiu no fundo do caminho, corria às vezes, erguia os braços saudando, e minha mãe, que estava dando milho para as galinhas no terreiro, comigo enroscado nas suas pernas, deu o grito de aviso: "É o Zé que vem lá, gente". Nos últimos trechos ele apressou os passos ao encontro da família formada às pressas no terreiro, em ansiosa pose de recepção. E o fim daquela tarde se preencheu de alegria, a inquietante demora sendo logo esquecida diante das novidades. A maior delas era que o caminhão esperando na estrada era nosso — meu pai tilintava orgulhoso a chave no ar, mostrando a posse. Ele tinha ido até Ourinhos buscar um Ford F8, zero quilômetro, caminhão para oito toneladas. E não pararam por aí as boas notícias: também tinha comprado uma máquina industrial de descascar arroz, com terreno e tudo, máquina já montada e operando na cidade. "Como tá tudo bonito, pessoal: alargaram a rua principal, lá tem uma possante serraria, o comércio tá forte, a cidade tem até luz elétrica", cantava a voz alegre do meu pai. E as conversas se prolongaram sob a luz dos lampiões a querosene. Do lado de fora da casa, na noite infinita do sertão de imensas matas, o profundo silêncio só era mexido pelo hábito noturno dos bichos: um pio de coruja no mourão da porteira, um canto desesperado de urutau chamando fêmea, um balir adventício de uma cabra em pesadelo, o trilar monótono dos grilos e, vindos da lagoa do fundo do pomar, os sons desmaiados de batida de bumbo do sapo-martelo, do apoio estridente das rãs, das pererecas e outras naturezas de convidados anfíbios dessa pândega.

Foi como me contaram depois. E de tantas vezes ouvir as versões, hoje posso reunir os detalhes das conversas de planos futuros daquela noite. O caminhão — meu pai explicava — era para se meter no transporte de produtos agrícolas, levar feijão, milho, algodão e café para a longínqua cidade de São Paulo. A máquina de descascar arroz era ideia mais pé no chão, prometia bons lucros imediatos, a região despontava como grande produtora do cereal.

Aquela foi minha última noite na casa onde nasci em uma fazenda do ribeirão do Engano, noite de excitação de criança de três anos, recebendo toda a atenção dos adultos, dormia no colo da mãe, semiacordava com as risadas e passava para o colo do pai, noite sonâmbula, circulando de aconchego em aconchego. E, se tenho memória primal de estar no mundo — espécies de *protolembranças* —, esta se traduz nas vozes encantadas daquela noite comprida, até ouvir o repente dos galos disputando primazia no despertar da madrugada.

Duelo ao entardecer

Nosso primeiro abrigo na cidade foi uma casa velha, emendada com o barracão onde se instalava a máquina de arroz. Foi um pouso provisório. No decorrer do primeiro ano, meu pai construiu uma casa de madeira, uns vinte metros afastada. Era linda a casa nova: um pouco elevada do solo por robustos pilotis de madeira, de pé-direito alto, de paredes pintadas de um azul bem tranquilo e as janelas de uma cor amarela puxando para um amanhecer de primavera; tinha cozinha grande, três quartos alinhados ao longo do corredor, dois deles do lado do sol nascente, uma sala menor e outra grande que se prolongavam numa espaçosa varanda de frente para a rua central.

Para equipar os cômodos, foi providenciada mobília completa: camas, guarda-roupas, penteadeira, cristaleira, cômodas, mesas, cadeiras, móveis para a cozinha, tudo confeccionado na melhor marcenaria da cidade, e tudo de cabiúna, madeira de lei, trazendo em seu cerne sinuosos desenhos ornamentais. No canto privilegiado da sala menor, mais íntima, como símbolo do status econômico da família, se destacavam dois sofás azuis de dois lugares cada e uma vitrola apoiada em um móvel feito sob medida, no qual, nas prateleiras inferiores, se dispunha uma pilha de discos 78 rotações. Na coleção constavam Carlos Gardel, alguns cantores sertanejos da época, Raul Torres e Florêncio, Tonico e Tinoco, e os discos na voz de Vicente Celestino cantando "O ébrio" e "Coração materno". A vitrola e todas essas *novidades melódicas* meu pai trouxera de São Paulo, nos retornos de suas viagens periódicas.

Saindo pela porta da cozinha, abria-se um amplo quintal onde foi aprontado um campinho. Tio Bento ajudou a preparar o terreno, as traves e as redes. Era o espaço das disputas de futebol, das brincadeiras de bolinhas de gude, de rodar pião, de pique-salva, tudo isso misturado com algumas cabras, alguns cabritinhos, um bode e muitas galinhas. No canto à direita do quintal se armazenavam as imensas montanhas de casca de arroz — os rejeitos da máquina, espécie de palhas miúdas e ásperas —, lugar ideal para reunir a turminha e praticar as deliciosas cambalhotas ladeira abaixo, de ficar com o corpo todo empolado e coçando, e no final do dia tomar o banho sob as ordens e vistas de mamãe, escutando os protestos carinhosos: "Limpa bem embaixo da unha, porquinho, lava bem essa orelha, tá tão sujinha que dá até para plantar couve!". E, depois de ter o corpo enxugado por uma toalha felpuda — ainda nu —, vinham as providências finais: "Nada de se vestir ainda! Vem cá, meu peladinho bagunceiro, vamos passar álcool nesse corpinho, senão a coceira vai te atazanar a noite toda".

O quintal era comprido e nos fundos ficava um portão especial, símbolo de nossa amizade com o casal Urias e Martinha, nossos vizinhos de terreno. Era um acesso exclusivo para ir de uma casa à outra. Eles já habitavam o lugar quando nós chegamos à cidade, e logo nos primeiros dias vieram em visita, iniciando um convívio lá e cá. Foi também o início da minha mais preciosa amizade daqueles tempos, com Milton, o primogênito. Eu era um ano mais novo e Milton já trazia, entre os moleques, o apelido de Barril. Lembro de seus olhos esverdeados, as maçãs salientes do rosto salpicado de sardas e os cabelos ruivos. Sua mãe brincava que ele tinha nascido em noite de chuva de pedra. Meu amigo Barril era gordo e forte — genética do pai —, ganhava no braço de todos os moleques da vizinhança, e eu, sempre magrinho, ficava mais corajoso em sua companhia.

Martinha era uma loura pequena, frágil e bonita, contrastando com Urias, um homem ruivo, alto, forte e dono de um vozeirão. Mas, apesar da compleição robusta, era um bonachão de gestos gentis e coração mole; não levantava um dedo contra Martinha, nem mesmo quando estava bêbado.

Algum tempo depois de nossa chegada, meus pais foram convidados para padrinhos de primeira comunhão da menina Clarisse, a filha do meio do casal, e assim tornaram-se compadres e comadres.

Meu pai, desde as primeiras viagens levando carga para São Paulo — percurso de mais de quatrocentos quilômetros em estrada de terra, rodando em seu Ford F8 —, sempre teve a companhia do compadre Urias. E essas viagens longas serviram para fortalecer ainda mais a amizade. Urias ia por camaradagem e desejo de aventura, pois não recebia pagamento para tal, além do custeio de pousada e comida. Sua situação financeira *remediada* lhe permitia os atavios de distinção social dos homens jovens de seu tempo: ostentava nos dentes da frente incrustações de ouro e por isso não economizava no sorriso dourado, o que contracenava bem com seus olhos gateados embaixo de grossas sobrancelhas avermelhadas. A comadre Martinha, por sua vez, era mulher expedita, inclusive trabalhava no pequeno hospital da cidade. Entrara como ajudante na cozinha, mas logo sua proatividade a alçou à posição de ajudante de enfermagem. O que Martinha ganhava no hospital ajudava no progresso financeiro da família, mas o grosso do rendimento vinha do caminhão novo de Urias, um Ford F7 dedicado ao transporte de toras de madeira das matas para a serraria do Zé Venâncio.

Defronte à casa nova ficava o bar do Galdino. A posição mais elevada da nossa varanda permitia uma visão panorâmica do outro lado da rua. E não eram raras as cenas de brigas dentro do bar, com cadeiras quebradas, olhos roxos e uma ou outra cabeça partida, entreveros de gente bêbada com coragem aumentada pela cachaça. E, como a tragédia e o medo têm essa capacidade de deixar marcas profundas na memória, posso retirar o véu daqueles acontecimentos de certo fim de tarde de um sábado, quando em casa estavam de visita Urias, Martinha, os filhos, e também a tia Jovita, a irmã mais velha do meu pai. Nas múltiplas conversas na sala, em torno da mesa fornida de chá, café e bolos de milho e chocolate, meu pai e Urias recordavam histórias de viagens a São Paulo, as mulheres falavam de costura, como eram bonitos os vestidos e camisas que minha mãe fazia em sua máquina Singer, falavam de filhos e nascimentos, celebravam as mãos santas da tia Jovita no seu ofício de parteira, e nós, crianças, andávamos para lá e para cá, um zanzar barulhento por entre os cômodos da casa. Eu já estava a ponto de arrastar parte das crianças para o quintal, para brincar de cambalhotas no monte de palha de arroz, quando estourou um vozerio do outro lado. Barril foi o primeiro a chegar na varanda e gritar: "Venham ver, gente! Tão brigando na rua!".

Num instante estávamos todos a postos e, como se ocupássemos o balcão superior de um teatro, víamos tudo do alto da varanda. No centro de um círculo de espectadores, dois homens se enfrentavam com punhais. Era a primeira vez que eu assistia uma cena de briga extravasada de dentro do bar. Da roda de pessoas em torno dos duelistas subiam gritos desencontrados, alguns incentivando, outros desejando apartar os homens. Mas como interferir em tal frenesi de punhais? Duas víboras em botes sangrentos, na dança macabra de avançar com a arma em riste, espetar o corpo inimigo, recuar e aparar o revide, já manchando a roupa de um deles de vermelho, e o sol de fim de tarde refletindo raios no choque das lâminas, e o outro corpo também já recebia uma estocada no braço. Meu pai e Urias resolveram tomar parte da tragédia, e em planos rápidos se preparavam para descer. Martinha tentou segurar o marido pela manga da camisa, "Você tá doido, homem, quer levar uma facada?", e minha mãe ajudava protestando: "Zé Branco, deixa de doideira, homem!". Protestos em vão, quase ao mesmo tempo os dois saltaram a proteção lateral da varanda e recolheram, ao lado da casa, uma grossa vara de eucalipto de uns cinco metros de comprimento e desceram para a rua. Pressentindo a mudança na dinâmica do duelo, aqueles que faziam o círculo em volta abriram espaço. Meu pai e Urias, empunhando a enorme vara, se meteram no meio do assombro daqueles homens, e a uma distância prudente guasqueavam sem piedade: "Vai madeira, seus paus-d'água do inferno!". E erguiam e desciam a vara no meio dos dois homens, e os corpos se esquivavam, tentavam avançar, mas eram impedidos por nova guascada da vara; e, como se fosse uma cena de teatro ensaiada, o círculo de gente atormentada à volta se abriu um pouco mais, deixando meu pai, Urias e os duelistas no centro do acontecimento. Das janelas vizinhas olhos curiosos observavam, enquanto nós, em aflição na varanda, pedíamos aos céus um fim de luta sem defunto. Foi questão de minutos, eternos e tensos, bastou uma meia dúzia de lambadas e a pedagogia da vara triunfou: os golpes sucessivos atingiram os braços e derrubaram os punhais por terra, e outros homens se precipitaram, uns recolhiam as armas, outros seguravam os valentões ensanguentados.

A gritaria arrefeceu na forma de um burburinho de vozes, a roda foi se desfazendo, as janelas se fechando, as pessoas tomando seus rumos, a vara de eucalipto dissuasora foi devolvida ao quintal e a reunião se recompôs na sala, onde os lances todos foram passados em revista. Meu pai e Urias, barulhentos e excitados, riam como moleques festejando uma traquinagem, enquanto minha mãe, reabastecendo a mesa de bolos de chocolate e chá-mate, suspirava: "Graças a Deus, Cipriano Sombra não vai precisar abrir cova no cemitério amanhã".

Cipriano Sombra

O nome, Cipriano Sombra, irrompeu na sala feito ventania batendo janelas e paralisou o esvoaçar de nossas brincadeiras ao redor da mesa. Vi nos olhos arregalados da turminha um sutil lampejo de temor, no meu pensamento reverberou a figura do homem estranho abrindo covas no cemitério e enterrando os dois corpos ensanguentados, e senti um frio descendo pela espinha ao imaginar esse outro desfecho ao duelo. Eu tinha cinco anos, Barril seis, e as meninas eram ainda menores. Meus pais não usavam de tais expedientes, mas era sabido que algumas mães tocavam o terror em seus filhos pequenos dizendo que chamariam o coveiro se eles não obedecessem, se não quisessem dormir, ou se repetissem alguma malcriação deplorável. Houve mesmo o caso da mãe do Zanzão, que prometeu entregar o filho para o coveiro enterrar vivo. Pois o gorducho zarolho, um pequeno bárbaro, brincando com os amiguinhos, acendeu um fogo em gravetos e palhas de milho embaixo do assoalho da casa. A mãe estava nos fundos, nos quartos, arrumando as camas, veio correndo em direção ao cheiro da fumaça e encontrou labaredas de fogo irrompendo por baixo da mesa. O alerta estabeleceu a confusão de baldes d'água e ajuda de vizinhos, a casa foi salva de virar cinzas por muito pouco. No balanço do estrago ficou o rombo no assoalho da cozinha, mesa e cadeiras perdidas para as chamas e, por dentro, o telhado em toda a extensão da casa enegrecido pela fumaça.

Nas poucas vezes em que avistávamos o coveiro andando pelas ruas, mudávamos de calçada, a não ser que estivéssemos junto com algum adulto. Suas roupas nem sempre limpas, amarrotadas e esquisitas nos causavam medo. Com as barras por cima das botinas, suas calças largas viviam arrastando no chão. E porque tinha uma perna mais curta que a outra, executava um bizarro gingado ao caminhar, um passo alto e um passo baixo, o movimento da cabeça subindo, avançando e descendo, de arrancar risadas das criancinhas ingênuas, ainda nos braços das mães. Entre nós, infantes um pouco mais crescidos, esse bizarro gingado lhe rendeu o apelido de "tá fundo, tá raso".

Mas, dentre minha turma de brincadeiras, eu era quem mais via Cipriano Sombra, devido às suas frequentes passagens pelo bar do Galdino, onde encontrava os amigos de sempre e entrava noite adentro em partidas de truco, cachaça, vozerio e risadas escandalosas. Por essa proximidade de nossa moradia do outro lado da rua, eu ia me acostumando com a figura. E, em casa, quando o assunto vinha à baila, nos comentários de minha mãe, o coveiro era um homem correto e pacífico, respeitava as mulheres, se portava dignamente na hora dos enterros, mas, fora do seu ofício, tinha esses graves vícios de pau-d'água e jogador.

Cipriano vivia solitário em seu casebre para os lados do cemitério e quando não estava circunspecto na beira da cova tinha seus momentos de ócio e era frouxo de riso e o dono da possante risada que se destacava e chegava até nossos ouvidos do outro lado da rua — o som tem essa facilidade de se propagar para o alto. Que ele era a fonte da extravagante ópera, eu pude constatar ao vivo no começo de uma noite em que atravessei a rua, a pedido de minha mãe, e entrei no bar do Galdino para comprar velas ou fósforos ou outra miudeza. Encontrei um jogo de truco em seu apogeu; rodeando uma mesa, jogavam Urias, o coveiro e mais dois homens, todos de olhos injetados, vozes alteradas e bambas de cachaça. E, quando eu fazia meu pedido no balcão, às minhas costas estalou o grito: "Só se for por seis, ladrão dos meus tentos!". Foi o tempo de me virar e registrar o barulho dos nós dos dedos batendo na mesa apresentando as cartas e a explosão da possante gargalhada de Cipriano Sombra, ali tão de perto, cantando vitória. Era um homem velho, impressionava a intensa alvura de seus cabelos, contrastando com a juventude de seus olhos, o tempo todo dançando levemente nas órbitas, brilhantes, como se tivesse acabado de chorar. Na gargalhada reluziram seus dentes alvíssimos e enormes, uma brancura de loteria genética. O companheiro de dupla do coveiro naquela rodada era o nosso compadre Urias. Tinham ganhado a partida e celebravam felizes e barulhentos, como crianças num parque infantil. Em preparo de nova rodada, os perdedores embaralhavam as cartas, e Urias, sem se levantar da cadeira, solicitava mais bebidas e dava ordens ao Galdino para me entregar um doce qualquer, à minha escolha. Quando eu saía do bar, vi a cena: o coveiro mordendo uma garrafa e arrancando a tampinha na alavanca dos dentes.

Trapalhadas do Casimiro

Foi espantoso ver, pela primeira vez, o homem sem a metade de um braço. O cachimbo aceso soltava rolos de fumaça embaixo de bigodes fartos, os cabelos alvoroçados e negros distinguiam a figura magra e alta. Eu atravessava a rua com meu pai, ele vinha em sentido contrário e houve a parada rápida no meio da pista:

— Fala, Casimiro, como vai? Já consegue dirigir o Internacional? — indagou meu pai bem-humorado.

— Sim, já controlo o monstro. Não preciso mais do que dois dedos para o câmbio e esse toco cuida do volante — respondeu com voz aquosa, erguendo o braço esquerdo mutilado, sem tirar o cachimbo da boca.

— E volta quando para o mato?

— Se Deus quiser, semana que vem. Vou arrancar uns cedros com mais de um metro de topo, lá do banhado dos Vaz. — E nesse instante lançou-me um olhar carinhoso, roçou dois dedos em meus cabelos e veio com essa: — E então, Zé Branco, esse é o seu *valetinho*? Olha que estou precisando de ajudante...

Eu mal escutava as palavras entre as fumaças do cachimbo pendurado na boca. Estranhei o toque da mão nos meus cabelos e não soltei um pio. Como nossos caminhos eram distintos, e estávamos em pleno meio da rua, cada um seguiu o seu destino. Eu ainda olhei para trás e vi a figura magra se afastando. Ao caminhar, parecia levitar alguns centímetros acima do chão. Meu pai percebeu a curiosidade saltando-me dos olhos. Eu já tinha deduzido que aquele homem, dito Casimiro, era o exato protagonista do hilariante acidente muito comentado em casa.

O homem deveria andar pelos quarenta anos e ao vício do cachimbo se somava o da cachaça. Nunca bebia durante os dias de trabalho ao volante de seu caminhão, trabalho arriscado de retirar a madeira da mata, por veredas inóspitas abertas a foice e machado, dilacerando os pneus nos tocos de coivara. Casimiro e o seu Internacional deviam estar fazendo falta nos negócios da serraria do Zé Venâncio, uma portentosa indústria de madeira situada ao lado do cemitério, cujos dentes de aço devoravam mais de sessenta metros cúbicos de madeira todo dia. E, no momento daquele encontro, meu pai recolhia a notícia de que o homem, com um toco de braço e dois dedos na única mão, já refeito do acidente, estava prestes a voltar à ativa.

Sobre o acidente, o que se contava da tarde do domingo fatídico era de um acampamento de pescadores armado na beira do rio Laranjinhas, num ponto largo e de escoamento manso. Uma verdadeira farra na beira do rio, temperada com pinga, risadas, brincadeiras, peixe frito na hora e baforadas de cachimbo, estas produzindo uma boa fumaça de afugentar mosquitos vampiros. Uma pescaria barulhenta, não precisavam do silêncio para atrair o peixe ao anzol, pescavam com bombas, o tipo de pesca predatória, a explosão na flor da água matava um monte de peixes, a superfície reluzia como coberta de alumínio, e aí era só recolher os mais graúdos com uma canoa. Na ocasião de tal eufórico piquenique, além da trindade fanática, Urias,

Casimiro e Cipriano Sombra, se ajuntavam mais dois colegas de ocasião.

Casimiro ficou responsável pela bomba — era um exímio lançador. Enquanto bebiam, fumavam e se divertiam, esperavam o sutil remanso na superfície d'água, o sinal de passagem do cardume. E, no momento em que Casimiro tirou da boca o cachimbo, providência para aliviar por instantes seus olhos do castigo da fumaça, veio o alerta:

— Lá vai cardume! — Era o grito de Urias do seu ponto de vigília, alguns metros acima, na beira do rio.

O grito no momento-chave desencadeou o ritual da bomba. Casimiro se abaixou para pegar a dinamite e Cipriano Sombra acendeu o pavio. Mas do alto de seu teor alcoólico, quando a flor d'água triscou com a passagem dos peixes, Casimiro trocou as bolas e lançou o cachimbo aceso. Na explosão, a mão que reteve a bomba evaporou com um terço do antebraço, e da outra mão sumiram três dedos, ficando apenas o fura-bolo e o mata-piolho.

No baque, Casimiro, ferido e inconsciente, foi projetado para dentro do rio, e Cipriano Sombra caiu no chão desmaiado. Foi um corre-corre desabrido: um dos homens saltou em socorro nas águas tingidas de vermelho, o outro pulou na canoa e remou rio abaixo para auxiliar no salvamento; Urias, acudindo aos gritos, veio correndo e lançou dois baldes de água no rosto de Cipriano Sombra, um e depois outro, o suficiente para despertar o amigo. Casimiro foi resgatado semiacordado. Rasgaram uma camisa, fizeram um torniquete no toco de braço para estancar um pouco o sangramento e saíram voando no Internacional — Urias ao volante — em direção a Santo Antônio da Platina, onde havia um hospital com melhores recursos. Casimiro passou por várias cirurgias, ficou um mês internado por lá. Depois foi removido para o pequeno hospital do Cinzas, onde, sob os cuidados do doutor

Marfan, terminou de se recuperar. Quanto a Cipriano Sombra, teve o tímpano esquerdo perfurado.

Quando Casimiro veio transferido de Santo Antônio da Platina para o hospital do Cinzas, o primeiro amigo a lhe render visita foi Cipriano Sombra. Ao aparecer na porta do quarto com seu alvo sorriso de dentes imensos, foi logo perguntando:

— Como vai, meu velho?

— Agora já tá dando pra levar, Cipriano, já durmo melhor. Mas pensei que ia morrer. Quase sobra para você, amigo, ter de abrir mais uma cova.

— Que nada, tá aí um osso duro de roer, a baita dinamite só levou um braço e alguns dedos. Vaso ruim lasca, mas não quebra — gracejou Cipriano Sombra, já sentado em uma cadeira ao lado da cama, oferecendo ao amigo seu ouvido direito.

— Pois é, desmaiei na hora. Quando acordei não sentia dor. Acho que a cachaça era boa — disse no meio de um débil sorriso de dentes pálidos. — Mas logo depois, no caminho de Santo Antônio, me doía até os fios de cabelo. E sabe, doía até o pedaço de braço e a mão que foram embora. Será que vou conseguir dirigir de novo meu Internacional?

— Não pensa nisso agora, velho. Primeiro fique no hospital o tempo que recomendar o doutor Marfan. E isso aqui é quase uma vida de pousada. — E Cipriano Sombra espalhou seu olhar dançante pelas brancuras das paredes do quarto e do teto.

— Disso não posso me queixar, consigo engolir bem essa comida de hospital. A gente se acostuma com tudo...

— Se consegue engolir a comida, então a dinamite não deu nó nas suas tripas. Dê graças a Deus por isso, senão o doutor Marfan precisaria abrir sua barriga e trocar o pedaço avariado. Isso parece que virou moda, o último foi o Pedro Olímpio...

— Nada disso — e Casimiro roçou debilmente na madeira da cama com os nós dos dois dedos da mão convalescente. —

Minhas tripas estão em ordem. Não vejo a hora de sair daqui e tomar uma cachaça. Estou morrendo de saudades da chuva de tampinhas!

O inusitado fenômeno meteorológico acontecia em noites avançadas e de excesso no bar do Galdino, quando a mesa do salão flutuava no éter do álcool transpirado das peles, dos bafos e dos gritos roucos do jogo de truco, e os bêbados ainda pediam, pela quinta vez, a última rodada de cachaça. Então Galdino juntava com as duas mãos um monte de tampinhas de garrafa guardadas em um balde embaixo do balcão, colocava numa pequena bacia de alumínio e lançava sobre as cabeças dos pinguços. Aquela chuva metálica era a senha de fechamento do bar. De supetão, todos se precipitavam para fora. Saíam derrubando copos e garrafas, deixando para trás as cartas espalhadas na mesa e no chão. Pois se algum incauto desobedecesse ao ultimato sofreria a segunda bateria: um balde d'água sobre a cabeça. Por isso, atingidos pela chuva de tampinhas, e fugindo de inundação maior, todos abandonavam o bar, saltando como ratos de um navio prestes a naufragar. Como era presença cativa nessa corriola das altas horas, e sempre o mais chapado de todos, Cipriano Sombra saía miando, de quatro pés, porta afora, sendo o seu estado bípede assumido apenas no terreiro, não sem antes um concentrado esforço de equilíbrio. Depois a confraria dos bêbados retardatários se dissolvia, cada um munido de seu par de pernas bambas, buscava os caminhos de casa. Todos haveriam de encontrar o rumo, pois Deus cuida dos bêbados, não é mesmo? E lá ia bamboleando desengonçado o Cipriano Sombra "tá fundo, tá raso", a procurar no emaranhado de esquinas o ponto de início da longa descida em direção ao cemitério. Chegar a tal ponto de referência resolvia tudo, pois ladeira abaixo até o bêbado encontra o caminho de casa.

Mas Deus deveria estar distraído naquela memorável noite de cristal, gravada para sempre na memória folclórica do Cinzas. Cipriano Sombra, bêbado como um gambá, após sofrer a chuva de tampinhas e ganhar as ruas, eis que não consegue decifrar as tais dobras do labirinto de esquinas. Perdido e precariamente equilibrado em cima de suas pernas assimétricas, o homem se agarra a um poste e oscila de um lado para o outro, numa providencial dança de não beijar o chão. Como assistente zombeteira da estranha mazurca, uma esplêndida lua gorda embranquece tudo. Agarrado ao poste, o distinto cidadão de cabelos brancos e olhos dançantes vacila para lá e para cá, como se acompanhasse, sempre atrasado, uma imaginária dama no estranho bailado; e então, vendo uma miragem de dois passantes gêmeos se aproximando, lança a estupenda pergunta:

— Ei, alguém aí... me diz aí... onde mora o Cipriano?

— Mas como? — os dois passantes perguntam em incrível sincronismo. — Estou, por acaso, na frente de um fantasma? Ou você é cópia do legítimo Cipriano Sombra?

O homem ébrio agarrado ao poste desata em sonora gargalhada, o alvar de dentes perfeitos cintilando à luz da lua. Ao se recompor, depois de ter engolido a cauda da escandalosa risada, batendo com uma mão no peito e quase se desgarrando do poste, solta a célebre pérola em voz mole:

— Óóó... mais se eu sô Cipriano? Isso eu sei, sei sim... desde que me conheço por gente..., mas eu quero saber mesmo é onde ele mora!

A festa do padroeiro

A cidade atingira um pico de alvoroço diante dos episódios marcantes acontecidos num tempo fabuloso de menos de quatro meses. À fracassada pescaria de Casimiro e seus amigos se seguiu a história de Cipriano Sombra dançando mazurca com um poste na rua principal, a alma do homem voada para a lua, o coveiro sem saber quem era; depois aconteceu a inacreditável história do simulacro de toureiro Gentil, o tal que cagou nas calças e recebeu no corpo estirado as placas verdes e redondas da Ferrugem. Foi uma onda feroz de catarse, os fatos contados e recontados, emendados e remendados, nos bares, nos lares, nas ruas, mexidos e polidos, até as versões definitivas se instalarem na memória dos que viveram naqueles tempos.

E que destino teve a tourada? Bem, duas semanas após o alvoroço da magna sessão de capa e chifre, da tal exibição de gala da vaca Ferrugem, uns homens vindos de fora desmontaram toda a estrutura, embarcaram madeiras, mastros, estacas e panos, tudo em um caminhão. Depois se soube, os compradores eram gente do lado de Nova Fátima, do ramo de parque de diversões, aquela tralha toda teria utilidade. Foi-se embora a tourada e, no burburinho das parolagens e boatos que eletrizavam a cidade naqueles dias subsequentes, às vezes escapavam comentários de que Gentil fantasiava vinganças. Mas como? De que modo? Aventavam-se mirabolantes hipóteses, candentes a princípio, mas depois esse assunto foi esfriando, até que, um mês depois, as imaginações e entusiasmos se concentraram nos preparativos da festa de são Lázaro, o padroeiro da cidade.

Abrindo as festividades, a missa matutina celebrada na pequena igreja recebeu um público de tal monta que sobrava gente aglomerada nas escadarias e espalhada pelos bancos da praça. Ao fim da latomia em latim — esse era um tempo de missas rezadas na língua matriz do Lácio —, o padre subiu ao púlpito e convocou as vozes presentes para uma oração ao patrono, com um pedido especial a todas as pessoas doentes: "Oh! Milagroso são Lázaro, em nome de Jesus, valei-me nesta hora de aflição e doença. Preciso da vossa cura milagrosa. Oh! São Lázaro, ressuscitado por Cristo, traga-me a luz da saúde...". Em seguida, passou aos aconselhamentos, reforçou a proibição de mulher entrar no templo imitando homem, vestida em calças, e, por fim, em máximo destaque, ressuscitou os episódios da tourada, o candente assunto não totalmente arrefecido, e, sem citar nomes, passou a condenar a ganância por dinheiro a todo custo, a humilhação, a exposição aos riscos de vida, "alguém pode imaginar o perigo se a Ferrugem escapa desgovernada pelas ruas?". Meu Deus! A vaca virava uma entidade presente no discurso do púlpito, e meu tio Bento, em sussurros, mais uma vez lamentava ao meu ouvido o azar de ter perdido esse espetáculo da tourada, e o padre emendava exortando a câmara de vereadores e o prefeito a proibirem dali em diante a entrada de touradas no município.

Terminada a missa, as pessoas se afunilaram em direção à porta da igreja. Ao descermos pelas escadarias, nos juntamos aos compadres Urias e Martinha e ao casal Malvino e Idalina, todos com seus filhos, para a caminhada do trecho a pé até a fita estendida cruzando a rua. Minha mãe com a barriga enorme recebia um e outro elogio de saudação à vinda de mais um ser à luz.

— Pena, podia nascer hoje, seria uma bela homenagem ao santo — considerou Martinha.

— Também acho. E até podia botar o nome de Lázaro — apoiou Idalina.

— Nada disso. E eu perder a festa? — reagiu minha mãe.

Hoje, daquele momento, emerge da memória a impressão de um clima cordial de encontro de famílias à porta da igreja. Parecia não ter sobrado resquício do entrevero da tourada, quando meu pai desafiara o delegado. Podem ser falsas essas minhas impressões empoeiradas, pois nós, crianças — eu, Barril e suas duas irmãs menores, Clarisse e Cleuza, e Gabriel, o filho de Malvino —, rodávamos em desatentadas correrias, saltávamos por cima dos bancos e nos atarracávamos uns aos outros, sem nos afastarmos demasiado dos nossos pais. Dos pedaços de conversas captados dos adultos, durante o tempo de atravessar a praça, entendi que a faixa, estendida à meia altura em frente ao bar do Sendão, indicava o ponto de chegada da corrida. Quanto à corrida, Malvino estava confiante em seu pé de bode. Informava otimista e insolente que o tanque do carro estava abastecido com gasolina de alta octanagem vinda de Cornélio Procópio, gasolina puríssima, genuíno veneno de explodir em potência no motor.

— Meu pé de bode vai romper a faixa com pelo menos vinte metros de dianteira. Hoje esse famigerado Catão vai comer poeira — se gabava Malvino.

Da animada conversa explodia o nome de Catão, o ensaboado ponta-esquerda do time de Cornélio Procópio, o mais famoso velocista da região, e seu ousado desafio de enfrentar um automóvel.

— Mas, Malvino, por que você não tá lá no volante do pé de bode? — indagava meu pai, com um leve sorriso de escárnio.

— Nada disso. Eu lá vou entrar em briga de cachorro grande? Fui buscar um motorista em Nova Fátima.

— Não é um desperdício, delegado, se aqui nós temos o Casimiro? — Urias entrava na conversa mantendo o tom da disfarçada mofa.

— Que é isso, Urias? De jeito nenhum! — retrucou firme o delegado. — Essa corrida é assunto de profissionais, nada de embarcar o pé de cana aleijado. Meu motorista é medalha de ouro, já participou de várias corridas de pé de bode e venceu todas. Claro, é a primeira vez que enfrenta um homem. Mas esse formato misto da corrida é ideia do prefeito, eu apenas colaboro.

— No volante, eu ainda sou mais o nosso Casimiro. Por que não valorizar nossa prata da casa? — tio Bento se insinuava, incentivando a troça. — Mas antes de assumir o volante, ele precisaria passar no teste do 44.

— Casimiro passar no teste do 44? O que é isso? — indagou curioso o delegado.

— Ora, senhor delegado, nada mais justo. Antes de prender os bêbados, é preciso dar a eles a chance de passar no teste do 44, não acha? — meu pai intercedia em apoio.

E já no limiar de atravessar a praça, meu pai parou, e ao mesmo tempo que trocava um olhar divertido com meu tio, abriu os braços: eram gestos como se descerrasse as cortinas de uma boca de cena e lhe oferecesse o palco. Todos os outros adultos pararam. Nós, crianças, interrompemos a correria, e em revoada, como um bando de passarinhos, nos empoleiramos nos bancos próximos para apreciarmos do alto. Meu tio Bento, de braços abertos e em equilíbrio sobre uma perna só — a outra perna cruzada sobre a primeira —, desenhava a conhecida posição do numeral 4. E, imediatamente, sem desmanchar o arranjo, saltava para o lado realizando o número 44, para o deleite de todos.

— Ah, nessa altura de um dia santo, quinze minutos para as dez horas, o Casimiro não passa nem no teste do 4, quem dirá no 44 — reagiu Malvino com ar divertido, já contaminado pelo espírito das brincadeiras. E aquele gesto nas pontas dos pés, de puxar a corrente dourada e tirar de dentro do paletó um relógio de ouro e certificar a justeza da hora, fulgiu como um dispensável exibicionismo.

A corrida partiria do extremo oeste da cidade, bem depois do bar do Galdino, uma reta em leve subida, de pouco mais de seiscentos metros. E tudo fora acordado para proporcionar o máximo de emoção: Catão partiria com uma dianteira de cento e vinte metros, ou seja, 20% do percurso era a lambuja acordada, e o tiro de partida, às dez horas, seria dado com o motor do pé de bode ligado, embreagem embaixo e marcha engatada. E o velocista vinha para vencer, esse fora o teor de sua declaração ao ser recebido, no dia anterior, com solenidade pelas autoridades locais. Era mais uma oportunidade de engordar sua biografia, ampliar o alcance de sua fama para mais esse pequeno rincão. Apenas pelo comparecimento, Catão embolsaria um belo soldo, auspício do prefeito Malaquias Buarque, valor a ser acrescido de um prêmio extra, caso fosse o vencedor.

Aquela saga foi um dos pontos altos da comemoração. Do que vi naquele dia e do que posso florear baseado nas histórias subsequentes, ouvidas de rodas de conversa — esse tópico perdurou anos no folclore da cidade, sendo esmerilhado nos detalhes —, imagino poucas pessoas presentes no ponto de largada, lugar quase encostado nas cercas da fazenda do Pedro Olímpio, fim da cidade. Talvez lá estivessem apenas o juiz e os dois fiscais, esses representando cada uma das partes. A maior aglomeração acontecia junto à faixa de chegada, na frente do bar do Sendão, onde pessoas exaltadas faziam apostas e discutiam os possíveis prognósticos do combate homem versus máquina. Malvino consultava de novo o relógio quando o tiro foi ouvido e, pouco mais de um minuto depois, apareciam as silhuetas do carro e do homem reverberando ao longe. Vistos daquela distância não era possível discernir se Catão ainda mantinha a dianteira ou já teria sido ultrapassado. O barulho do motor, inaudível a princípio, cresceu junto com as duas imagens em movimento, o conjunto se desenhando em linhas cada vez mais nítidas no fundo da rua comprida. E logo já se podia vislumbrar que, sim, o homem ainda mantinha a dianteira. As imagens crescendo no atropelo do tempo, as possantes passadas do homem a encarnar a força de galope de um cavalo, o automóvel atrás a lhe morder os calcanhares, sprinter feroz, e Catão rompendo a fita de chegada, em uma vantagem de tempo mais breve que o esvoaçar de uma só batida de asas de um beija-flor em voo.

Um grande suspiro desatou as emoções em urros, assobios, guinchos, risadas, chapéus lançados para o alto, a compor o alvoroçado entusiasmo de fãs, a sufocar de abraços o vencedor. Um grupo de caras desconhecidas ergueu o corredor nos ombros — devia ser gente de fora — e o catapultou para o alto da capota metálica do pé de bode, de onde, em plena visibilidade, o velocista levantou o punho direito fechado e socou várias vezes o ar, como se estivesse no pódio. O fotógrafo oficial da festa tirou várias fotos do vencedor naquela pose de triunfo. E esse modo de Catão cantar a vitória perturbou Malvino até o tutano dos ossos, interpretou como insulto, uma desonra descabida aquele sapateado em cima de sua joia, o pé de bode, e esteve perto de gritar voz de prisão e assim causar um tremendo mal-estar, inclusive com o prefeito. O que me vem em recordação, agora que escrevo, é o medo que senti ao ver sangue nos olhos do homem pequeno, prestes a entrar em ação, e a cena a seguir da mulher Idalina com os dois braços a envolver e conter o corpo de seu marido, implorando em súplicas: "Malvino, vamos embora, não aguento mais de dor de barriga". E lá foram cozinhar a derrota em casa, ele pisando em brasas, a mulher assustada e agarrada a seu corpo e puxando pelo braço o filho Gabriel. E não sei por qual capricho do destino, quando se afastavam, Gabriel soltou um sonoro peido e Barril não perdeu a oportunidade de zoar num grito, "Pelo ronco e pelo berro, esse oco levou ferro", o que lhe valeu um cascudo nocivo de Urias no topo do crânio.

O faquir sertanejo

A multidão continuava embolada em torno do corredor, já apeado do pé de bode. O prefeito o cumprimentava, algumas mocinhas mais excitadas esperavam brecha para se jogarem sobre o ídolo, quando ouvimos a bandinha do Zé Botina entoar os primeiros clarins; o peculiar maestro e sapateiro dava o sinal chamando todos para o centro da pracinha. O prefeito Malaquias Buarque, o velocista Catão, o médico Marfan e alguns vereadores, em passos solenes, arrastavam atrás de si o povo. As autoridades subiram a escada de acesso ao coreto se amontoando junto à bandinha. A música parou, fez-se silêncio, e o prefeito iniciou o discurso de encerramento, enaltecendo as aragens de progresso que sopravam sobre a cidade. Evidência maior era o comparecimento de estrelas do quilate de Catão e de Astrude, abrilhantando as festividades. "E o faquir convidado, infelizmente, não pode estar aqui presente. Mas manda lembranças lá debaixo do chão." O caco introduzido pelo prefeito — entortando o discurso escrito por seu secretário — arrancou pequenos risos, aqui e ali, dos presentes. Só uma mínima derrapagem, e o pronunciamento entrava na avaliação do mérito da vitória de Catão: "E não é pouco, é a prova da irrefutável superioridade do homem sobre a máquina", e o alcaide dirigia os olhos para o médico Marfan, em busca de aprovação científica. Tal personagem emplumado e de aspecto grave, espigado no coreto em meio às demais personalidades, era tido como a mais alta patente da medicina, em qualquer tempo, presente ao município. Seu histórico era o de um cirurgião renomado vindo de Porto Alegre, trazendo para o lugar seu sotaque gaúcho e as maravilhosas cirurgias de aliviar o famoso mal do nó nas tripas. E às elogiosas palavras do prefeito, o doutor Marfan reagia concordando com um aceno positivo da cabeça e deixando aflorar ao rosto uma leve vermelhidão, contrastando com seu traje todo branco e gravata-borboleta azul. A elevada autoridade médica concordava, pois, que a corrida oferecera uma prova científica indiscutível da superioridade do homem sobre a máquina. E o fotógrafo oficial registrava com muitos cliques aquele momento eterno, quando o prefeito já abraçava o velocista e lhe entregava o cheque-prêmio, sob um torrencial aplauso do distinto público.

Quando a avalanche de palmas foi cessando, o prefeito voltou a cerzir loas aos acontecimentos, enaltecendo que tudo aquilo não iria ficar restrito ao Cinzas: "Toda a região conhecerá nosso feito, tudo está sendo registrado em fotos oficiais e em breve será publicado no jornal de Cornélio Procópio, para a glória de nossa cidade, de Catão e de Astrude. Nosso querido Cinzas nas manchetes que merece, uma cidade em marcha, conquistando o seu futuro". E o flash de novas fotos oficiais espoucou. Naquele momento ninguém poderia supor o estrago que o registro dessa comemoração — depois de divulgado na "Gazeta de Cornélio Procópio" — provocaria na biografia do respeitável médico. A música voltou mais alta, pratos, trombone, trompete, caixa de repique, tuba, dois clarinetes e bumbo: no ar, a triunfal execução do hino da cidade, composto pelo próprio maestro Zé Botina.

As pessoas foram se dispersando, minha mãe tomou o rumo de casa, ia lenta acompanhada do tio Bento, Martinha e as filhas. Meu tio abreviava sua volta pois precisava estudar, na semana seguinte faria uma prova importante. Eu, Barril, meu pai e Urias entramos no bar do Sendão para assistirmos a mais um evento comemorativo: uma partida de sinuca entre os dois gigantes do pano verde, Lindolfo e Molina, tira-teima para decidir quem era o melhor taco da cidade, isso intrometido como evento pirata dentro da programação oficial.

A mesa de sinuca já estava arrumada, embora os jogadores ainda não estivessem presentes. Faltavam quase duas horas para o início da partida, mas lá estavam Cipriano Sombra e Casimiro sentados em uma mesa grande, comendo pastéis de carne acompanhados de goles de cachaça. Avistei Pimpão arrepiado ao lado da mesa. Cheirava uma borda de pastel jogada ao chão. Pimpão era um corsário sem dono, sua mancha amarelada era vista em flash a rondar os quintais da cidade. O grandalhão abominava carinhos, ameaçava com unhas e lançava chiados cortantes, quando algum adulto ou criança se aproximava e, imprudente, tentava tocar o seu pelo. Pimpão trazia na alma a herança das onças pintadas, por isso sua aversão ao convívio humano, única exceção feita ao coveiro — parece que os estranhos se atraem —, pois, ao passar pela rua e vislumbrar Cipriano Sombra em um bar, o gato sempre entrava para azarar algum quitute da mesa. Ao pressentir nossa chegada, Pimpão se arrepiou, miou de um jeito estranho — o som parecia a custo se desenroscar de dentro da barriga —, e a mancha amarelada riscou o ar no curto espaço até um canto do salão, se escondendo atrás de uns caixotes vazios.

Meu pai não era de beber cachaça, por isso pediu três garrafas de guaraná, uma para mim, outra para o Barril e outra para ele. Casimiro pediu três pingas, uma para si, outra para Urias, e outra para reabastecer o copo de Cipriano Sombra. Mais duas cadeiras foram providenciadas, os quatro homens se ajeitaram ao redor da mesa. Eu e Barril zanzávamos em volta da mesa de sinuca, catando tampinhas de garrafas para nossas coleções, enquanto escutávamos a crônica dos adultos.

As conversas versavam sobre as possibilidades do tal Astrude: o artista teria pulmões para sair vivo, depois de vinte e quatro horas enterrado? O faquir sertanejo era a outra estrela de robusto quilate convidada a abrilhantar as festividades, e por isso, desde o fim da tarde do dia anterior, estava enterrado vivo em uma cova de sete palmos, aberta no terreno baldio ao lado da prefeitura. Sua fama corria a região. Ele vagava pelas cidadezinhas do entorno, e sempre a convite oficial se deixava enterrar em lugar público, viagem subterrânea e solitária de um dia e uma noite. Por isso, a solenidade de enterro no dia anterior, às cinco horas da tarde, tivera a banda completa do Zé Botina, ao pé do buraco, entoando músicas alegres para um público estupefato, a assistir o inusitado sepultamento de corpo vivo.

— Foi um acontecimento monstro — exaltava-se Cipriano Sombra. — Não faltaram dois fiscais da prefeitura para prevenir qualquer enrolação. E um monte de gente em volta. Eu estava lá, lógico. Não podia perder esse assunto de minha especialidade! — rematava o coveiro com uma risadinha mal contida escapando de seus dentes brancos e grandes.

— Eu também estava lá — se intrometia Urias. — Também não vi nada de truques, só estranhei o tipo diferente de enterro, diferente porque ninguém estava triste, ninguém chorava, só gente de cara assombrada.

— Nunca vi tanta festa para descer um caixão de madeira a sete palmos. Até a banda do Zé Botina e o prefeito compareceram — completava Cipriano Sombra. — E o tal Astrude ia dentro, eu vi com esses meus olhos que a terra há de comer. Ficou lá um soldado vigiando para nada de estranho acontecer. Sei lá, algum comparsa do faquir pode muito bem enfiar um cano na terra para ele respirar lá embaixo.

— Se meu amigo Sombra falou, eu acredito! — opinava Casimiro com voz aquosa. — Se tem um soldado de vigia, é garantido. Porque não dá para se fiar nesses fiscais ladinos da prefeitura. Mas eu acho que de lá sai um corpo frio.

— E o danado ainda zombava da morte. — Urias estendia suas impressões. — Já espichado dentro do caixão, momentos antes de os juízes martelarem os pregos na tampa, o candidato a morto levantou o braço e pediu um instante de atenção. E seu rosto começou a mudar até ficar branco-acinzentado, até alcançar o semblante de um cadáver. Não sei de onde ele tirou esse truque. Aí piscou um olho e levantou o rosto para o céu, pedindo "por são Lázaro me deito e Jesus Cristo há de me levantar", e fez mais um breve aceno de despedida, antes de se esticar no caixão. Depois os martelos desceram com vontade sobre os pregos e o homem vivo desceu à cova.

— E toda a gente que acompanhava a cena jogou terra em cima, até formar um monte abaulado. Eu acho que hoje vão arrancar um cadáver do buraco e depois vai sobrar para mim. Vou ter trabalho de enterrar de novo o faquir no cemitério — vaticinava Cipriano Sombra. — Mas aí vou exigir do prefeito, quero também um enterro de gala, com a banda do Zé Botina e tudo.

Naquele fim de manhã, essa era a pitoresca reportagem comentada a muitas vozes naquela mesa atulhada de copos, garrafas e restos de pastéis. Astrude emergiria mais uma vez dos sete palmos da sepultura? Ou seria no chão do Cinzas, enfim, sua morada definitiva debaixo da terra?

No momento em que Sendão trazia à mesa mais bebidas e pastéis, o gato Pimpão veio atrás, em passos de seda, e ficou rondando as pernas de Cipriano Sombra. Casimiro parecia o mais faminto, e logo lançou os dois dedos sobre um pastel, que engoliu em duas dentadas. Depois repetiu a manobra cirúrgica: de novo projetou em forquilha os seus dois únicos dedos até a borda do copo e, com o auxílio do toco de braço, levantou a bebida até a boca. Pimpão, por seu lado, estava ressabiado, continuava a rondar as pernas do coveiro; o pelo arrepiado dava-lhe uma parecença de porco-espinho, e só aceitou com reservas um leve toque de carinho de Cipriano, concessão para pular em seu colo, talvez interessado em vistoriar os pratos. Eu e Barril confiscamos dois pastéis e retornamos ao giro pelo salão, sem licença para mexer nas bolas imobilizadas em suas pintas na mesa de sinuca.

— Esse gato anda meio chucro, faz quase um mês que não aparece para comer peixe lá em casa. Ontem esteve rondando minha casa e nem quis entrar, enjeitou um lambari fresquinho. E agora tá com esse pelo todo arrepiado assim, só cheira os pastéis e não come. Eu acho...

Travado pela inesperada aparição, Cipriano Sombra nem pôde completar os comentários sobre a estranheza de Pimpão. Pois, de supetão, a imagem de Gentil, desaparecida há dias, se projetava para dentro do bar, um jornal preso embaixo do sovaco não combinava com um homem analfabeto. Era embrulho de camuflar alguma coisa? Tudo aconteceu muito rápido. Gentil escorregou de dentro do jornal um monstro de punhal e cutucou na direção da barriga do meu pai. A cilada foi percebida a tempo, e a lâmina encontrou o anteparo de uma cadeira. Nesse instante da confusão, Pimpão se arrepiou no colo de Cipriano Sombra e, mais rápido que o bote de uma cascavel, pulou no peito do agressor com dentes e unhas e, aproveitando o mesmo salto, desapareceu pela janela. A surpresa da reação neutralizou o ataque e o agressor recuou, fugindo sem ser desarmado. Levava um ferimento de mordida no braço e o rosto arranhado. Meu pai baixou a cadeira, Casimiro e Urias estavam em pé e Cipriano Sombra no chão, tombado por cima de sua cadeira, como se o impulso do pulo do gato tivesse lhe dado um coice.

Vinte minutos mais tarde — notícia ruim corre mais que ventania — Malvino entrava no bar do Sendão, trazia um soldado em sua companhia. Encontrou o assunto ainda quente, as conversas se desdobrando em versões do incidente. Como providência de momento, Malvino deixou o soldado de escolta ao meu pai.

Já era a hora do almoço, o grupo se dispersou, o interesse pela partida de sinuca ficou para trás em vista dos acontecimentos. Eu, meu pai, Urias e Barril pegamos a direção de volta para casa, levando um soldado em nosso rastro. No portão de casa, antes de nos despedirmos, meu pai e Urias combinaram de assistir ao desenterro do faquir. Eu e Barril trocamos um olhar, não perderíamos essa de jeito nenhum. Após um breve agradecimento, meu pai se despediu do soldado, e fomos para dentro de casa.

Eram quase cinco horas da tarde, momentos de suspense diante da cova, em minutos iria começar o desenterro do faquir. Eu estava ao lado de meu pai, junto também de Urias e Barril. Meu pai trazia um revólver por dentro da camisa; em casa eu tinha percebido seus movimentos preventivos. Mamãe e Martinha não vieram testemunhar o acontecimento, não aprovavam aquela encenação, achavam um despropósito a prefeitura gastar dinheiro com essa barbaridade. Também tio Bento preferiu ficar estudando, ele era inteligente e esforçado, se preparando para um exame decisivo na próxima semana, uma prova de proficiência que lhe permitiria pular para a quarta série do primário, no próximo ano.

Na hora marcada começou a delicada e demorada operação de retirar a terra com as ferramentas sem macular o caixão e, depois, com ajuda de cordas, alçá-lo à borda do buraco. Nenhum ruído vinha de dentro do esquife e era chegado o momento de suspense máximo: a abertura do caixão. A consternação foi geral. Lá estava o homem morto. O corpo estendido de bruços foi saudado por murmúrios doloridos. "Ele se debateu antes de morrer", alguém comentou. "Pobre homem, foi abandonado por são Lázaro e Jesus Cristo", outra voz pranteava. Não era o desfecho desejado!

Mas o corpo de bruços e inerte durante longos segundos era uma técnica de suspense, fazia parte da encenação. Pois, vencido esse tempo eterno de consternação, o faquir se virou e sentou-se dentro do caixão, espichou a espinha, estirou os braços e puxou fundo uma golfada de ar, durante quase um minuto, como se estivesse recuperando para o corpo todo o ar exaurido embaixo da terra. Um suspiro geral de espanto escapou das gargantas. Após a respiração primal, recuperado, o faquir soltou um exagerado bocejo, encerrando, enfim, o sono hibernal de vinte e quatro horas. Manifestando o desejo de matar a sede, tomou o rumo do bar do Sendão, levando atrás de si a multidão, como se entoasse uma melodia encantada numa flauta invisível. Depois, com os cotovelos apoiados no balcão e sorvendo uns goles de guaraná, a quem perguntava do seu estado reclamava de uma leve enxaqueca, aliás prejudicada pela claridade que lhe machucava os olhos, apesar da mansidão da luz naquele fim de tarde.

Dias depois daqueles eventos, a primeira nota triste foi o adeus a Pimpão. A estranheza do comportamento do felino naquele dia no bar do Sendão eram prelúdios da raiva. Cipriano Sombra não teve alternativa senão sacrificá-lo a tiros e depois enterrá-lo com solenidade num canto do cemitério dos humanos, com cruz, nome, epitáfio e o tempo de vida do gato sobre a terra. A segunda nota cruel foi o desenrolar da loucura em Gentil: contaminado pelos dentes e unhas do felino, terminou pendido na capa vermelha.

Com o folhetim dos fatos consumados, a mulher do finado, em depoimento ao delegado, relataria a sequência dos acontecimentos por ela vividos: "No dia da festa do padroeiro, passada a hora do almoço, um soldado veio procurar o meu marido, daí fiquei sabendo da briga. E, como ele não aparecia, fechei a venda e não abri mais. Por onde andou, onde esteve escondido, nunca fiquei sabendo. Só depois de cinco dias apareceu entrando pela porta da cozinha. Estava muito nervoso, tinha os olhos vidrados e se movia com a pressa de quem precisa pagar promessa antes de morrer. Na cozinha gritou: 'Diaba dos infernos, venha agora!'. Isso sem dar conversa comigo, nem com as crianças. E da cozinha mesmo, atabalhoado de não caber no corredor, voou para dentro, até o balcão da venda, e de lá voltou do mesmo jeito, gritando possesso e rodando o pano vermelho. Meu marido saiu pela mesma porta que entrou, levando sua capa de toureiro. Não parou para explicar mais nada, foi embora só deixando essas últimas palavras — 'Vem, Diaba! Vem, Diaba!' — gritadas mirando o vazio, nem uma nesga de olhar para mim e qualquer mínimo gesto de carinho com os filhos. Na manhã seguinte o médico Marfan esteve aqui e pediu pra fechar tudo, a venda e a casa, não deixar nem janela aberta".

Foi doloroso o desenrolar dos acontecimentos: Gentil zanzava feito zumbi sem rumo. As ruas da cidade ficaram vazias, as crianças eram proibidas de botar o pé fora de casa. Só os homens, no extremo da necessidade de resolver algum assunto, circulavam armados. E esses poucos davam notícias de que o louco gritava no meio da rua, atiçava uma imaginária vaca Ferrugem, desfraldava para o vazio sua capa vermelha. O prefeito veio com a ideia de capturar Gentil, como se captura um boi fugido, no laço, com uma dupla de vaqueiros em seus cavalos, e amarrá-lo embaixo de uma frondosa árvore para ali esperar a morte, livrar a cidade do perigo mortal. Malvino veio com a ideia mais radical de abater o homem, como providência de saúde pública. Ambas as soluções foram repelidas pelo padre, que também não atinava como resolver o caso: "Se Deus dispôs, Deus vai dar o destino". E, assim, Gentil demorou dias solto e desgovernado. Das frestas das janelas era visto sofrendo os quadros da evolução galopante da doença, até o extremo da loucura desbragada, da boca se transformar numa poça vazando a espuma sinistra. Uma semana depois, foi encontrado se decompondo, tinha feito a capa vermelha em tiras e estava dependurado pelo pescoço em uma árvore, no fundo da mata que emenda com a barranca do riacho da Noite.

Como foi suicídio, seu corpo não pôde entrar na igreja e ser encomendado pelo padre. Foi um velório de caixão fechado, um enterro triste, com poucos acompanhantes. Cipriano Sombra deu cova ao aprendiz de toureiro bem distante da morada eterna de Pimpão. Segundo disse, era para evitar confronto de almas de seres que não se entenderam em vida.

Sertão do ribeirão do Engano

São histórias antigas, polidas pelo tempo. Quando as ouvi e pude entender já se assemelhavam às pedras do fundo de um rio, lisas e brilhantes, moldadas pela correnteza das águas perenes e incessantes. Aconteceu no ano de 1917, quando o paulista Salvador Castilho, no comando de um pelotão de aventureiros, vindo do estado de São Paulo, atravessou o rio Paraná, afundou-se na floresta virgem e estabeleceu o marco inicial da povoação do Rio das Cinzas, como ele próprio denominou. O lugar do acampamento ficava a cerca de vinte quilômetros do rio patrono, rio cujo batismo já estava sacramentado nos mapas daquele tempo. Depois o nome da localidade de Rio das Cinzas passou a Cinzas simplesmente, como acontece nos costumes de economia da linguagem. Os primeiros a tombar foram os indígenas das nações caingangues, guaranis e coroados. E começou o bárbaro massacre da flora e da fauna. Os bichos sendo caçados, a carne para consumo próprio, as peles sendo tratadas ao sol para um rendoso comércio nascente. Logo uma primeira serraria foi montada e as grandes árvores sendo atacadas a golpes de machado e traçadores.

Aqueles que seriam meus avós paternos, Juvêncio e sua mulher Lina, chegaram ao Cinzas dois anos depois, em 1919 — eram muito jovens, ela trazia um filho enroscado na cintura — e integravam uma comitiva junto com cinco outros casais, uns com filhos, outros sem. Pessoas simples, dispostas a ganhar a vida com a força dos braços. Chegaram em cavalos bem arreados e tangiam uma pequena tropa de burros com cangalhas carregadas de alimentos, ferramentas básicas, anzóis, linhas e redes de pesca, espingardas e munição: o mínimo para começar uma nova vida. Vieram na mesma rota dos fundadores, saíram de terras paulistas, atravessaram de balsa o rio Paraná, enfrentaram estradas de carroça, veredas e picadas na floresta, armaram as barracas de dormir nos lugares mais adequados, em clareira ou embaixo de árvore frondosa, onde acenderam fogo de proteção noturna. Na chegada encontraram o minúsculo povoado com nove casas habitadas e um casarão de propriedade de Salvador Castilho, uma espécie de estalagem com artigos rústicos de primeira necessidade, para vender ou trocar, e local de pousada.

Cinzas, esse lugar, o germe de uma cidade, um enclave, uma porta avançada para se penetrar na Mata Atlântica, onde acorriam pessoas aventureiras em busca de explorar as riquezas da exuberante e devoluta floresta virgem. Juvêncio e seus companheiros iniciaram a construção de um rancho coletivo: paredes de madeiras de pau a pique barroteadas e cobertura de sapé. No rancho provisório deixaram mulheres e crianças e saíram em busca de uma beira de rio e de terra propícia para o plantio. Abrindo picadas à força de machado, foice e facão, levando os cavalos de sela e os burros de cangalhas, penetraram mais de trinta quilômetros mata adentro. Três semanas depois, os homens voltaram com a tropa para buscar as famílias. Nesse tempo já tinham construído uns rústicos ranchos numa clareira aberta na floresta. Um lugar de sonho, descrevera Juvêncio à sua mulher Lina: "Erguemos os ranchos num lugar bonito, uma várzea grande entre dois rios, um rio bem pertinho, outro mais longe. Você vai gostar do lugar, lá vamos construir nosso futuro". Era um princípio de setembro, Juvêncio, aquele que seria meu avô, disse essas palavras à sua mulher de dezoito anos e ao filho de seis meses, os olhos sorridentes mudavam do esverdeado para o azulado. Os últimos dias do inverno apressavam o tempo rumo à primavera, tempo de brotação, tempo propício para preparar as terras de plantio.

No primeiro embate com a mata, Juvêncio, em regime de mutirão com seus parceiros, abriu uma enorme clareira que rendeu vinte alqueires plantados de milho. As sementes germinaram em esplendor na terra fértil sem dono. Nenhuma praga ou erva daninha para competir com a lavoura. Nem mesmo capim existia. De princípio os cavalos comiam apenas folhas de palmeiras e a limitada reserva de espigas de milho trazidas nas cangalhas. Nenhum senhor de terras a reclamar posse, nenhuma cerca e nenhuma demarcação. Na chegada sobravam árvores frondosas, a caça e a pesca eram abundantes e faltava apenas saber os nomes das serras, montes, veredas, cachoeiras, córregos e rios, mas não tinham a quem perguntar. Porém, a criatividade, guiada por acontecimentos, logo se ocuparia de batizar os acidentes geográficos do novo espaço. Numa manhã de domingo, Juvêncio e um companheiro montaram em uma canoa no liso daquele rio mais perto das choupanas e desceram no rumo leste, levando anzóis e redes de pesca. Não havia necessidade de descer o rio, pois nas beiradas dos ranchos era só lançar o anzol e retirar os peixes da água. Mas, animados por desejos de aventura e porque queriam peixes graúdos para salgar e secar ao sol, foram levados pela correnteza em espírito de exploradores, descendo por largos lajeados de água rasa onde precisavam arrastar a canoa por sobre as pedras; sempre descendo, atravessaram estreitos de águas profundas e avistaram veados e antas pulando na água, nadando a favor da correnteza na frente da canoa e entrando no mato na outra margem; sinfonias de pássaros imensos e de canto estridente passavam cruzando o rio, um vigoroso esvoaçar de asas naquele silêncio. Tanta árvore frondosa com seus galhos avançando na direção das águas que quase não se distinguiam as margens. Jornada de horas rodando rio abaixo, até perceberem, com maravilhado espanto, que o caudal os levava numa grande volta a emendar no outro presumido rio — aquele mais longe das choupanas, o que corria para o oeste. Não se tratava, portanto, de dois rios e sim de um único, espécime de siamês, um tipo de cobra grande espichada e torcida, sendo impossível decifrar onde ficava o rabo e onde ficava a cabeça. Um majestoso engano dando motivo para o apropriado batizado: dali em diante um rio só, o ribeirão do Engano. Um batizado com jeito de introduzir disciplina geográfica. Depois todas aquelas terras e matas em volta, até as vertentes das altas serras e além, no âmago da Mata Atlântica, tudo seria referido como o sertão do ribeirão do Engano.

Alguns meses mais tarde descobriram mais um rio, esse demorou a ter nome perene. Primeiro foi rio das Antas, pois em uma curva forte, onde as águas eram mais paradas e profundas, surpreenderam uma trinca de antas bebendo água. Mais tarde seria nomeado o rio da Canoa-Virada, pois lá a canoa do Manoel Tropeiro foi engolida pela correnteza num dia de chuva forte, e o homem escapou a nado. Até acontecer o nome definitivo: rio Maroto. Por que Maroto para nome de rio? Bem, era um rio modesto, certo, regulava um terço do caudal do ribeirão do Engano, mas esse rio miúdo tinha engolido uma canoa e virava um monstro de rio durante as chuvas fortes. Não era rio para lavouras nas barrancas. Enchia demais, vazava muito metros acima de seu leito natural e inundava grandes extensões de floresta. E Maroto, pois, era nome adequado para o indômito rio. Um batismo original, de engordar de beleza os nomes das cercanias.

Nos rios, a pesca era farta: dourados, pintados, cascudos, traíras, bagres gigantes; no chão das matas, a caça era abundante: multidões de antas, veados, capivaras, catetos, queixadas, tatus-galinha, tatus-bola — com tanta fartura de carne, nem era preciso lançar mão de atirar nas aves coloridas e de bom porte nos altos das grandes árvores, nem nas aves aquáticas das regiões de banhado; nunca se vira as roças de milho em tão extraordinário viço, grãos em abundância para engordar porcos à vontade, sem necessidade de cercas. Um sertão sem dono, esse paraíso.

Os tempos de terras devolutas duraram pouco mais de quatro anos. Depois apareceram três homens armados de carabina, brandindo escrituras em nome de um dito coronel Silvino — arvorado em dono daquela imensidão de terras — e requeriam dos pioneiros o pagamento sobre a terça parte da produção de todas as roças ou a imediata desocupação. Os tais papéis cheios de carimbos eram supostas escrituras registradas em cartório da capital Curitiba. Quintino foi o primeiro a receber o trio de jagunços no terreiro de sua choupana. Acolheu os mensageiros em boa paz. Nada tinha em mãos, apenas um punhal enroscado na cintura. Mas quando os motivos apareceram, a discussão azedou, os forasteiros sacaram as armas. Nesse instante extremo do desenlace, Quintino rodou pelo chão feito fagulha de corisco e nenhum disparo foi capaz de triscar seu corpo, bastando três segundos para a composição da cena: dois homens esvaindo em sangue no chão, um atingido pelo punhal no coração e outro de garganta cortada, e o terceiro jagunço, o líder, com a arma descarregada, fugindo apavorado. Os invasores não conheciam Quintino, um homem de corpo fechado, e essas duas mortes inaugurais desataram a explosão da violência no âmago do sertão do ribeirão do Engano.

Entreveros do Quintino

A noite já começa a espalhar suas tintas negras por toda a parte e Quintino, apeado da montaria, amarra o cavalo e o burro de cangalha no tronco. Chega ao Cinzas, precisa comprar uma foice, sal e querosene para os lampiões. Mal entra pela porta da estalagem de Salvador Castilho, e já escuta seu nome num fiapo de conversa:

— ... e, por acaso, sabe por onde se maloca um tal Quintino?

Dois lampiões a querosene pendurados nas travas do telhado fazem dançar as sombras. A pergunta do homem escuro injeta uma incômoda corrente de mau presságio no corpo de Salvador Castilho, pois nesse exato instante a figura de Quintino encosta na outra extremidade do balcão.

— Boa noite, Salvador. Bota um trago pra rebater a friagem.

A chegada e o pedido de Quintino são providenciais. Salvador Castilho isola a pergunta venenosa do forasteiro e desliza para o outro lado. Leva em mãos a garrafa de cachaça e um copo.

O homem de botas altas e chapéu de abas dobradas fica sem resposta e espera. Termina de um gole a cachaça e bate duas vezes o fundo do copo no balcão: quer mais uma dose. Salvador serve Quintino e, como uma marionete movida a controle remoto, se desloca de novo em direção ao forasteiro levando a garrafa na mão. Quintino de semblante cinzento aproveita e escorrega em passos macios de lobo, em movimento de tomar posição, de se aproximar mais, de dominar a geografia da cena. A aliança de Salvador Castilho é com o povo da terra e, ao retornar com a garrafa em mãos, de rabo de olho fotografa o revólver enroscado na cintura do desconhecido, o cabo projetado para fora. E enquanto enche de novo o copo responde em frase espichada:

— Pois... Quintino deve andar enfiado por esse sertão de Deus...

Alteado de cachaça, o homem fanfarreia:

— Pois vim pra esses cafundós fazer rota, bater na frente do destacamento. Vem por aí um tropel, vai ter fogo pesado. Esse tal Quintino destina virar peneira varado de balas. Precisa pagar as duas mortes.

— Pois Quintino sou eu! — é a resposta no grito de voz rouca.

E num tempo mais rápido que o bote de uma urutu-cruzeiro, o revólver aparece na mão do desconhecido e explode um tiro. Num átimo de tempo anterior, impossível de medir, Quintino rola no chão, levanta com a faca rodeando a garganta do homem e o sangue jorra em desenho de gravata vermelha: o matador compra passagem de acertar contas com o Diabo, o terceiro finado de faca na guerra do ribeirão do Engano.

Dois dias depois passa pela estalagem um tropel de mais de vinte jagunços; montam cavalos irritadiços, trazem as cinturas adornadas por revólveres e punhais, e nos cinco burros de carga uma montanha de carabinas e munições. Tomam conhecimento da morte do batedor e se enveredam pelo sertão trincando os dentes. Nem sombra de Quintino. Logo depois do entrevero na estalagem, o cafuzo, ciente do fogo pesado por vir, reúne um bando de resistentes e afunda dez léguas de mata adiante, na direção dos socavões das serras de Congonhinhas. Por seu lado, Juvêncio não abandona a roça, mas medroso foge para o mato. Nessa altura a família cresceu, são cinco agora. Além do filho de cinco anos, no novo lugar nasceram mais duas meninas. Lina precisa se virar para tomar conta de tudo na casa e ainda levar comida todos os dias para o marido escondido na mata. Juvêncio fica mais de um mês confinado em seu esconderijo e só depois, aproveitando um momento de calmaria, volta para negociar. Fica acertado que dali em diante pagaria arrendamento para os invasores.

A disputa pela posse da terra se espicha durante anos, deixa as matas e águas do sertão do ribeirão do Engano tingidas de vermelho, com muitas mortes de ambos os lados. Mas a corda finda por rebentar do lado mais fraco, prevalece o poder de fogo dos invasores, e o grandioso mandatário, com suas escrituras endossadas em cartório da capital, toma posse da terra. Juvêncio agora planta e paga o arrendamento, até muitas safras depois, quando junta um pequeno capital e negocia uma terra para si. Desse momento em diante é proprietário, de *papel passado*, de um bom pedaço de terra medido pelas divisas de rios, pelos altos vertentes das serras, tudo sem cercas.

Os negócios fluem bem para Juvêncio. Ano após ano, a toada se repete: plantar o milharal em mutirão e engordar porcos. Buscar os porcos magros em Tomazina é viagem célere, os animais leves marcham bem, bastam apenas doze dias de batida por rústicos caminhos de carroça, veredas e picadas na mata. Mas, depois de engordados, a viagem de volta é demorada, um dispêndio de vinte e oito dias tangendo aquela massa de banha: porco gordo é cardíaco, não pode ser apressado, senão entra em estresse e rebenta o coração.

Entregar os porcos gordos ao mercado é momento de regozijo e encerra um ciclo. Pagamento no ato, dinheiro na guaiaca, é hora de aproveitar um pouco e resolver os assuntos de guarnição. Repousam dois dias e duas noites na cidade, na estalagem habitual, simples e completa: cama confortável e comida caseira para os homens da comitiva, boas pastagens e boa aguada para cavalos e burros. De noite circulam pela urbanidade nascente de Tomazina. Deslumbrados pela luz elétrica, vão à estação surpreender a chegada ou a partida de algum trem, nessa estação ponto final da estrada de ferro que transporta os porcos gordos desses rincões afastados até o consumo na cidade de São Paulo — a vigorosa e longínqua capital do estado vizinho. De dia olham, admirados, as pessoas da cidade, meninos de calças curtas indo ou voltando da escola ou correndo de um lado para o outro; moças tranquilas pelas ruas em trajes ousados, algumas até fumam e andam de calças de homem, enquanto eles, em missão, entram nos armazéns e compram os itens básicos de subsistência para mais seis meses.

No caminho de volta impera a leveza e a alegria de tropear porcos magros de retorno ao sertão, uma viagem mais curta com animais enxutos, lépidos e ariscos. Juvêncio retorna feliz flutuando nos arreios, parece uma criança a patinar na lama em dia de chuva. Na guaiaca traz um bom dinheiro de saldo, nada de deixar o lucro na cidade, confiar em bancos nem passa pelo pensamento, dinheiro é para ficar à vista do dono, guardado no cofre de seu quarto de dormir, armário metálico do qual só ele sabe o segredo de abrir. As cangalhas, cobertas com capas de chuva, vêm abarrotadas com sal fino de cozinha, sal grosso para os animais, remédios básicos de farmácia, querosene para os lampiões, vela para um lume de luxo, lima para afiar as ferramentas e ainda, sapatos, botinas, foices, machados, as grandes serras traçadoras para desdobrar, na força dos braços, as toras de madeira e fabricar tábuas, vigotas e caibros; e embrulhados e protegidos no matulão vêm os presentes para a mulher, os meninos e as meninas, a família sempre a aumentar. São panos rústicos e ásperos para calças, camisas e vestidos — indumentária básica para a lida nos roçados —, alguns panos mais finos, e alguns enfeites para a mulher e as meninas se apresentarem bem, nas raras festas de comemoração de santo ou de casamento.

Grupo Escolar e tio Bento

Acordei depois de uma noite buliçosa, as emoções prometidas do grande dia não me deixaram encontrar boa posição na cama, logo nas primeiras luzes eu já estava ao pé do leito de minha mãe, aprumado em impecável uniforme de camisa branca, calça curta azul, sustentada por um suspensório da mesma cor, e sapatos pretos novos. Ao toque das pontas dos dedos, minha mãe, arrancada do sono, abriu os olhos espantada com a aparição: "Mas que pressa é essa, menino? É muito cedo ainda. E por que já vestiu o uniforme, se nem tomou banho? Vai logo tirar essa roupa e entra no banho". Meu pai também despertou com o movimento, e eu me afastei em direção ao meu quarto. Tirei a roupa e fui para o banheiro. Com a água caindo em cima da cabeça cheia de espuma, ouvi novo comando: "E não se esquece de lavar bem atrás da orelha". Era a mãe passando no corredor.

Cheirando a sabonete e refeito em uniforme, apareci na cozinha, onde me esperava o café com leite e o pão com manteiga. Tio Bento tinha ocupado meu lugar no banheiro, e a mãe, depois de me examinar e aprovar a limpeza das orelhas e do pescoço, verificava os últimos detalhes de minha bolsa: "O Bento vai com você. Mas é só hoje, o primeiro dia, o caminho da escola é fácil e você sabe de cor e salteado". E sabia mesmo, a companhia de meu tio era apenas uma precaução da estreia, já tinha passado tantas vezes sozinho em frente ao Grupo Escolar...

Era o início do mês de março, um ano, dois meses e alguns dias de água haviam rolado por debaixo das pontes, desde a festa do padroeiro naquele exaltado dezessete de dezembro. Na verdade, até outra festividade em comemoração à mesma data tinha sido realizada havia bem pouco tempo, mas sem as retumbâncias daquela outra tão memorável. E desse tempo corrido, em meu diário íntimo, restaram registrados para sempre dois acontecimentos extraordinários. Na manhã daquele Natal, oito dias depois da festa retumbante, encontrei na árvore montada na sala o presente deixado por tio Bento — uma bola de couro, número um — e ainda outro mimo deixado por meus pais, esse um dos mais belos presentes de toda a minha infância: um caminhãozinho de carregar bebidas com seis pneus de borracha macios e, no comando, um chofer de boné na cabeça. Na carroceria, dispostas em pequenos engradados, vinha uma imensa carga de garrafas de todas as cores, e o caminhão ainda buzinava e acendia as luzes. Fiquei tão feliz com o presente, por certo vindo de São Paulo, que no ato decidi meu futuro: quando adulto seria motorista de caminhão e transportaria bebidas por todas as cidades do mundo.

Mas, de tudo, o mais extraordinário foi o grande acontecimento, um mês depois, na misteriosa noite de fim de janeiro. Tia Jovita, no comando, e a comadre Martinha estavam a postos desde o entardecer. O ambiente era de expectativa. A reunião entre as mulheres se desenrolava no quarto da mãe, o pai ficou no senta-levanta entre a sala e a cozinha, tomava goles e mais goles de café, e eu e o tio Bento ficamos confinados no nosso quarto com a porta fechada. Mas logo abrimos uma pequena fresta que nos permitia vislumbrar os movimentos no corredor. À medida que o tempo passava, aumentavam os gemidos e os passos ligeiros indo da cozinha para o quarto. No vaivém enxergávamos as silhuetas da comadre Martinha e da tia Jovita passando com panos brancos secos enroscados nos braços e bacias de água morna, de onde exalava uma fragrância doce de ervas. O movimento para lá e para cá e o murmúrio de vozes foram se intensificando, e os gemidos vindos do quarto da mãe crescendo sempre, até subir a um pico de franca agonia de gritos de dar medo e desaguar num silêncio quente e momentâneo de paz, a dominar todo o ambiente na forma de um grande suspiro. O tempo parou em reverência ao choro fininho e persistente se espalhando pela casa e logo se exaurindo, e ouviram-se as vozes alegres e os passos apressados do pai pelo corredor. Tio Bento fechou a porta, como um último disfarce do nosso falso alheamento, e disse: "Agora vamos dormir, amanhã você pode ver seu irmãozinho ou irmãzinha. O que você acha que é?".

No outro dia de manhã eu visitei a novidade: a mãe deitada na cama estava pálida e no seu rosto resplandeciam luzes de felicidade; parecia uma viajante retornando de exaustiva viagem ao Paraíso, a experimentar os efeitos de um gozo pleno de realização; seus olhos, inundados de divina ternura, apontaram a surpresa que trazia ao seu lado: um bebê enrolado nos cueiros. Ela pediu que eu chegasse mais perto. Mostrou um rostinho sereno, de pele translúcida e rosada, as minúsculas veias azuis em seus olhos fechados em cândido sono. E a mãe pegou a tenra mãozinha para espalhar os dedinhos e unhas rosadas sobre a palma de minha mão e revelar o segredo: "Você ganhou um irmãozinho".

Portanto, no dia de minha ida à escola pela primeira vez, meu irmão, Alencar, já tinha festejado seu primeiro ano de vida, enquanto para mim faltava um mês para completar sete anos. Foi uma estreia precedida de preparos rudimentares e preciosos. Minha mãe, nos seis meses anteriores, havia me ensinado a segurar o lápis: "Não é assim que se pega, filho, isso não é uma chave de fenda, nem martelo... apruma um pouco mais deitado... assim fica fácil de escorregar na folha e desenhar as letras". E ela escrevia com traços quase apagados as cinco vogais, repetindo linhas e mais linhas nas folhas de um caderno e pedindo para eu cobrir, uma a uma, aquelas fileiras de letras. Depois ia dizendo os nomes e eu repetindo o mantra melódico das vogais, a chave primitiva de abrir o mundo novo da escrita. Lembrando disso, sinto uma grande ternura; eu conheceria mais tarde as limitações de escrita da minha mãe: ela mal sabia desenhar as letras de seu nome para a assinatura, seus parcos conhecimentos não iam muito além das vogais. Também tio Bento se dedicou a me ensinar os números, umas continhas de somar e subtrair, me apresentou os rudimentos da multiplicação através das tabuadas do dois e do três e me ensinou como realizar as operações usando os dedos das duas mãos. Meu tio vibrava muito quando eu acertava umas contas simples de cabeça. Dizia que muito em breve eu poderia atender aos fregueses que vinham à máquina de arroz comprar farelo, e não erraria nos trocos. Então, em meu primeiro dia de aula eu já levava na mente as cinco vogais e os dez algarismos, e começava a entender o truque posicional para formar os números.

Dentro da bolsa marrom junto ao corpo, enroscada no pescoço, eu levava os itens essenciais para a primeira viagem: estojos de lápis, apontador, borracha, cadernos e um pote com o lanche do recreio. Ainda descendo os degraus da escada da varanda, escutei os últimos conselhos: "Olha, filho, se sentir vontade de ir ao banheiro, peça para a professora, não fique com vergonha, que é pior".

Tio Bento saiu pelo portão e eu fui logo atrás. Marchava na rua orgulhoso em meu uniforme, no bolso da camisa a mãe havia bordado o símbolo da escola. No meio do caminho cruzamos com o Zé Botina abrindo as portas da sapataria. E após o bom dia recíproco, meu tio quis saber do estado da barriga do maestro e sapateiro, se era mesmo o caso de ele voltar a trabalhar aquela semana, se já estava recuperado da cirurgia.

— Já cumpri quase toda a dieta, só faltam seis dias de canja de galinha. Esse doutor Marfan é mesmo bamba. O sujeito me tirou da cova! — E ao dizer isso levantou a camisa e exibiu a costura.

— Pelo jeito tá ótimo — elogiou meu tio, observando a cicatriz. Depois disse que estava me levando para o meu primeiro dia de aula.

— Tudo bem, vá sem pressa, homem. Você sabe, segunda-feira de manhã cedo é meio morto. — E em seguida passou a mão em meus cabelos: — Nossa, galã, como tá bem aprumado nesse uniforme! Só quero ver a saída, como vai estar essa camisa branca depois do recreio.

No portão da escola, tio Bento enfiou uma nota no meu bolso.

— Isso é para uma maria-mole quando você voltar. Mas não conta isso pra Nena, tá bem? Senão ela vai reclamar que doce tira a fome.

— Tudo bem, tio, pode deixar.

E antes que me afastasse, ansioso para entrar, ele ainda reforçou as recomendações:

— Preste atenção no que sua mãe disse: se sentir vontade de ir ao banheiro, pede logo pra professora. E lembra que eu vou para o almoço bem antes da sua saída. Você volta sozinho. No caminho compre a maria-mole no bar do Sendão e vai direto para casa. — O tio me deu um beijo, e eu atravessei o portão da escola.

Tio Bento trabalhava na sapataria como ajudante. E nas últimas cinco semanas teve que segurar sozinho o batente. Zé Botina, o dono da pequena sapataria, tinha se submetido a uma cirurgia de transplante de tripa pelas mãos santas do doutor Marfan. Para o meu tio o mais difícil tinha sido segurar o trabalho aos sábados, dias de maior agitação, quando o povo, vindo de chácaras e fazendas dos arredores, trazia seus sapatos e botas precisando pregar o solado, costurar o couro ou mesmo colocar uma meia-sola. Com tanta afluência de fregueses, muitos esperavam um largo tempo, sentados, de pés descalços ou com meias, enquanto seus calçados eram consertados. Mas foi um esforço nobre, tratava-se da saúde do seu amigo Zé Botina.

O transplante era o ponto alto da perícia do médico Marfan, um espetacular avanço da medicina que ele trouxera para o Cinzas. Suas elogiadas cirurgias resolviam as temíveis dores de barriga das pessoas que não podiam comer nada, porque seus intestinos não aceitavam qualquer alimento com o mínimo de gordura, de pimenta, e tampouco toleravam os farináceos. Essa temida moléstia carregava o nome de nó nas tripas. A cura vinha da delicada cirurgia, durante a qual o doutor Marfan trocava o pedaço danificado de tripa por uma parte equivalente do intestino de um porco ou de uma ovelha, dependendo do caso. Isso depois de tecer loas científicas sobre as semelhanças anatômicas, genéticas e funcionais entre o sistema digestivo dos humanos, dos suínos e dos ovinos. Com esse procedimento cirúrgico, as mãos milagrosas do médico já tinham salvado da beira da cova alguns habitantes da cidade, entre os mais ilustres o fazendeiro Pedro Olímpio e o maestro Zé Botina. Até meu pai quase entrou na faca.

Enquanto eu almoçava, após retornar do meu primeiro dia de escola, a mãe, acomodada numa cadeira à minha frente, perguntava das boas novas. Contei o nome da professora, Eulália, uma senhora gentil. Contei os nomes de algumas crianças conhecidas, todos na minha classe, Cabeça, Zanzão, Tanque... "Fala direito o nome dos seus coleguinhas", ralhou carinhosamente a mãe, me interrompendo diante dos apelidos da turminha. Contei ainda que tinha me sentado na fila do meio, na terceira carteira, e que não tivera dificuldades com as vogais e a professora se espantara com meu conhecimento dos números. Do que tinha gostado mais? Do recreio, claro. A correria no pátio, o jogo de bolas de gude... não tinha levado minhas bolinhas e fui socorrido por Barril, que me cedeu algumas por empréstimo. Meu amigo era um veterano da segunda série.

Depois, perguntei do meu tio e a mãe disse que ele já tinha almoçado e voltado para o trabalho. Era importante para o tio Bento trabalhar na sapataria e ganhar uns trocados. Sua parte da herança fora toda convertida em terras, estava sob a guarda da justiça, e seria usufruída após a maioridade. Também, no domínio do ofício, ele recuperava os calçados de toda a família e remendava as bolas de couro abandonadas por um time de futebol local; assim, nunca faltaram as pelotas para nossas brincadeiras. Meu tio trabalhava de dia e estudava a primeira série ginasial no período noturno. Apesar de modestos, seus ganhos lhe permitiram adquirir a fabulosa Parker 51, a caneta mais desejada da época, e com ela fazer inveja aos colegas de classe. A joia teve estreia no tempo buliçoso da eleição para prefeito. O candidato favorito era Nicanor Bueno, um político mentiroso e populista que terminaria sendo eleito. Tio Bento, franzino, um começo de bigode tingindo o rosto, veia de humor aguçada, animava os recreios noturnos com suas palhaçadas imitando a voz e a pose do candidato Nicanor, numa representação de comício, em que o público era seus colegas de ginásio. Subia num caixote ou tambor improvisado e, com um pedaço de papel e a caneta em mãos, anunciava a primeira providência ao assumir o cargo:

— Com o poder de prefeito, com essa legítima caneta Parker 51, vou assinar os mais importantes instrumentos, em prol da melhoria de vida do nosso povo. Povo esquecido por todas as administrações. Já tenho aqui o texto do meu primeiro decreto, que agora assino na frente de todos. — E fingia ler num papel um suposto decreto, com especial realce para os pontos principais: — ... devido ao estado lamentável das estradas que ligam nossa cidade aos municípios vizinhos, fica estabelecido, a partir de agora, por força deste decreto, que toda subida seja transformada em descida, e que todos os buracos sejam virados de boca para baixo. Cumpra-se.

Pena que a caneta tenha tido vida tão curta. E eu tenha desempenhado o papel de algoz da relíquia, um terrível infortúnio. Nos quatro anos iniciais, para a escrita, só era permitido o uso de lápis e borracha. Isso fazia parte do projeto pedagógico da escola. Caneta e seus acessórios (tinteiro e mata-borrão) eram introduzidos apenas no primeiro ano ginasial. Mas no final do primeiro ano primário, contrariando as regras, levei para a escola um mata-borrão e a tal caneta Parker 51 carregada de tinta. Sem pedir permissão ao tio, coloquei a joia em minha bolsa. Lógico, me tornei a atração do recreio. Mostrei minha habilidade no uso daquele instrumento avançado — naquela época imperavam as canetas-tinteiro, ainda demoraria uns dez anos para aparecer entre nós o luxo das canetas Bic. Todos queriam tocar a Parker 51, sentir o bico de metal deslizar num pequeno pedaço de papel, deixando o rastro fino de tinta azul, ou apenas se contentavam em comprovar a eficiência do mata-borrão, aplicando rápido o instrumento sobre um pingo de tinta deixado cair sobre o papel. Foi um recreio glorioso do meu ponto de vista, mentia que a caneta era minha e que estava ansioso para chegar logo ao ginásio e poder usá-la em plenitude.

Mas naquele fim de manhã, ao entrar no meu quarto de volta da escola, a aventura custaria um preço terrível: por mais que procurasse na bolsa e nos meus bolsos, nada de encontrar a caneta. Foi um murro na barriga, meu coração desatou a pulsar na garganta, e vieram ao meu pensamento as duas prováveis hipóteses: ou a Parker 51 ficara na escola, ou fora perdida no caminho. Não esperei nem um segundo, não tirei nem mesmo o uniforme, deixei a bolsa jogada no assoalho e, escondido da mãe, saí pela janela do quarto, contornei o imenso monte de palha de arroz, saltei a cerca e ganhei a rua. Aflito, apressando os passos, fazia de volta a caminhada em sentido contrário. Nem bem tinha andado trezentos metros, antes de passar em frente à sapataria do Zé Botina, encontrei a caneta caída no meio da rua. O rastro em forma de sulcos no chão não deixava dúvidas: a Parker 51 tinha sido esmagada pelas rodas de uma carroça. Juntei os cacos na palma da mão, enquanto minhas lágrimas mornas e silenciosas caíam sobre os destroços. Retornei devagar, as pernas bambas e a alma encarcerada num porão escuro. Como dar a notícia ao meu tio? A mãe, ao escutar a batida do portão, saiu na janela e não entendeu a cena, deu um grito lancinante ao me ver subir os degraus da varanda: "O que é isso, meu Deus?". Afinal, eu tinha entrado em casa alguns minutos antes, e como se explicava eu estar ali fora chorando, sem a bolsa, e ainda com o uniforme da escola? Entrei me esgueirando pela varanda e, na sala, apresentei em minha mão aberta a caneta esmagada, os soluços me impediam as palavras. "Minha nossa, Virgem Maria! O que aconteceu com a caneta do Bento?" A mãe me pedia explicações aos berros. Com grande esforço, tropeçando nas palavras, dei a entender como o desastre acontecera. "E você pediu licença pra levar a caneta?" À pergunta rascante, balancei a cabeça negando. E logo veio a avalanche de reprimendas: "Você tá louco, menino? Onde já se viu um desatino desses? Com que cara você vai contar pro seu tio?". Não me bateu, ela não me batia, mas usava de expediente singular quando, a seu ver, a situação exigia a correção pela dor: aplicou seu beliscão dolorido no meu braço — apertava a pele com os dorsos dos dois dedos, anular e médio, aplicados na forma de uma mordida de alicate, e depois girava torcendo — e eu gritei de dor, eu sempre exagerava nos gritos para ela se compadecer e não apertar tanto. Mas daquela feita a magnitude do desastre e as consequências exigiam um castigo duplo. E lá veio um segundo torniquete ainda mais dolorido: "E esse outro é pelo susto que eu levei. Pensei que era a assombração do meu filho no portão! Por que não me avisou quando saiu!? Tira esse uniforme e vai já para a cozinha, seu prato tá esfriando. E mais, você vai ficar de castigo, dentro de casa sem sair, nada de rua, até amanhã".

Depois de almoçar, escovar os dentes com toda a calma do mundo — afinal, para que pressa, eu era um prisioneiro —, sozinho no meu quarto, recolhendo os cacos da caneta, considerava um despropósito aquele segundo beliscão. Eu não o merecia, também estava sofrendo com a perda da caneta; tentava explicar para mim mesmo o desproporcional susto de minha mãe ao me ver entrando pela segunda vez seguida pelo portão e me vieram à mente suas histórias de visagens (algumas pessoas mortas vinham pedir ajuda à minha mãe), talvez ela tivesse pensado que eu tinha morrido e retornava chorando.

No fim da tarde, ao chegar da sapataria, tio Bento ficou triste ao ver os destroços da Parker 51. Mas não fez escândalo nem brigou comigo: "Essas coisas acontecem, você deveria ter me pedido e eu teria deixado você levar a caneta à escola. E teria acontecido tudo igual, era para acontecer, nada impediria a carroça de passar por cima...". Depois me envolveu com um olhar afetuoso e passou a língua nos lábios. Até hoje me lembro desse seu gesto, às vezes fazia isso quando refletia ou expressava carinho. Ah, aquele jeito de passar a língua nos lábios e se perder em pensamentos e desabrochar em um sorriso, sorriso que permanece eterno em minha lembrança. Também do meu tio posso evocar, de memória, sua reputada capacidade de abafar ruídos. Aos sábados ele acordava cedo, era dia de labuta intensa na sapataria, e ninguém da casa escutava qualquer barulho enquanto ele tomava banho, se arrumava e caminhava, em passos de lã, até a cozinha e preparava o seu café. Ao sair para o trabalho, tratava a porta da cozinha com delicadeza, abafando por completo um possível último ruído. Eu sempre tive sono pesado, desde criança. Mas sei disso, porque minha mãe, sempre que surgia a oportunidade, elogiava esse predicado do tio Bento. E, de uma feita, eu mesmo o observei engraxando a dobradiça da porta da cozinha, talvez porque seu aguçado ouvido tenha percebido algum guincho que a nós escapava.

Risadinha em desfile

No fim da manhã, eu acabara de sair da escola em companhia do Barril, quando topamos com a trupe em desfile. Demorei alguns minutos para reconhecer o homem no comando, vestido em roupa colorida de palhaço, gritando no megafone as principais atrações do espetáculo da noite. Evoluíam na rua principal, em direção às nossas casas, e foi natural seguirmos o movimento. Era impressionante como aquele homem tinha se transformado. Projetado acima do cortejo, em pernas de pau de meio metro, Risadinha não parecia o mesmo que dois dias antes me passava ordens...

No conjunto se destacava um mágico vestindo um terno preto amassado, na cabeça uma cartola de altíssima copa, que ele seguidamente tirava para cumprimentar um observador curioso, escolhido ao acaso. E a cada vez que o mágico sacava a cartola, saíam esvoaçando borboletas miúdas, sempre variando em cores, amarela, azul, vermelha... Em cima de um carro, parecendo uma bola humana, um emaranhado de braços e pernas enroscados no pescoço, desfilava o Homem-Borracha... Um trio, à guisa de comissão de frente — seriam dois jovens e uma garota? —, com roupas de cores cintilantes e justas nos corpos, exibia-se em piruetas e saltos mortais... E ele, o palhaço Risadinha, misturado à comissão da frente, lançava de seu possante megafone a todos os destemidos valentões da cidade o desafio de derrubar a mulher grandalhona e ganhar trezentos contos: "Onde tá um homem de coragem para enfrentar a mulher mais forte do mundo? A única mulher capaz de segurar um cavalo pelo rabo só com a força dos dentes!".

A Mulher-Gigante, de longos cabelos desgrenhados, fartos seios, carrancuda, de olhar tenebroso, babava — hoje penso que talvez usasse o truque de colocar, de tempos em tempos, um pedaço de comprimido efervescente na boca. E, à moda de um humano pré-histórico arrancado das cavernas, caminhava com as pernas bem separadas, tinha uma grossa corrente presa a um aro no pescoço com a outra ponta sustentada por dois homens. De tempos em tempos precisava ser contida, pois ensaiava saltar sobre um passante. A comitiva descia a rua, deixando um rabo de nuvem de borboletas coloridas.

Ladeando pela calçada, eu seguia vibrando no sentimento de pertencer um pouco ao séquito, pois tinha emprestado minha força de menino para montar o circo. Tive o consentimento de minha mãe, depois de insistentes e lamuriosos pedidos: "É coisa levinha, mãe! Vou ganhar entrada permanente!". E foi trabalho para mais de uma semana, sempre durante as tardes, uma ocupação de pequenos expedientes, buscar marretas, esticar cordas, carregar tábuas para as arquibancadas: "Piolho, traga as estacas. Piolho, arrasta aquele pano. Piolho, onde tá a cunha?". Tinha sido assim desde o momento em que me apresentei para ajudar. Ele, o que se dizia o palhaço Risadinha, em trajes de paisano, não se dera ao trabalho de perguntar meu nome e já me tratava à sua maneira, como se fosse o batismo de um candidato ao seu mundo.

O desfile quase atingia o fim da rua quando aconteceu a pausa no bar do Galdino. Liderados por Risadinha — ele o primeiro a entrar, dobrando o corpo e baixando a cabeça —, todos se afunilavam nas duas portas e ingressavam ruidosamente no bar; então arrastei Barril pelo braço e entramos nos calcanhares do Homem-Borracha, o último da fila. As duas mesas de centro do salão e os dois longos bancos corridos encostados nas paredes laterais estavam apinhados de gente. O grosso do grupo se aglomerava no balcão. Encomendavam guaranás, cervejas, os coloridos capilés e groselhas. Exigiam tudo bem resfriado...

... um sentimento de folhear na mente um álbum antigo de fotografias... Lembro do mágico esticando o braço, depositando a cartola sobre o balcão, deixando à mostra cabelos ralos e úmidos colados sobre a cabeça, e duas últimas borboletas amarelas, em dança sincopada, esvoaçando retardatárias, na luz da liberdade pela janela; a Mulher-Gigante encostada no canto do balcão toma refresco, em pose normal, sem ser vigiada, parece tão pacífica, as linhas do rosto suavizadas e as correntes amontoadas aos seus pés; o Homem-Borracha, empertigado, de magreza diáfana, se estivesse no escuro, contra a luz, seria possível ver os seus ossos; o megafone descansa sobre a mesa; a trinca de artistas de solo toma capilé descontraída; Risadinha com uma mão na lateral dos cabelos da falsa careca, em gestos de ajeitar o penteado, alto em sua perna de pau, o equilíbrio mantido pela mão agarrada ao alto na trave de madeira do telhado...

Todos estavam servidos. Risadinha entregou três entradas para o Galdino e voltou a empunhar o megafone, movimentos de puxar a retirada. Foi quando, do alto, me olhou fixamente e trovejou no megafone: "Diga, Piolho, você tem medo de fumaça?". O palhaço parecia ter me notado apenas naquele instante. O riso esgarçado no rosto, desenhado com tinta vermelha e aumentando sua boca até a orelha, injetou uma incômoda descarga de adrenalina em meu corpo. Fiquei estático, gelado. Diante do meu silêncio, à guisa de troça, voltou a trovejar: "Senhoras e senhores, a estreia do circo vai apresentar a grande explosão do pé de bode! E Piolho, o palhaço mirim, vai estrear ao volante!". O braço esticado e o dedo indicador da mão livre me apontavam, enquanto sua figura alta sapateava nas pernas de pau. Eu nunca tive medo de palhaço, mas uma energia estranha me jogou fora do bar; deixei Barril para trás e atravessei a rua apressado, buscando o portão da minha casa, ouvindo ainda as risadas do Galdino e do povo do circo.

A Mulher-Gigante

Na noite da estreia, as frouxas lâmpadas elétricas rodeando o grande balão aceso não inibiam o céu polvilhado de estrelas; uma estridente música sertaneja ressoava no alto-falante; cheiro de açúcar queimado e pipoca; crianças alvoroçadas, conduzidas pelos pais, em roupas de sábado; grupinhos de adolescentes tagarelas andavam de um lado para o outro aos tropeções, risos e olhares. Na fila da bilheteria, eu apenas acompanhava meus pais e o tio Bento, pois já trazia o meu ingresso.

Já acomodados na arquibancada ouvimos o terceiro sinal, que foi abafando a confusão de vozes, inclusive os gritos dos vendedores de pirulito. Um apresentador em cena anunciou a abertura, e logo, sob um repique enérgico de tambores, entrou no picadeiro uma turma de ginastas e equilibristas esbanjando vitalidade em saltos mortais de desenhos diversos no solo, piruetas duplas e triplas nos trapézios, equilibrismo em montanhas humanas, uma onda de energia física e domínio de músculos. Os ginastas saíram sob uma salva de palmas, deixando na cena a beleza plástica do enrosco impossível do Homem-Borracha. Ele se exibia sobre uma mesa de rodinhas, vestia uma roupa toda marrom imitando nudez, e mostrava de um mesmo lado a bunda e o rosto aberto em sorriso. Mas logo a trama de nós de seu corpo se desfez, e ele passou a coçar as orelhas com o dedão do pé e a exibir outras tantas variadas posições, antes de saltar da mesa com a agilidade de um pássaro enorme, curvar-se com a testa quase ao chão, agradecer, e sair levitando sob os aplausos.

Sem transição, homens de apoio colocaram no centro do picadeiro um serrote imenso e um caixão escuro de defunto, armando o cenário para a exibição dos dois mágicos que entravam em cena. Da cartola de um deles, ao ser retirada em cumprimento ao público, esvoaçaram borboletas coloridas. O outro mágico, mais alto, invadiu a primeira fila de cadeiras e retirou um prego enorme da orelha de um espectador, para num piscar de olhos rodopiar em torno de si mesmo, transformar o prego em um ramalhete de flores amarelas e entregar à moça ao lado do homem — tudo acontecendo no tempo exato de uma mulher com roupas cintilantes atravessar o picadeiro e se deixar fechar no caixão funerário, equilibrado em dois cavaletes, a meio metro do solo. Os mágicos tomaram posição, manobraram em vaivém o imenso serrote de dois cabos e serraram a mulher ao meio, enquanto cantavam entre sorrisos de dentes sádicos:

Serra, serra, serrador, serra em dois o meu amor
Ela me mata, ai de dor, mata, mata, Antenor
Serra, serra, serrador, serra em dois o meu amor
Ai eu morro, morro aflito, ai, eu morro, Benedito
Serra, serra, serrador, adeus, adeus, meu amor...

Quem é Benedito, quem é Antenor? Não era essa a preocupação do público, e sim o destino da mulher. De dentro do caixão escorria em abundância um líquido vermelho. Os ajudantes separaram o caixão em duas partes, a cantoria fúnebre continuava, mais uma golfada de vermelho inundava o chão. As crianças arregalavam os olhos, minha mãe tapava com um pano o rosto do Alencar: meu irmão bebê era, pela primeira vez, apresentado aos espetáculos de circo. Os mágicos passaram da cantiga a um choro desconsolado, as testas debruçadas sobre os pedaços do caixão. Depois se viraram para a plateia e, de olhos molhados, deram quatro passos sincronizados e tristes para logo simularem um grande espanto com o suspiro de alívio suspenso nas arquibancadas. Às suas costas — eles não podiam ver — os ajudantes arrumavam o caixão e, como num milagre, a moça de maiô cintilante saltava em pé, ilesa e sorridente, agradecia ao público e saía sob palmas, buscando os fundos do picadeiro na ponta dos pés, em graciosa e deslizante corridinha de bailarina.

E, também, os mágicos encenaram a despedida de assombro. Depois de se curvarem diante da plateia agradecendo aos aplausos e girarem sincronizados em direção à saída, o mais alto, aquele do prego e do ramalhete de flores amarelas, com o esforço das duas mãos, arrancou a própria cabeça e a entregou aos cuidados do mágico das borboletas. Os dois saíram abraçados, pareciam siameses de uma só cabeça, e antes de atingirem a saída desapareceram inexplicavelmente.

Estava encerrada a primeira parte, veio o intervalo e se instalou um clima de descontração por toda a plateia: risadas, conversas e gritos de vendedores. Alguns adultos se levantavam, bem como quase todas as crianças, estas ávidas pela passagem das novidades. E logo eu tinha em mãos um algodão-doce, meu irmão um pirulito e meus pais e o tio Bento sacos de pipoca. Passou outra moça fantasiada de coelho de longas orelhas: vendia maçã do amor, capilé e uns brinquedos inusitados. Minha mãe resistia aos brinquedos: "É jogar dinheiro fora, é caro e de mau gosto". Mas meu tio Bento presenteou meu irmão com um boneco de risada (era só apertar e brotava uma estrepitosa gargalhada) e me deixou levar uma dentadura de vampiro.

Na volta da apresentação, Risadinha fez uma estrondosa entrada no volante de um pé de bode caindo aos pedaços, trazendo de carona dois palhaços coadjuvantes. O carro rodava aos solavancos, envolto em uma densa coluna de fumaça, até atingir o centro do picadeiro, quando o motor apagou depois de um grande soluço. Os dois palhaços caronas desceram, um deles abriu o capô simulando procurar o defeito, enquanto o outro pegou a manivela e enfiou num buraco na frente da lataria do veículo e começou a girar. Tudo em movimentos anárquicos, sob as ordens desencontradas de Risadinha. Aquele palhaço curvado à frente do carro rodava a manivela, tentava reanimar o motor, e na obrigação do movimento volteava a bunda em círculos, e a calça caindo exibia para a plateia parte da cueca vermelha remendada; a máquina tossiu, Risadinha incentivou, a manivela rodou mais forte, caiu nos calcanhares a calça do palhaço e a cueca mal posicionada mostrou um começo de bunda peluda; outras tossidas mais fortes do motor seguidas de dois soluços curtos e o pé de bode pegou, rodou meio metro e parou funcionando. Os dois palhaços ensaiavam montar de novo, quando o carro se despedaçou numa grande explosão: os quatro pneus abandonaram a carcaça e rodaram para cima do público. Risadinha, estatelado no chão, parecia morto dentro de uma nuvem negra de fumaça. Os dois palhaços corriam atabalhoados em caçada inútil — eram quatro peças rodantes em muitas direções —, até que os pneus foram parados por homens que se levantaram nas primeiras filas. Risadinha emergiu de dentro da nuvem de fumaça coberto de fuligem. Ajudantes a postos recolheram os destroços do pé de bode. Risadinha e os dois palhaços coadjuvantes saíram para os bastidores, sob aplausos.

No epílogo do espetáculo era forte o burburinho na plateia sobre as chances do desafiante. De olho na bolsa de trezentos contos, Esmeraldo Garrafão tinha topado enfrentar a Mulher-

-Gigante. O destemido era um homem alto e forte, açougueiro de profissão, metido a boxeador, e levava em seu portfólio a façanha de ser capaz de levantar no braço a traseira de um automóvel. A Mulher-Gigante avançou em passos largos, as pernas bem separadas, e foi direto rondar a beirada das cadeiras, assustando as criancinhas. Esmeraldo Garrafão já estava no centro do picadeiro preparado. A luta não durou quase nada. No primeiro entrevero, quando tentava se aproximar, Garrafão foi fulminado por uma rasteira atômica — bateu primeiro a cabeça no chão para depois bater o resto do corpo — e ficou lá deitado, enquanto a Gigante cruzava os braços, estufava o peito e empinava o nariz, como se estivesse posando para as manchetes. Soaram a primeira e a segunda batidas do gongo. Mas, antes da terceira, Garrafão reagiu enfurecido e, com as duas mãos apoiadas no chão, lançou as pernas em forma de tesoura na direção do pescoço da Gigante. As pernas foram interceptadas por mãos de ferro, o açougueiro girou no ar feito um cata-vento e foi arremessado fora do picadeiro. A luta estava encerrada. Gargalhadas, risos nervosos, vaias, suspiros de surpresa e choros de crianças se misturavam na plateia. Eu tinha assistido toda a luta portando minha dentadura extra, exibindo os meus dois caninos de vampiro, mas fui impedido, no final apoteótico, de apertar o boneco de risada nas mãos do meu irmão, minha mãe abominou o número: "Isso é drama e não comédia, essas pessoas rindo são sádicas". Impressionante, mas o bebê Alencar permaneceu o tempo todo quieto, olhos enormes, não parecia assustado, talvez efeito da proteção extra de minha mão segurando a sua desde o começo da luta.

Nas semanas seguintes, o comentário geral foi de que Garrafão levava algumas costelas trincadas, só assim se explicava aquele andar meio de lado pelas ruas da cidade, a lhe dar um ar solene de guerreiro ferido, coisa que, no entanto, não impediu as chacotas, o rebaixamento miserável de sua patente: os mais ousados passariam a chamá-lo de Esmeraldo Garrafinha e os incautos de Esmeraldo Vidrinho de Vacina, variações sempre ditas por trás, ninguém desejava ser alvo da fúria represada do açougueiro.

Zangas da avó

Os olhos e os cabelos da avó Lina eram negros, o porte altivo e a pele formosa eram heranças de ancestrais da mata. Mesmo quando lhe chegou a velhice, a pele maltratada pelo sol e o rosto exibindo farta geografia de rugas, não se achava nenhum fio branco na cabeça: "Cabelo branco é pra quem carrega preocupação". E não havia mesmo preocupação, e sim missão. O foco de sua vida foi primeiro criar os filhos e depois os netos; tinha o leme nas mãos para decidir os grandes destinos da família, e dentro da casa e no grande terreiro prevalecia sua vontade. Todos rezavam na cartilha da avó Lina. Na sanha de controlar tudo e todos, mandava nos filhos, nos netos, se metia em qualquer assunto, a ponto de se enxerir na vida de genros e noras até mesmo em casos íntimos, quando havia conflito matrimonial. E ai de quem contrariasse seus decretos: seus olhos redondos e negros se estreitavam em duas frestas a fuzilar raios e a mão ou a vara ou a tempestade de palavras descia no lombo ou no ouvido do transgressor. Criou seus filhos — uma escadinha de oito meninas e dois meninos intercalados — em cabresto curto, e no que ela interpretava como faltas aplicava castigos exagerados, como rezar nove padre-nossos ajoelhados em grãos de milho, ou ficar um dia e uma noite trancados num quarto sem água ou comida. Mas a idade a abrandou um pouco com os netos, apesar de que, em momentos críticos, ainda impunha o castigo da vara de marmelo.

Era normal nas brincadeiras do terreiro acontecerem as brigas de crianças, quase sempre sem maiores danos. Mas se a queixa, por intenção ou descuido, chegasse aos ouvidos da avó Lina o infrator levaria um corretivo, mesmo que não pertencesse à família, fosse um convidado ou vizinho por ali. E não ficava nisso, todos entravam na dança, e a matriarca justificava assim sua pedagogia: "Se um apanha, todos têm que apanhar, pra ninguém rir do castigo do outro".

Das traquinagens e supostos desrespeitos aos adultos, a única exceção que a avó abria era para os peidos. Os meninos e meninas podiam eliminar gases à vontade, mesmo em sua presença, mesmo na presença de adultos, liberdade plena no quesito, mesmo durante as refeições, que aconteciam sempre na ancha cozinha. "Prender peido dá nó na tripa", vaticinava a avó, o que, em verdade, era crendice espalhada entre os adultos, esse temível mal do nó nas tripas. E, por isso, não era raro o exagero de alguma criança mais afoita promover escandaloso barulho de sopros, uns finos, uns grossos. Mas em casa de ferreiro o espeto é de pau, não é mesmo? E os peidos da avó eram sempre dissimulados. Nas conversas na mesa, se por necessidade lhe escapavam os ventos, sempre silenciosos, apenas percebidos pelo fedor — e eu mesmo, algumas vezes, fui testemunha —, de pronto, ela acertava um chute nas costelas de um cão embaixo da mesa e praguejava indignada: "Passa, cachorro carnicento, vai cagar no terreiro, praga!".

E a língua da avó destrambelhava, às vezes, diante de uma simples contrariedade, quando se achava vítima de uma desfeita, ou quando via algo que considerava errado. Sua latomia podia se estender por horas, e ai de quem se achasse no direito de interromper. Qualquer palavra ou gesto na tentativa de acalmar a situação só prolongaria o discurso, com ofensas para "o mal-educado que não respeita quando os mais velhos falam". Depois do destempero das palavras, ia para a cozinha, seu território preferencial, controlar seus demônios. E ali sentada numa cadeira voltada para a janela, corpo imóvel, ficava horas emburrada olhando o curral. Quebrava aquela paralisia o movimento dos dois polegares das mãos cerradas sobre o colo — os dedões a girarem em círculos, um em torno do outro, durante alguns segundos, depois invertiam o sentido de rotação e assim continuavam —, os olhos perdidos lá longe, além do curral, e que ninguém fosse mexer com sua paz, sob o risco de nova explosão. Essas eram as zangas normais... pois existiam as sobrenaturais...

Eram tormentosas aquelas manhãs quando a avó Lina amanhecia muda. Não alterava seu costume, pulava da cama de madrugada, se vestia, calçava as botinas, lavava o rosto e ia logo acender o fogo. Quando ela estava colocando água na chaleira, meu avô se apresentava na cozinha e logo captava os sinais, ao cair no vazio sua primeira tentativa simples de trocar uma palavra qualquer. Pronto, seria mais um daqueles temíveis dias de cós-virado: a cintura da saia enrolada de um lado deixava uma das pernas da avó exposta até o início da coxa. Todos interpretavam aquele fenômeno dos nervos à flor da pele como resultado de algum pesadelo. Mas ninguém ousava perguntar nada, indagar o porquê da saia daquele modo suspendida de um lado, e pela casa vagava uma mulher-bomba, prestes a explodir. Por isso, o silêncio cerimonioso do avô, encolhido na cadeira, esperando o café ser coado. Enquanto a água não fervia, a avó varria a cozinha. Meu avô levantava os pés quando a vassoura passava muito perto da mesa, pois ter o pé varrido significaria ficar logo viúvo — era ditado conhecido —, e ele não gostaria de iniciar uma briga com tal premonição. Se não fosse se desqualificar muito, creio, subiria na mesa. Não tinha mais um grão de poeira e a avó inquieta continuava a varrer. Extinto o barulho da vassoura, vinha o barulho da água passando pelo coador de café, o avô disciplinado permanecia calado em sua cadeira, esperando. Depois enchia sua xícara de café bem adoçado e saía caminhando leve pela casa, aconselhando aos que acordavam: "É melhor não mexer com ela, amanheceu de veneta amarga, tá lá na cozinha de cós-virado".

Meu primo Agenor — filho da tia Jovita e que morava na casa —, minhas tias, meu tio, também meus pais, os netos, toda a gente que por lá pernoitasse, nas primeiras horas do surto, respeitavam o território e aguardavam minha avó se ausentar da cozinha para darem uma rápida corridinha até o bule de café, somente o tempo de encher uma xícara e saltar fora do terreno minado. Nesses dias de cós-virado, a vassoura encostada na porta e o martelo sobre a taipa do fogão eram os emissários de sua ira. Os cachorros mais sagazes se retraíam longe no terreiro, talvez porque suas narinas sensíveis captassem algum cheiro secreto. E não era raro acontecer o espetáculo de o galinho novo, desmemoriado, invadir a cozinha em passos cautelosos, bem medidos, esticando uma perna e depois outra, um projeto de crista balançando dependurada, o pescoço ressabiado mudando a cabeça, abruptamente, para um lado e para o outro e, de súbito, a confusão de cacarejos estridentes, penas coloridas flutuando pela cozinha, o galinho voando pela janela sem a metade do rabo, escorraçado a golpes de vassoura. Lá fora o coitado ainda soltaria uns cacarejos roucos, desopilantes, curtos, como se tivesse botado um ovo. Ou o triste episódio de um dia de cós-virado quando entrou fagueiro na cozinha o despreocupado Baixote — o cão mais distraído do mundo —, a balançar o rabo, a cabeça levantada, os olhos deslumbrantes e a língua de fora exibindo os protocolos de uma chegada em missão de amizade. Para ele foi conferido o tratamento do martelo. Eu acordei com os uivos lancinantes — estava nesse dia com meus pais na fazenda — e pulei da cama em um segundo. Espiando pelo corredor vi o Baixote em fuga com seu corpo comprido, mancava e continuava a soltar ganidos alucinados, seu choro continuou pelo terreiro assustando as galinhas e levantando as orelhas dos cavalos presos nos palanques do terreiro. Momentos de alvoroço para logo, de novo, se instalar o relativo silêncio. Baixote foi para debaixo da frondosa figueira e ali ficou encolhido choramingando. Fui lá, sentei-me no chão ao seu lado, coloquei sua cabeça no colo e, em consolo, acariciei suas orelhas, em toque delicado molhei meus dedos em seu focinho. Baixote demorou a se recuperar, passou os dias embaixo da figueira encolhido, eu ia lá várias vezes por dia levar água, comida e carinho. Nos primeiros dias, Baixote respirava com dificuldade, enjeitava a comida e tomava apenas a água. Talvez o martelo possa ter lhe trincado alguma costela.

Da primeira vez que presenciei o fenômeno, justo na ocasião da cruel agressão ao Baixote, eu tinha seis anos e fiquei muito assustado. Com o passar dos anos teria outras oportunidades. Era um fenômeno que ninguém explicava, ou no máximo atribuíam a reações sazonais de uma mulher de gênio arrevesado. Passada a tormenta — essas crises de cós-virado nunca duravam mais de dois dias —, ela amanhecia de bom humor, o barômetro anímico em registro de alegria. Diante do espelho penteava os cabelos, passava às vezes até um batom, colocava roupa de domingo, nos pés uns sapatos de sair, e aparecia na cozinha. Meu avô, já conhecedor dos ciclos de sua natureza, festejava a ressureição fabulosa, a bonança após a tempestade, e perguntava divertido: "Mas por que se põe assim tão bonita?

Não é baile de mutirão". Ao que minha avó respondia exalando otimismo: "Mas, homem, beleza não carece de motivo!".

De uma manhã dessas de ressureição ficou uma imagem para sempre gravada em minhas recordações emotivas: minha avó sentada contra a claridade resplandecente da janela, faceira, comendo uma talhada de melancia, as cores tão vermelhas da fruta e do batom se misturando, enquanto ela elogiava: "Juvêncio tem o dedo verde para plantar melancia".

Caminhões em desvario

Após ter retornado da escola, eu estava sentado à mesa da cozinha almoçando, minha mãe no quarto cuidava do meu irmão bebê, quando vi aparecer à soleira da porta os dois homens de cabelos molhados de poeira de chuva. Era meu pai, abatido e cabisbaixo, com os braços enfaixados, ao lado do compadre Urias. Apenas o pai entrou, Urias foi embora após breves palavras de despedida. A mãe, ao escutar as vozes, veio do quarto e se assustou com a cena: "Minha nossa, Virgem Maria! O que aconteceu?".

O acidente foi perto da cidade de Ourinhos, na viagem de ida. O caminhão transportava uma carga muito alta de algodão e, ao entrar veloz numa curva perigosa, a equivocada decisão de frear provocou o desastre: o caminhão tombou vazando combustível no chão de terra, e uma faísca provocada pelo atrito da lataria com os pedregulhos detonou o incêndio. As chamas alimentadas por gasolina e algodão nada pouparam. Em poucos minutos o caminhão Ford F8 virou um esqueleto de ferros pretos retorcidos em cima de um monte de cinzas, perda total num tempo em que, por aqueles lados, nem se falava em seguro. Escaparam por milagre, Urias sem nenhum arranhão e o pai com fortes queimaduras nas mãos e nos antebraços, pois ainda tentou lutar com o fogo, surdo aos gritos de advertência do companheiro: "Pelo amor de Deus, Zé Branco, sai daí, o caminhão vai explodir!". Depois de socorridos por uma carona na estrada, e serem atendidos em um hospital em Ourinhos, os dois retornaram ao Cinzas de ônibus.

O pai passou umas cinco semanas com aquelas faixas nos braços e mãos. No início os curativos eram trocados todos os dias: o hospital ficava a duas quadras de casa, e isso facilitou. Sob a supervisão do médico Marfan, Martinha, na função de enfermeira, assumiu a tarefa, tratando com competência as queimaduras. Nos primeiros dias o pai tinha dificuldade em se alimentar, nem conseguia pegar os talheres e carecia da ajuda da mãe para levar a comida à boca. Também precisava de ajuda na hora de tomar banho. Ficava a maior parte do tempo no quarto, deitado na cama, ou estirado no sofá azul da sala ouvindo as músicas de Vicente Celestino. Duas ou três vezes por dia saía pela porta da cozinha e entrava pelos fundos da máquina de arroz. Ia acompanhar o movimento: um empregado controlava as máquinas e tio Bento ajudava no comércio dos produtos (arroz beneficiado e farelo para engorda de animais). Acudindo à emergência, meu tio havia pedido afastamento temporário da sapataria.

Talvez o episódio do incêndio do caminhão tenha marcado o efetivo início da birra de minha mãe com o seu compadre Urias, os santos se desacertaram e o fosso entre eles só foi aumentando a partir de então. Os sinais da rejeição transpareciam em algumas tardes de sábado de desgosto quando meu pai, já recuperado, e o compadre Urias tomavam cerveja e escutavam música sentados nos sofás azuis da sala. Mamãe temia que o sofá pudesse desabar ou rasgar sob o peso do corpulento Urias e sabia que depois daria trabalho remover do encosto as manchas oleosas deixadas por seus cabelos emplastados de brilhantina.

O vozerio de Urias troava na sala, metido a cantar "O ébrio" junto com Vicente Celestino. Os dois estavam bem calibrados quando saíam no começo da noite, e minha mãe começava a arrumar a bagunça da sala, silenciosa e acabrunhada, pois sabia que não teria o marido de volta tão cedo.

Datam daqueles meses desvairados as frequentes discussões entre meus pais e as conversas em sussurros entre minha mãe e Martinha, sua companheira de drama. Martinha reclamava das bebedeiras do marido e de uma feita meu ouvido apurado de criança surpreendeu palavras do tipo: "Eu sei que ele tem mulher da vida, comadre". Às vezes, durante a madrugada, eu acordava com um palavreado alto vindo da sala, era o pai que chegava e uma discussão rude desembestava; eu cobria a cabeça com o lençol, como se isso pudesse me proteger da nuvem de energia ruim engolfando toda a casa. Nessas ocasiões, eu demorava a pegar de novo no sono. Houve uma manhã que acordei cedo e surpreendi o pai dormindo no sofá da sala. As crises eram cada vez mais frequentes, a temperatura na panela de pressão do casamento sempre aumentando, e assim foi até o limite de explodir num drama trágico de grande proporção, a requerer até a indesejável participação do delegado Malvino.

Naqueles longos meses em que a vida parecia um trem desgovernado, para honrar algumas entregas compromissadas antes do acidente, o pai comprou outro caminhão usado, ainda um Ford F8. Urias retornou à posição de ajudante dativo, e a dupla recomposta voltou a trilhar a estrada de terra batida, comprida de quatrocentos e setenta quilômetros, até São Paulo. Foram apenas mais quatro viagens. Na quarta, uma emblemática última maratona de memória inacreditável, sobreveio o segundo grande desastre, dessa vez na forma de um conto de fadas de horror — em vez da carruagem se metamorfosear em abóbora, o caminhão se transformou em pé de bode, e tudo virou pó.

O assunto permaneceu bastante tempo em evidência nas conversas em casa de meus avós, na casa da tia Jovita e também no bar do Galdino, até mesmo se estabeleceu no folclore da cidade: versões contadas e recontadas da incrível façanha, a todo tempo enriquecida nos detalhes. Em casa o assunto permanecia nas sombras. E hoje, rememorando o incidente, me convenço de que a vida, para ser louca, não precisa pedir licença à ficção.

Os dois aventureiros saíram com destino a São Paulo, o caminhão levava uma carga de café em grão. Na metrópole venderam a mercadoria e gastaram todo o dinheiro lá mesmo, na farra e diversões bobas de moços caipiras, vindos dos cafundós do interior do Paraná, na flor dos vinte e sete anos. Entravam em qualquer porta que anunciasse uma novidade caça-trouxa, como ver a linda mulher que tomava uma poção e, aos poucos, ia virando um macaco peludo, ou frequentavam parques de diversões, onde perdiam dinheiro no jogo de dados e tentavam arrumar namoradas. E, lógico, iam todas as noites à zona do meretrício e gastavam à larga com as mulheres. O dinheiro da venda da carga de café se esgotou, não sobrou nem para saldar a dívida do hotel, nem para a alimentação, e muito menos para abastecer o tanque de gasolina do caminhão, nas tantas paradas da necessária volta para casa. Essa era a situação falimentar em que se meteu a dupla, quando o pai decidiu vender o caminhão. De posse do dinheiro, pagou as dívidas de hotel e restaurante, comprou um pé de bode e ainda lhe sobrou um bom saldo. Nesse ponto da saga, poderiam ter tido um pingo de lucidez, enxergado o fundo do poço, deveriam ter retornado para casa no reluzente pé de bode. Mas vejam para onde foi o desvario dos moços. Motorizados e com dinheiro, não é que, antes da volta, resolvem coroar a aventura com um apoteótico passeio até a baixada de Santos? Lá foram eles acompanhados de duas damas da vida, no destino de conhecer o mar, de tomar banho salgado e gozar mais uma semana de hotel. O capital restante da venda do caminhão se evaporava nesse ápice da aventura; os últimos trocados iam sumindo como espumas ao vento, até gemer um fiapo de lucidez na consciência dos rapazes, e eles decidirem pela viagem de retorno ao Paraná, gozando em imaginação antecipada o efeito de triunfo que seria chegar de pé de bode na cidade. Mas foram vítimas de mais uma cilada, a joia extravagante era ouro de tolo, não tinha saúde, não aguentou o rojão da longa e poeirenta estrada, o motor fundiu na altura de Ourinhos. Sem saída, o pai vendeu o calhambeque fundido por um preço quase de matéria de ferro-velho, valor justo e suficiente para pagar o reboque do pé de bode até Ourinhos, custear mais uma noite de hotel e noutro dia comprar duas passagens de ônibus até o Cinzas.

Tiros na zona

A jovem mulher de vestido azul-escuro e cintura alta devora a rua a passos largos. O rosto e os longos cabelos presos em coque no alto da cabeça vão cobertos por um véu negro e diáfano, tem necessidade do disfarce porque precisa surpreender. Toma a direção de uma rua secundária, uma esparrela, que logo se transforma em passadouro de carroças. Uma ventania incontrolável a empurra; caminha com uma das mãos pressionando a bolsa preta enroscada no ombro, onde leva o revólver .38 com cinco balas no tambor. A meia hora de caminhada intensa, até as imediações do casarão de cômodos da zona do meretrício, não arrefece sua determinação. Da grande janela lateral aberta extravasa uma música alegre e dois casais debruçados sobre o parapeito observam curiosos a mulher de véu negro, a uma distância que já pode ser alcançada por um tiro. Por trás dos curiosos flutuam silhuetas de casais rodando abraçados, parece acontecer um baile. A inesperada visitante altera o ritmo e se aproxima mais cautelosa. Mas de súbito se precipita, pois reconhece seu alvo, um dos homens debruçado à janela, abraçado ao pescoço de uma mulher. E atira avisando aos berros: "Cachorro! Isso é para você ser homem! Eu vou te matar, lazarento!". Sob o impacto da bala no batente da janela, o homem, surpreendido, reconhece a voz, derruba a amante no assoalho e saem rastejando para um cômodo afastado. Outro disparo instaura a repentina urgência: as pessoas fogem como podem, algumas se escondendo embaixo das camas. Do lado de fora, na solidão das onze horas da manhã, apenas um carroceiro interrompe seu trajeto para presenciar o que lhe parece um filme de ação. A mulher de véu negro continua a se aproximar e, por não avistar mais o alvo preferencial, descarrega sua ira no casarão, dispara a esmo até a última bala.

Ninguém é atingido, salvo o prefeito Nicanor Bueno, premiado com uma bala de raspão. O alcaide, assíduo frequentador do ambiente, ganha uma tatuagem, em forma de perene recordação: a bala em rumo genérico, ao passar queimando sua pele e carne pelo lado de dentro da coxa, por milímetros não lhe atinge o saco. O assunto depois circularia em galhofa na cidade, o povaréu riria das possíveis consequências da bala que quase capa o prefeito. Os indivíduos considerados um pouco mais cultos falariam em atentado ao patrimônio genético da autoridade máxima.

Foi como se desenrolou aquela volta do destino. A fúria da mãe era uma retaliação ao comportamento do pai. O desregramento tinha atingido uma situação limite. Depois do desastre e dos péssimos negócios, nem mais caminhão possuía. Suas longas ausências nas desastradas viagens para São Paulo e, mesmo quando não estava viajando, o vício de se juntar aos amigos de farra — sempre Urias entre eles — em frequência quase cotidiana à zona do meretrício, onde mantinha uma amante, deixava a máquina de arroz abandonada, à deriva, em mãos de empregados.

Após descarregar a arma, a mãe voltou para casa remoendo a fúria, esburacando o chão da rua com pisadas raivosas. Menos de uma hora depois dos tiros, recebia no portão de casa a visita do senhor delegado. Vinha confiscar o revólver. Vinha a pedido da covardia do pai com medo de voltar para casa e encontrar sua mulher louca, com uma arma que ele imaginava já ter sido recarregada. Chispas de raiva saltavam dos olhos da mãe, no momento da recepção deseducada oferecida à autoridade no portão:

— Por que aquele patife não veio? Por que não tem coragem nas calças, agora? Não quero nenhuma conversa com pau-mandado — mastigava as palavras nos dentes, olhando firme para o delegado e mal prestando atenção na minha presença na varanda, segurando meu irmãozinho pela mão.

Malvino, em voz suave, dizia ter vindo em missão de paz, para acertar as coisas, dizia querer conversar, abafar o caso e tudo ficar bem. Atrás de mim, se enroscando em minhas pernas, sensível à energia no ar, meu irmão choramingava e eu tentava encaixar em minha cabeça uma narrativa para os acontecimentos: era sábado, a mãe tinha saído apressada e nervosa, vestida como se fosse para a igreja, e eu ficara cuidando do meu irmão.

A mãe subiu pela escada da varanda para acalmar o princípio de choro do Alencar e o delegado aproveitou para entrar pelo portão e se intrometer também ao nosso lado. Eu observava sem entender o motivo da visita, perplexo pela visível tensão extravasando dos rostos. Nervosa, a mãe não sabia o que fazer com uma das mãos, com a outra acalentava meu irmão, agora agarrado à sua perna.

— Posso entrar um pouquinho, Nena? Quero apenas conversar. O que aconteceu foi muito grave. Precisamos conversar.

A mãe não tinha como não chamar o homem para dentro, afinal era um parente, o marido da prima Idalina. Como não ouvir, ao fazer essas evocações, os sons dos saltos dos sapatos do delegado no assoalho ao invadir a sala, sapatos reluzentes, como se tivesse vindo para uma festa. Nem mesmo tirou o chapéu e seus olhos já convergiam para a bolsa preta e o véu negro largados sobre a grande mesa. Ainda hoje, depois de tanto tempo passado, e depois de remoer a história nas inúmeras crônicas que se sucederam, creio ter a boa interpretação daquele instante-chave: o delegado, ao avistar a bolsa preta e o véu negro largados sobre a mesa, teve certeza de que o revólver estava quase ao seu alcance. Ele precisava revistar o conteúdo da bolsa, e decerto, por isso, o artifício de acusar sede, pedir um copo d'água.

Notei que a mãe tremia — deduzi que era de raiva, não era de susto ou medo — quando foi em direção à cozinha, arrastando Alencar pela mão. Mas antes, em gesto rápido, enroscou nos ombros a bolsa e, na pressa, junto seguiu também enroscado o lenço de seda preta com a ponta arrastando atrás pelo assoalho. Ela demorou na cozinha. Ou seria uma dilatação exagerada do tempo em meu íntimo? Só me lembro dos calafrios que senti na presença daquele homem, quase da minha altura, só um pouco mais alto, o silêncio pesando e eu sozinho com ele na sala. Quando voltou, a mãe parecia mais serena e decidida, eu conhecia seu rosto, trazia um sutil sorriso mordaz no canto da boca. A bolsa voltava na mesma posição, de alça enroscada no pescoço. Os sinais não agradavam ao Malvino. Deduzia que a arma, sim, estava na bolsa, e agora recarregada. A partir desse momento, a ideia inicial de que a missão seria tão fácil como tirar doce de criança, já ia abandonada. O delegado precisava refinar sua técnica. A mãe, em gesto hostil, havia depositado o copo d'água sobre a mesa, sem pires nem nada, e, em seguida, se afastado, passando para o outro extremo. Alencar continuava sendo mantido pela sua mão esquerda e ela me chamou também para perto. Meu radar infantil não entendeu por que ela me chamou para o seu lado. Só tempos depois decifrei: ela me queria longe do Malvino, estava disposta a levar às últimas consequências o conflito, e não queria me colocar em risco na hipótese de um disparo. Malvino tomou a água em pé, sem tirar os olhos da bolsa. Depois de saciada a falsa sede, depositou o copo de novo sobre a mesa e se sentou na cadeira. A mãe não lhe convidara, mas ele se sentiu autorizado a tomar assento. Nem lhe foi oferecido café, sinal de que a visita estava encerrada. Mas Malvino fingia não interpretar os sinais da rude recepção e resolveu voltar à carga pedindo a posse do revólver, não iria voltar de mãos vazias. E aí houve um entrevero de conversas desencontradas, a mãe de voz alterada, sempre com a mão colada à bolsa, ele com calma cínica, com ares de desentendido, insistia na entrega compulsória da arma.

— Vim aqui pelo seu bem, Nena. Por pouco não teve gente morta, pois daí teria gente na prisão e filhos desamparados — disse e olhou para mim e meu irmão. — Veja que eu vim sozinho, é como uma visita de parente. Poderia estar acompanhado de um soldado. Eu só quero abafar o escândalo, deixar tudo por isso mesmo. Seus tiros quase mataram o prefeito, houve ferimento, leve, é certo, mas o homem foi atingido, e isso é suficiente para dar um inquérito complicado...

O rosto da mãe, num instante, luziu em surpresa com a novidade de quase ter matado a pessoa errada. De repente, uma sombra de desolação passou pelo seu semblante e ela pareceu tão frágil, tão desamparada, ali conosco, seus dois filhos pequenos. Mas reagiu de pronto, com energia já recuperada, após o baque da notícia.

— Olha, Malvino, sei da sua autoridade, mas a arma vai ficar comigo. Eu agradeço a Deus por me livrar de matar o prefeito, como você vem dizer. Então já tive minha cota de sorte e, por isso, acho bom parar por aqui, não quero arriscar uma segunda vez a matar a pessoa errada. Você me entende, não é? Então pegue de volta o caminho que o trouxe aqui. Pode ir andando agora! Nesse momento! — O ultimato indicava o caminho da rua. Mas o delegado nada de se mexer, guardava mesmo uma atitude de desafio. Então os olhos da mãe foram ficando pequenos, até se reduzir a duas frestas a disparar chispas de ódio, suas últimas palavras saíram mastigadas nos dentes: — E se quer saber, delegado, tenho a arma sim, aqui na bolsa. Não tá carregada. Mas acabei de colocar só uma bala, a última que eu tenho, acho que você é capaz de entender, é justo o que eu preciso agora. Por isso, levante-se dessa cadeira e pode sair. E vá correndo dizer ao Zé Branco que ele precisa, em pessoa, vir buscar o revólver!

O nervosismo da mãe atingia um clímax, uma corrente elétrica parecia esticar ainda mais sua coluna, tinha o pescoço suado e os olhos vermelhos sem nenhuma lágrima. As últimas palavras saíram rancorosas, do fundo da alma, acompanhadas de um gesto brusco da mão varrendo o copo de água vazio da mesa para o chão. Malvino se assustou com a cena, levantou-se da cadeira, e seu rosto estava pálido. Os estilhaços do copo se espalharam até perto dos seus pés. A mãe estava tão tensa que, se uma janela batesse com o vento, o Diabo irromperia na sala, em redemoinho de enxofre, querendo tiro e sangue.

— Esse covarde, em pessoa, que venha buscar a arma — a mãe tremia. — Eu prefiro gastar minha bala na cara do desgraçado, e não na cara de um pau-mandado. — Ao redor de sua boca se desenhava uma mancha branca, a mãe gritava como se fosse uma onça com uma horrível dor de dente. — Portanto, vá embora! Não quero piorar as coisas! — continuava a falar sem travas, seus olhos ainda mais vermelhos e a mão direita enfiada dentro da bolsa.

Malvino, paralisado e mudo, foi recolhendo o rabo entre as pernas e saindo de orelhas baixas. O leão miava como um gatinho pedindo um pires de leite, frente àquela mulher frágil, bonita, o coque desfeito em longos cabelos derramados até o meio das costas. O homem de camisa engomada, gravata-borboleta e sapatos lustrosos, a custo equilibrando o chapéu na cabeça, bateu em retirada. Desceu as escadas da varanda e se atrapalhou com a tranca do portão; a mãe ia atrás pisando em seus calcanhares, sempre com a mão enfiada na bolsa.

Depois, ao retornarmos para dentro de casa, a mãe com a boca derrubada e triste me pediu para ir para o meu quarto levando o Alencar junto; eu que lhe mostrasse meu caminhãozinho de bebidas, dizia necessitar de descanso. Algo brilhava em seu rosto, talvez uma lágrima escapada. E, antes que eu me afastasse carregando meu irmão, ela tomava a direção de seu quarto. Por detrás da porta encostada ouvi um choro sentido.

A fuga do pai

Fugindo da tormenta, o pai debanda para a fazenda e lá se aquartela esperando a poeira baixar. Depois de uma semana de visita sem motivo, a avó começa a desconfiar da cara tristonha e de que algum motivo oculto se esconde naquela presença extemporânea: o pai não veio fazer roça, não veio visitar doente. É certo que trabalha o dia todo, se mete a ajudar em tudo, mas o rosto não consegue esconder um sutil assombro. A avó encosta o pai na parede querendo a verdade, ele desconversa dizendo que está tudo normal, que veio procurar uma boa várzea para plantar uns dois alqueires de arrozal. O pai vai ficando por lá, três semanas foragido, até que, por outras vias, a notícia chega da cidade. A avó então pula no pescoço do evadido e aponta o caminho da porta, que encilhe o cavalo naquele mesmo momento e volte para o Cinzas, para fazer as pazes, reconstruir a família.

O fugido chega no princípio da noite, retira os arreios da montaria, coloca na despensa e vai soltar o cavalo no pasto do Pedro Olímpio. Depois retorna de cara fechada, nem mesmo troca uma simples palavra com a mãe. Apenas o filho mais velho merece um abraço mudo, nem foi ver o bebê que dorme no berço, nem cumprimenta o Bento quando ele entra regressando das aulas do ginásio. Ele se mantém calado, sentado no sofá azul. A partir dessa noite vira uma sombra: fica o tempo todo trabalhando na máquina de arroz, come na rua ou na casa do Urias e retorna tarde da noite para dentro da casa. Anda da cozinha para o banheiro como um cachorro com dor de barriga. Depois dorme na sala — trouxe lençol e travesseiro emprestado do Urias. De manhã cedo, ele mesmo arruma a cama improvisada e sai sem tomar café. Dentro de casa mal se ouve sua voz, nem uma conversa com a mãe, o rosto sempre tenso, só poucas palavras com o filho mais velho e com o bebê. Durante o trabalho na máquina de arroz ele quase não conversa com o Bento, apenas os monossílabos imprescindíveis. Quando o filho mais velho sai de casa de manhã a caminho da escola, ele sai da máquina ao seu encontro, pergunta como andam os estudos, fala com o canto da boca como se pedisse desculpas por algo que não confessa, passa as mãos em seus cabelos, um carinho terno e tenso, desesperado, como um afogado dentro de um pântano pedindo uma corda pelo amor de Deus. Depois de uma semana nessa situação, sem trocar de roupa — ele não entra no quarto à procura do guarda-roupa —, a mãe se compadece do andrajo. E aí, toda tarde, aproveita sua ausência e coloca sobre o sofá azul da sala uma toalha de banho e uma muda de roupa limpa: cueca, camisa, calça e meias.

Num fim de tarde, quando eu voltava do fundo do quintal, ao entrar pela porta da cozinha, logo reconheci a voz: minha avó tinha vindo da fazenda consertar os estragos. Na mesa da sala estava montado o singular gabinete de crise: meus pais sentados em lados opostos. Minha mãe olhava o vazio; meu pai, de cabeça baixa enfiada entre os ombros, olheiras fundas cavadas nos olhos, parecia um palhaço triste chorando num beco, embaixo da chuva; e minha avó, à maneira de um tenente descarregando sermão na tropa, cuspia marimbondos, caminhava de um lado para o outro, as veias do pescoço saltadas. Parei ao lado da mesa, com as duas mãos juntas estendidas: "*Bença*, vó", "Deus o abençoe, meu filho", concedeu, após se virar em gesto instintivo e segurar minhas mãos entre as suas. "Nossa, cada vez que vejo esse meu neto tá mais espichado. Não demora me deixa pra trás." Disse tudo isso em modo automático, num tom mais modulado, com laivos de ternura.

Depois de receber o afago rápido na cabeça, afundei no meu quarto. Tio Bento trabalhava na máquina de arroz e Alencar dormia na minha cama. Tirei meus sapatos sujos e me escondi, em observação, atrás da porta entreaberta. Escutava o barulho dos passos de minha avó e o tom dramático da voz. Do meu ângulo de observação só vislumbrava um extremo de sua curta caminhada de vaivém na frente da cabeceira da mesa. Meus pais não emitiam um pio. O que eu ouvia acelerava as batidas de meu coração, palavras assustadoras, a ladainha enunciava macabras profecias:

— Você ficou maluco, Zé Branco? Quer ver sua mulher na cadeia e os meninos sem mãe? Veja que foi por pouco. Qualquer um podia ter morrido naquela casa das vadias! Até você! Não criei filho para essas barbaridades! — A voz da avó cantava soberana na sala. — E não bastou você queimar um caminhão, deixar o outro na farra em São Paulo, esturricar todo o dinheiro da herança da sua mulher naquela casa das sem-vergonhas? Não criei filho pra ficar lavorando desgraça. Gastar um dinheiro que você não ganhou com o suor do seu rosto. Toma juízo, homem! Queimar ainda o pouco que resta do dinheiro da Nena, é isso que você quer? Eu não te criei para você magoar a filha do Jango Bino. Ah, se o Jango estivesse vivo, queria ver se você aprontava essa desfeita com sua filha. Teu pai tem cem alqueires de terra, comprada à custa do suor dos nossos rostos, dos calos em nossas mãos da enxada, do machado e da foice. Você também ajudou, nos muitos anos antes de se casar. Terra lá na fazenda tem, mas só terra. Teu pai não vai te socorrer com dinheiro, você sabe disso...

A avó mais parecia uma catapulta lançando pedras para todos os lados. E eu continuava encolhido, ouvidos atentos, contendo a respiração para não perder nada, de olho grudado na fresta da porta.

— ... você tem coração de pedra, filho meu! Acho bom vocês voltarem todos para a fazenda, fazer lavoura, sair dessa cidade de perdição. Lá tem terra à vontade pra você plantar. Abandone essa vida e venha pra fazenda, viver em paz com sua mulher e seus dois filhos. Passe pra frente a máquina de arroz, venda tudo, a casa e tudo aqui da cidade, volte a trabalhar na terra, conselho de tua mãe que conhece a vida.

Ao escutar aquilo senti um solavanco por dentro, meu destino sendo decidido. Eu não queria mudar. Não queria perder meus amigos, viver longe do Barril e da turminha. Eu adorava a escola, levava para casa uns livros coloridos da biblioteca, e minha rapidez nas contas de cabeça, quando respondia até sobre divisão com dois números na chave, tinha sido elogiada pela professora. Ser um futuro professor era uma das coisas que já me surgia como destino de adulto, tinha desistido de ser chofer de caminhão. Da fazenda eu gostava, mas só nas férias: trepar nas jabuticabeiras, tomar banho no Maroto, correr atrás de um frango selecionado no terreiro, a mando da avó, para a carne do almoço. A competição entre mim, meus primos e minhas primas era de quem conseguia pegar o frango, e o vencedor sempre com o direito de receber de prêmio, no prato, a moela e o fígado, as partes mais saborosas. Mas era ainda mais delicioso voltar para a cidade, para a escola, para os amigos da rua e para o meu quintal: dar cambalhotas no monte de palha de arroz, armar as rinhas de aranhas, brincar de Tarzan em cordas penduradas nas árvores, colecionar gafanhotos, dar pelotadas em passarinhos. De repente eu via tudo isso desmoronando.

— ... dinheiro na cidade voa, tudo é caro — a ladainha martelava sem fim. — E se você continuar nessa vida, do jeito que andam as coisas, vai terminar com a roupa do corpo, com uma mão na frente e outra atrás. Você sabe, eu repito, do seu pai você não consegue um tostão. Por isso, peça perdão de joelhos para sua mulher. Não foi o que jurou a Deus, diante do padre? Respeitar sua esposa. Cumpra então o juramento, se é meu filho!

A avó exigia do pai a humildade de reconhecer o erro, de pedir perdão à mãe, antes que a família toda se esfarelasse. Que prometesse abandonar a outra vida, não mais ver a tal outra mulher, a dama da casa furada de balas. Fiquei bastante assustado com a revelação de existir uma outra mulher.

Por um tempo, instalou-se uma grande quietude e depois barulhos que não pude traduzir. Ouvi passos no corredor em direção ao meu quarto, corri para encostar a porta e me estiquei em cima do leito, quase acordando meu irmão. Minha mãe entrou, sentou-se na beirada da cama, e logo percebi que entrava desarrumada por dentro, em seus olhos úmidos o desespero vinha disfarçado em mansa calma:

— Filho, você escutou as conversas, né? Sua avó tem essa mania de falar gritando. Não precisa mentir, eu vi a fresta da porta aberta.

— Mãe, não quero ir pra fazenda! Quero ser professor!

— Esqueça isso, filho. Nós não vamos mudar para a fazenda coisa nenhuma. Você não vai abandonar a escola — falava com lágrimas na voz.

Fez-se um longo silêncio, e minha mãe pôs-se a acariciar meus cabelos, parecia, intimamente, repisar certezas.

— Não vamos mudar para a fazenda de jeito nenhum. E daqui a pouco seu irmão também vai precisar de estudo. — Ao dizer isso, minha mãe soltou um longo suspiro, molhado de lágrimas, suspiro que bateu asas e saiu desamparado pela janela, se perdendo no sereno da noite nascente.

Rodolfo e o enterro da dona Matilde

Após o grande tombo financeiro, tudo foi liquidado para pagar dívidas: a casa, a máquina de arroz, o terreno, tudo. Só ficou de herança a mobília boa que trouxemos em mudança de carroça para debaixo de um telhado de uma casa alugada na rua do cemitério, muito perto da serraria, tanto que o tempo todo, durante o dia, ouvíamos o barulho das serras cortando madeira. O cemitério ficava mais longe, mas o portão alto e largo podia ser avistado no fundo da rua.

Era decrépita essa casa de madeira. As paredes de tábuas enegrecidas combinavam com um telhado frágil, o que pudemos perceber logo na primeira chuva, e daí em diante nada mudava no roteiro. Podia ser uma chuva qualquer e a água vazava em cachoeira e instaurava uma dança tresloucada na faina de espalhar baldes e panelas por todos os cômodos. "Esse telhado é uma peneira! O Zé Branco tem que subir e trocar muitas telhas...", ecoando no tempo escuto o ranger das dobradiças enferrujadas das velhas portas e janelas sendo fechadas, a voz de minha mãe e seus passos apressados no assoalho de madeira.

No nosso mundo infantil nada era mais excitante do que as tempestades: o céu caía em águas e a velha casa parecia um barco tragado numa correnteza rio abaixo. Corríamos serelepes por todos os cômodos, ajudando na distribuição de panelas e caçarolas em pontos estratégicos do assoalho. A situação não assustava nossa alegria de crianças, era mesmo uma poética diversão. Na profusão da bagunça, eu e meu irmão trepávamos por cima das camas para guerrear com travesseiros:

— Parem com essa algazarra, meninos, venham ajudar com as panelas, falta ainda o lado da cozinha. E falta cobrir a cristaleira e a cômoda — gritava minha mãe, sem muita força de autoridade.

Fingindo-me de surdo, eu gostava de pegar uma panela já cheia d'água e despejar inteirinha na cabeça do meu irmão, e ver o cabeça-molhada mostrar todos os dentes de leite de felicidade, enquanto a chuva despejava no telhado sua música torrencial.

Nessa época, devido à proximidade com a serraria, comecei a trabalhar de empreitada na parte da tarde, empilhando ripas para secagem ao sol, o que diminuiu muito meu tempo de lazer. Morando na periferia, apesar de a cidade contar com pouco mais de mil habitantes, incluindo os moradores da zona rural, a geografia para mim mudava, as ruas eram piores e eu precisava caminhar mais, uma longa subida até a escola. No pouco tempo em que vivemos nessa casa, não fiz nenhuma grande amizade, dessas de deixar memória. Isso também foi um episódio triste, pois o meu amigo do peito, o Barril, eu só encontrava no recreio, ou nos fins de semana quando as famílias se visitavam, ou nas poucas vezes em que ia para o lado de sua casa jogar bola e rodar pião.

Essa mudança marcante em nossas vidas aconteceu durante um mês de agosto, em uma inóspita manhã de geada tardia. Ficamos naquela casa da rua do cemitério até abril do ano seguinte. Nesse tempo aconteceu o Natal mais triste de minha infância, foi quando bateu mais fundo a consciência de que nossas vidas tinham virado de cabeça para baixo. Na noite da véspera tudo foi simples: minha mãe arrumou uma pequena árvore no canto da sala. No singelo jantar da véspera, de visita só veio tia Jovita, uma vez que seu marido, um mascate, vivia circulando pelos povoados, por certo, aproveitando a época para fazer boas vendas. Depois, na manhã do Natal fui acordado com o barulho dos pulos radiantes de meu irmãozinho, ao lado de minha cama, mostrando uma caixa de doces — pedia ajuda para abrir seu presente. Era cedo ainda. Sentei-me na cama, abri a caixa e se revelou uma variedade de pés de moleque, marias-moles, marmeladas e pirulitos coloridos. Diante da evidência, passou pela minha cabeça a possibilidade de que talvez Papai Noel tivesse abandonado o Alencar. Em seus tenros quase quatro anos, ele mantinha a crença. Eu não acreditava mais no tal velho barbudo fazia tempo. Levantei-me sem entusiasmo e também fui à procura do meu presente. Ao passar diante da porta semiaberta do quarto dos meus pais, escutei retalhos de conversa — o pai continuava deitado e a mãe já devia ter levantado antes e circulado pela casa, pois estava vestida e sentada na beirada da cama. No alto dos ramos da árvore molambenta aprumada no canto da sala, estava pendurado o meu presente. Rasguei o papel e encontrei uma carteira. Abri e revirei por dentro para ver se encontrava no interior de tantas dobras algo que pudesse me encantar. Mas nada, era o presente em si. Por que uma carteira, se não me tinha serventia? Que fosse meia dúzia de bolas de gude coloridas, um pião especial, eram presentes que mexeriam com minha emoção. Mas aquela carteira me deixara abatido. Depois, ao passar amuado e cabisbaixo diante da porta semiaberta, pisei macio e diminui bastante os passos a tempo de escutar a voz de minha mãe sussurrando: "Mas, Zé, eu ainda acho que era melhor não ter dado nada. Uma carteira, de que vai servir pra um menino com quase dez anos? Se nem carrega documento, nem dinheiro? Isso só serve para entristecer". Eu estava mesmo devastado com aquele inútil presente nas mãos. Sentia imensa saudade dos natais anteriores. Especial saudade das emoções daquele agora longínquo Natal dos meus cinco anos, quando me veio um caminhãozinho de carroceria preparada para transportar bebidas e ainda trazia na carga umas minúsculas garrafas coloridas, acondicionadas em engradados. Saudades da buzina, do bonequinho portando um boné vermelho sentado no papel de motorista, dos pneus lindos, tudo imitado à perfeição na encantadora miniatura. E nem esse presente eu tinha para consolo, pois havia sido perdido na mudança. Por mais que procurássemos, virou pó, uma das maiores tristezas daquele tempo. Então, do que poderia me servir uma estúpida carteira? Eu um menino de calças curtas e suspensórios.

Em nossa nova realidade, minha mãe exercia o ofício de costureira herdado da mãe dela, eu vendia banana nas esquinas, engraxava sapatos, empilhava madeira na serraria do Zé Venâncio, saía pelas ruas em minhas pernas finas olhando os quintais sujos e me oferecendo para carpir. Meu pai passava a maior parte do tempo na fazenda, plantando para nosso sustento. E, para aumentar o sentimento de dissolução que eu sentia em nossas vidas, tio Bento tinha nos deixado, decidira ir morar com seu irmão mais velho em Nova Fátima.

Nessa casa em tão mau estado, tinha uma janela rente à rua, onde às vezes me debrucei de coração melindrado a refletir sobre os mistérios da morte dos outros, nas melancólicas passagens dos cortejos. A maioria eram enterros simples: caixões de cores escuras com quatro homens agarrados nas alças, ou pequenos caixões brancos de anjinhos levados aos ombros. No entanto, um dos cortejos se destaca gravado em minha lembrança, como uma espécie de obra de arte em movimento: o enterro de dona Matilde, a mãe do homem mais endinheirado da cidade, o delegado Malvino...

Os clarins da música ecoando na rua chamaram minha atenção e corri para a janela. Naquela tardinha de céu baixo passava o desfile. Eu tinha ficado sozinho em casa cuidando de meu irmão bebê, meu pai cuidava de lavoura na fazenda, enquanto minha mãe cumpria o dever social de representar a família no enterro. Não era um funeral ordinário e silencioso, de só se escutar o sussurro de conversas misturadas e o triste arrastar de sapatos na terra com o caixão sendo levado quase ao rés do chão em braços esticados. Esse, da mãe do delegado, não. Em melancólica ostentação, o cortejo era encabeçado pela bandinha do Zé Botina. Os músicos vinham paramentados em preto, salvo as gravatinhas brancas, horizontais, pregadas na altura do pescoço, que na progressão dos passos da banda produziam os minúsculos movimentos de subir, descer e avançar, traduzido ao meu olhar da janela como o adejar de pequenas borboletas. Sustentado em posição solene, nos ombros de seis homens, oscilando à altura das cabeças, se destacava o ataúde, e atrás vinha a procissão em passos de piedade, ondulando como o corpo de uma grande cobra escura.

Um vento encanado na direção do cemitério apressava o acompanhamento, alvoroçava chales e vestidos pretos e obrigava alguns homens elegantes a reterem com mais força os chapéus em mãos. O maestro, destacado um pouco à frente de seu quinteto, regia de costas uma marcha lenta, dolente e sombria, em um compasso quatro por quatro, tom menor: levantava a batuta para se antecipar em meio segundo ao queixume da tuba, seguido da batida seca e grave do bumbo, o repicar da caixa, abrindo para a entrada de uma aguda e longa nota de lamento do trompete. Postado na janela, eu sorvia aquela música triste de servir aos vivos, imaginava a morta disposta em plano horizontal, navegando surda, sem se dar conta do suntuoso réquiem. Era um domingo, a ausência do zumbido das grandes serras cortando madeira soava como um prestigioso silêncio em homenagem à morta. Em dado momento, ao passar defronte à janela, minha mãe percebeu minha presença e, sem interromper os passos, me acenou do meio da gente...

No curto tempo em que habitamos essa casa tivemos como vizinho de rua o célebre Cipriano Sombra. Seu casebre, encostado ao muro do cemitério, ficava a seis quadras. E o tempo de se amedrontar com o coveiro tinha ficado para trás, sua figura apenas causava um leve arrepio quando, em algumas tardes, interrompíamos um jogo de futebol no meio da rua para dar passagem ao seu gingado troncho, subindo em direção aos bares da cidade.

Muito mais perto, em vizinhança de dividir os quintais, vivia o soturno Rodolfo e a solar Cleonice. Era uma casa bonita, de madeira boa e pé-direito alto. No cômodo de frente para a rua se instalava uma barbearia de duas portas, onde Rodolfo exercia seu ofício. Nos fundos, depois da cozinha e da varanda, abria-se um espaçoso quintal, em parte sombreado por duas frondosas mangueiras.

Rodolfo era homem passado dos oitenta anos, magro e curvo, de olhos encovados, aparência de amedrontar criança pequena. Era um profissional competente, creio, mas tinha um inconveniente: suas mãos tremiam e padecia de uma asma renitente que lhe provocava uma crônica dificuldade respiratória. O velho encurvado e de cabeça branca inspirava o ar com dificuldade, ficava vermelho com toque azulado, e soltava muitos e pequenos golpes de sopros acompanhados de um assobio fino, inconveniência que lhe tirava alguns fregueses. No entanto, malgrado todas as possibilidades, foi o modo como se arranjou para ganhar a vida, quando sua saúde de retornado o obrigou a abandonar o martelo e o serrote de carpinteiro e se abraçar ao novo ofício de cortar cabelos e barbas. Era de pouquíssimas palavras, mesmo quando estava debruçado sobre um freguês ou quando ficava na porta da barbearia esperando cliente e mal cumprimentava os passantes, momentos em que parecia uma velha coruja grandalhona empoleirada no galho de uma árvore num crepúsculo de chuva.

Nessa época de vizinhança com o ancião Rodolfo, eu às vezes ficava de tocaia na porta da barbearia espiando o ritual lá de dentro. O freguês sentado à cadeira recebia na cabeça os ventos intermitentes da respiração asmática. Eu admirava a coragem da vítima cordata entregue àquelas mãos trêmulas manejando tesouras e navalhas, sem imaginar que logo seria a minha vez. Aconteceu alguns dias antes do meu aniversário de dez anos, quando me sentei naquela cadeira, sujeitado ao desejo de minha mãe de me ver com um corte de cabelo profissional. O longo pano preto que recebi sobre o peito, indo até cobrir as pernas, e o modo apertado como o barbeiro amarrou com um nó os cordões atrás do meu pescoço, me fez sentir prisioneiro, entregue à figura de cabelos brancos arqueada sobre mim, a aspergir nuvens de sopro quente em meus cabelos, feito um ventilador de brisa morna e odor forte. Um momento refrescante foi quando recebi uma espuma no entorno da orelha e na nuca. Ao ouvir sons sibilantes, virei o olhar um pouco para o lado a tempo de perceber as mãos trêmulas afiando a navalha numa tira de couro, e logo o movimento da lâmina reluzente em direção à minha cabeça, no fito de aparar os pés do cabelo e desenhar a linha reta na nuca. Foram instantes terríveis, tive pensamentos de rebeldia, mas estava preso à cadeira e minha única defesa foi cerrar os olhos. Porque, afinal, não seria boa escolha acusar medo, e me desmoralizar, eu que me preparava para ser homem. Passei semanas tendo pesadelos, o mais recorrente era que o barbeiro cortava minha orelha e exibia o troféu em sua mão trêmula, o rosto vermelho com tons azulados, os olhos baixos, como a se desculpar da imperícia. Ou então que eu passava em frente à barbearia e ele saía correndo atrás de mim, com uma vitalidade inesperada, brandindo a navalha, e minhas pernas perdiam forças, não conseguia sair do lugar. Quando o algoz estava a ponto de me agarrar, eu acordava com a camiseta ensopada de suor. Nunca mais quis voltar e minha mãe compreendeu minha sessão de tortura. Ela voltou a cortar meu cabelo, sempre dizendo que era bobagem meu medo, que o corte do Rodolfo, sim, era perfeito, estava à altura dos meus dez anos, idade de começar o apronto de ser homem, que eu vivia a transição, continuaria sim, nos dias de semana, a usar os suspensórios e as calças curtas, mas aos domingos já poderia me engalanar em uma calça comprida com cinta.

Mas, como a confirmar a lei de atração dos opostos, ao lado do soturno barbeiro explodia de vida a solar Cleonice. A segunda esposa de Rodolfo era uma mulher de uns sessenta anos, gorda e de riso solto. Minha mãe se dava bem com ela, ganhava dinheiro costurando seus vestidos novos e, seguidas vezes, trocavam presentes pelo alto da cerca. Do lado de lá, vinha um bolo acabado de sair do forno a lenha, guarnecido em um prato coberto com um guardanapo de pano florido. Do lado de cá da cerca eram expedidos um mingau de milho verde ou pamonhas (essas iguarias aconteciam em nossa casa quando meu pai trazia um carregamento de milho verde da fazenda). Mas era normal engatarem conversas mais longas quando ela comparecia em casa trazendo um tecido embaixo do braço, e minha mãe, no quarto ou na sala, tirava as medidas de seu corpo opulento, usando uma fita métrica, ou quando lavavam roupa e estendiam as peças para secar nos varais. Nessas ocasiões, conversavam em voz alta, as palavras voando pelo alto da cerca, de um lado e outro e qualquer mísero motivo de alguma anedota das nossas vidas comuns era o suficiente para as duas mulheres rirem muito. Eram felizes, parece, riam tanto que chegavam a espantar os passarinhos das duas frondosas mangueiras. Nas vezes em que eu presenciava essas cenas, adorava observar como a vizinha chacoalhava as banhas de sua barriga, sob o pano do vestido.

O casal não tinha filhos, viviam só os dois na casa, e a soturnidade do barbeiro ancião tinha lastro no célebre falatório da cidade: o homem era dono de uma morte, a sua própria morte. Rodolfo tinha ido para o outro lado e de lá voltado. Um acontecimento assombroso de um remoto 17 de dezembro. E pelo que se sabe, foi a única reprise da história, acontecimento guardado na memória de uma meia dúzia de habitantes antigos, seres bandeirantes paulistas como ele, sobreviventes dos primeiros magotes de gente chegados no alvorecer da ocupação do território em 1917. Desses testemunhos, sabe-se que Rodolfo retornou à vida com importantes sequelas. À tremedeira nas mãos, à asma e aos sopros, já referidos, se juntava a pior das consequências: a perda da alegria. Rodolfo era antes um homem feliz e proseador — dizia-se até que recitava poesias cívicas nos eventos comemorativos da cidade, afinal era um dos fundadores —, depois de ter ido para o lado de lá e de lá ter regressado, encolheu-se para dentro de si, ensombreceu de tristeza. As palavras quase sumiram, mínimas palavras, mesmo quando estava debruçado sobre um freguês na barbearia. Os entendidos em ressurreição diziam ser normal esse estado de retorno post mortem, seguia o padrão de Lázaro, o mais célebre ressuscitado. Lázaro, aquele da Bíblia, antes um sujeito boa-praça e alegre, de *retorno* se tornaria uma pessoa triste, melancólica e parca de sorrisos, parecendo viver a contragosto. Não teriam, Lázaro e Rodolfo, apreciado o resgate? Não teriam apreciado a interrupção da viagem, momentos antes de entregar os óbolos ao barqueiro Caronte?

O negócio do bar

O grande tombo e a consequente mudança para a casa da rua do cemitério, marcaram o início de um intenso périplo. Um tempo cigano, em que meu pai, sempre no intuito de melhorar a renda familiar, sempre na ânsia de recuperar um pouco que fosse do dinheiro perdido, esteve à frente de uma borracharia, instalou um local de venda de pamonha e caldo de cana, e chegou a montar, no fundo de um quintal, uma pequena solda, onde recuperava machados, arados e outras ferramentas. Durante esses negócios, e em seus interstícios, também se dividia em trabalhos na fazenda. Na casa da rua do cemitério ficamos longos nove meses. Digo longos, pois, em seguida, nem bem nos acostumávamos em um lugar e já a mudança, de novo, estava em cima de uma carroça. Uma louca maratona, um frenesi de paisagens e vizinhanças mutantes. No total foram mais três casas deploráveis, nos dez meses seguintes, até que aconteceu o aluguel do robusto casarão de propriedade do Malvino, o nosso último pouso na cidade.

O aluguel era barato, talvez devido à má fama do casarão. Tinha servido de morada para a família do delegado durante longo tempo, mas estava abandonado. Foi nessa casa que morreu e foi velada a mãe do delegado, Matilde, aquela protagonista do suntuoso enterro com banda de música. O fato de Malvino ter se mudado duas semanas depois do enterro, levando todos os pertences e deixando para trás, intocado, o quarto da morta com todos os seus pertences, alimentou, desde então, os boatos de que dona Matilde continuava morando no casarão. E de fato algumas testemunhas garantiam ter avistado a anciã de relance, vagando pelo quintal, quando lá entraram em busca de frutas maduras.

Portanto, na época em que meu pai fechou as condições do aluguel com o delegado, o imóvel estava cheio de entulhos imprestáveis ocupando os cômodos — era um depósito de rejeitos —, com o toque macabro de o quarto da dona Matilde permanecer do jeito que ela deixou na tarde de sua morte.

Então a primeira providência, após tomarmos posse do imóvel, foi realizarmos uma minuciosa limpeza interna e externa. Com a devida licença do delegado, os despojos arderam durante horas numa fogueira no quintal. Depois passamos nas paredes duas mãos de cal com toque amarelo, e tudo ficou bonito. Pronto, a imensa casa com robusto telhado estava habitável. Talvez por uma espécie de reverência e, também, porque espaço sobrava, o quarto da morta, vazio e limpo, permaneceu fechado.

Na reorganização do espaço, na sala da frente, onde uma porta extra foi aberta para a rua, meu pai estruturou uma espécie de bar-cassino, tudo devidamente autorizado. Durante o dia vendia balas, pirulitos, refrigerantes, cachaça, e de noite, na mesa maior do salão, rolavam jogos de cartas a dinheiro, turno em que mamãe aproveitava para vender café e pastéis fritos na hora. As noites avançando, as portas da frente fechadas, as intermináveis partidas de baralho ganhavam a madrugada, e os marmanjos não se ausentavam da mesa do jogo nem para aliviar a bexiga — Quem abriria a guarda? Quem daria mole?

A ausência, mesmo que brevíssima, poderia propiciar a armação de alguma fraude, formação de grupos espúrios visando trapaça. Por isso, na manhã seguinte, era preciso esvaziar algumas garrafas deixadas embaixo das mesas e nos cantos. Pela cor do líquido poderia se supor que se tratava de restos de cerveja. Mas um cheiro desagradável de amônia logo impunha a realidade: estavam repletas de urina.

Nossa residência, acoplada ao bar-cassino, se organizava em uma boa cozinha, cinco quartos dispostos ao longo de um corredor comprido e uma sala (a antiga sala secundária). Eu e Alencar ficamos num quarto defronte ao quarto de meus pais e, logo em seguida, vinha o quarto da finada dona Matilde, o qual permaneceu sempre fechado. Os dois outros quartos, um era o ateliê de costuras e o outro uma despensa. Foi-me difícil conciliar o sono na primeira noite no casarão, tinha a sensação de o espírito da morta estar presente, manifestando-se por suspiros, tosses secas e o ranger das tábuas do assoalho, como se alguém caminhasse. Depois, sempre que eu passava pelo corredor, prendia a respiração e acelerava o passo defronte ao quarto da defunta, com medo de a porta de repente se abrir e sua aparição se inscrever no pórtico.

Creio que fazia menos de um mês que havíamos mudado, quando num domingo caíram as águas pesadas, junto com ventania, o dia todo e a noite toda, tanta água que nem houve função de jogo de baralho. Depois do jantar, minha mãe trabalhava no quarto de costura, pedalando a máquina Singer, quando aconteceu o aparecimento:

— Senti o peso de um estranho silêncio, uma sensação de tudo parado — contava minha mãe. — Continuei meu trabalho, mas não ouvia mais o barulho do pedal da máquina e nem da agulha furando o pano, só ouvia, do lado de fora, a chuva bater no telhado e o vento gemer nas quinas. A sensação estranha durou dois segundos, a luminosidade do quarto desmaiou e veio uma nuvem azulada e transparente, parecia um entardecer esquisito, bateu forte uma sensação de a casa estar suspensa no espaço. O quarto se encheu de um perfume de dama-da-noite, e vi dona Matilde em trajes azul-escuros, um vestido comprido, quase cobrindo os pés, e mangas também compridas. Vinha de cabeça descoberta, os cabelos brancos desarrumados sobre os ombros, parecia ainda mais pálida e envelhecida do que quando a vi espichada no caixão. Ela desceu suave, como se tivesse entrado pelo teto, e só parou alguns centímetros antes de seus pés tocarem o assoalho. Seus olhos, abertos e parados, me encaravam em desamparo. Da sua boca congelada escutei a súplica: precisava saldar uma dívida de vinte e sete contos deixada com a lavadeira, pagamento da última remessa de roupa. "Nena, preciso aliviar meu sofrimento", terminou de implorar com essas palavras. A aparição não esperou meu acordo e, como veio, se foi... subindo devagar, até sumir. Tudo pareceu tão demorado, e ao mesmo tempo tão rápido, como quando a gente cabeceia num cochilo...

Nas vezes em que minha mãe repetia a história, meu pai, fazendo-se de entendido em rituais de manifestação de pessoa defunta, acrescentava que era de bom augúrio a morta não ter dado as costas ao ir embora.

— Defunto dar as costas é fatalidade. Quem vê aparição desse tipo faz trato de brevidade com a morte — garantia com autoridade.

Na segunda-feira pela manhã, sem aguardar estio, minha mãe saiu de guarda-chuva sobre a cabeça. Caminhava apreensiva pela rua comprida, ia em busca da casinha quase fora do limite da cidade. Como ela própria contava, naquela caminhada pisando em chão vermelho barrento, evitando as poças d'água, acalentava a possibilidade de que tivesse sonhado, que o aparecimento da morta fosse resultado de um momento de cansaço e cochilo nas costuras. De todo modo, ia preparada, de posse do dinheiro contado e exato.

Mal tinha exposto as primeiras palavras à lavadeira, já a mulher compreendia o motivo da visita e atalhava:

— Olha, dona Nena, já matutei sobre isso. Tem noites que custo a pegar no sono, já sonhei várias vezes com a defunta Matilde. Em vida tive que aguentar algumas ranzinzas daquela velha: "Augusta, a roupa não tá bem passada, Augusta, a camisa tá manchada e faltando botão". Reclamava por nada. Mas agora passou, e faz tanto tempo essa dívida, vai pra mais de ano! Já acendi sete velas pra santa Edwiges — a mulher contava as mágoas, ao mesmo tempo que se impunha o sinal da cruz. — Que a santa abençoe a todos nós, vinte e sete contos não é nada. Por mim tá perdoado, dona Nena. Que a morte dê descanso a sinhá Matilde!

Assombrada pela confirmação dos valores, minha mãe discordou do arranjo proposto, insistiu em pagar e pagou: para ela o compromisso assumido com a defunta era dever sagrado.

Um desastrado rasgo poético

Na chegada ao casarão, depois do tranco de tantas mudanças, o toca-discos estava enguiçado e ficou de enfeite num canto da sala de estar, junto à pilha de discos sem uso. A cristaleira, no entanto, acomodada na parede contígua ao lado da janela, permanecia incólume, era a joia da coroa, legítima guardiã dos presentes de casamento, repositório de finas louças, cálices de cristal, pires, xícaras, pequenos bules e bibelôs de porcelana com desenhos vivos e coloridos e um aparelho de jantar completo. Ainda posso ouvir o barulho das louças e vidrarias tilintando, nas vezes em que eu passava pelo corredor, ventando em minhas pernas finas. O móvel quase nunca era aberto, mais se assemelhava a um mostruário de museu, a ser admirado pelas visitas, e eu fui o involuntário algoz da relíquia. Tudo aconteceu porque precisava pegar um objeto de desejo — um brinquedo, um caderno? Não me lembro bem — depositado no alto e tudo veio abaixo quando escalei o móvel em busca do topo. A cascata medonha de vidro e louça se espatifando desatou a correria; em questão de segundos meus pais estavam debruçados sobre mim; o pai tentava tirar com todo cuidado a cristaleira de cima do meu corpo, procurava evitar outros cortes dos grandes vidros da frente, estraçalhados e cheios de pontas. Talvez pelo efeito da adrenalina eu não sentia nada doendo, mas fingi estar desmaiado para escapar de mais um castigo. Acho que fiquei tempo demais inerte e sem respirar, pois quando abri os olhos encontrei um medo enorme no rosto aflito da mãe, como se eu pudesse estar morto. Enquanto o pai me ajudava a levantar, eu fingia tontura, reclamava de uma forte dor na cabeça e também de dores na barriga; ele procurava os ferimentos, e o único machucado visível era em um dos braços, onde de um curto risco mais ou menos profundo brotava sangue. E como numa cena dramática de teatro, com o braço não avariado eu sustentava o braço ferido, simulando um osso quebrado. Na confusão de socorro que se estabeleceu, Alencar apareceu por ali aberto em berreiro. A mãe me levou para o quarto, disse que eu não poderia dormir, e nem mesmo me deitar, pois tinha batido a cabeça. Fiquei sentado na cadeira e ela foi buscar remédio na despensa, enquanto o pai, com o rosto tenso e pálido, ficou de vigília. Logo a mãe retornou com um chá de losna, arnica, um comprimido analgésico e, também, álcool, mercúrio e esparadrapo. Enquanto eu tomava o chá em goles miúdos e engolia o comprimido, a mãe cuidava do ferimento do meu braço e suspirava de alívio pois o osso não tinha quebrado.

Persisti na comédia até o dia seguinte: a cristaleira transformada em escombros, pois, além da vidraria despedaçada, o choque havia quebrado a madeira da frente. Tudo foi parar no lixo. Até esse acidente, a cristaleira resistia como símbolo sobrevivente da época de ouro. Sua perda total foi uma espécie de golpe de misericórdia, ia embora o último símbolo do fausto passado: a peça de maior luxo do nosso mobiliário andarilho, objeto delicado, a ser sempre envolvido com montanhas de cobertores para proteger os frágeis vidros, antes de ser levantado para cima das carroças, nas múltiplas mudanças. Mas o inventário da mãe era de júbilo. "Graças a Deus nada aconteceu com meu magrinho", repetia várias vezes o refrão para mim e para si mesma, "nada no rosto, os olhos perfeitos", e eu já me sentia livre da reprimenda verbal da mãe, aquilo de falar, falar, de doer os ouvidos; livre também do beliscão em torniquete e da surra de cinta do pai.

Um lugar nobre do casarão era o espaço amplo e aconchegante da cozinha, com o fogão a lenha quase o tempo todo aceso, e de onde me chegam em recordação as imagens vívidas: minha mãe preparando uma rodada de pipoca em homenagem à visita dos compadres Martinha e Urias. Eles vindos com os filhos naquela noite de segunda-feira. A mãe, em pé na beira da taipa, arrumava por baixo da lenha uns gravetos e um pedaços de palha de milho rasgados, acendia o fósforo e atiçava o fogo, intercalando uns sopros vigorosos no entremeio das conversas com os compadres. Depois untava o fundo da panela grande com banha de porco, levava ao fogo, antes de jogar os milhos miúdos dentro e colocar a tampa. A mãe estava redonda nessa época, esperava o terceiro filho. A comadre Martinha, entendida de nascimentos, profetizava que aquela pança grande e pontuda era abrigo de um novo menino. O pai estava alegre com as visitas, e também por ser noite de segunda-feira, noite de o bar-cassino permanecer fechado. Nós, as crianças, gravitávamos em torno da mesa e do fogão, ávidos à espera da guloseima, estava anunciada uma pipoca doce; a mãe nos oferecia a grande colher de alumínio para golpearmos a tampa da panela e entoarmos, em coro, o mantra: "Rebenta pipoca, maria sororoca... Rebenta pipoca, maria sororoca...", até a extinção dos estouros e restar uns poucos piruás no fundo. Então a mãe semeava açúcar preto por cima, mexia bem e despejava tudo numa grande tigela. Naquela noite memorável, o ataque foi geral, em mínimo tempo só ficaram os piruás, matérias duras, a serem devoradas com cuidado. Já tinha acontecido de gente quebrar um dente nessa gulodice. Esvaziada a tigela, minha mãe iniciou o relato do aparecimento da defunta Matilde, assombrando os compadres e amedrontando as meninas. Eu já tinha comunicado ao Barril todo esse acontecimento. Por isso o desviei para o meu quarto.

Sentados na cama, mostrei as últimas conquistas do álbum de figurinhas de jogadores da Copa. Depois no quadro-negro, um pequeno retângulo pregado na parede que eu mesmo preparara, brincamos de professor e aluno, resolvendo algumas somas de frações. Eu gostava de praticar no quadro com os tocos de gizes coloridos que trazia da escola, imaginando estar diante de uma turma de alunos, na condição de professor. Eu tinha onze anos, estudava a primeira série do ginásio, e ainda não tinha me restabelecido do recente susto com as frações. O caso ainda estava quente na memória, e expus a situação ao Barril.

Tinha acontecido na semana anterior, eu fazia o dever de matemática sentado à mesa da cozinha, minha mãe, sentada do outro lado, concentrada em escolher o feijão e colocar de molho, levou um susto com o meu pulo, quase derrubando a cadeira: "Que isso, magrinho! Tá passando mal?".

E no outro dia antes de ocupar minha carteira, vencendo minha timidez, fui até a mesa da professora:

— Professora, como pode valer a igualdade

$$\frac{1}{-1} = \frac{-1}{1} = -1 ?$$

Como isso, se na primeira fração o numerador é maior do que o denominador e na segunda fração acontece justamente o contrário, o numerador é menor que o denominador? Como pode dar o mesmo resultado, se a operação é a mesma, uma divisão?

É claro que não fiz as perguntas desse modo preciso, em palavras tão bem articuladas. E também não me recordo dos termos exatos como contei essa história ao Barril, naquela noite no meu quarto. O que me sobra é uma tradução elaborada das lembranças. Mas se não retive o modo exato das perguntas, nem as respostas da professora, restou cristalizada a recordação do carinhoso afago nos meus cabelos e das palavras enunciadas:

"... A matemática gosta de você, menino... continue assim, estudioso, você ainda será um engenheiro..."

Naquele fim de manhã voltei para o casarão caminhando em nuvens, a matemática a ruflar asas misteriosas sobre minha cabeça. Nem mesmo tinha tirado o uniforme e já contava a novidade à minha mãe, em seguida contaria ao meu pai, e mesmo ao meu irmãozinho pequeno, ainda em aprendizado das vogais e de fazer somas nos dedos das mãos.

Como disse, no quadro-negro da parede do meu quarto explicava ao Barril, do meu jeito, a tal misteriosa igualdade de frações. Ao mostrar a estranheza daquela conta, e recordar a frase da professora, eu garantia ao meu amigo que havia desistido de ser professor, seria engenheiro — se bem que eu não sabia bem as atribuições de tal profissão de adulto. Mas garantia ao meu amigo, estava firme no meu propósito, mesmo que precisasse deixar meus pais e ir para Londrina ou Curitiba. Barril apoiava meus planos, mas dizia que Londrina ou Curitiba para ele não serviria, não tinha mar e ele sonhava conhecer o mar, embarcaria em um navio e conheceria o mundo, vestido naquela roupa bonita de marinheiro que vimos no livro que trouxemos emprestado da biblioteca e lemos juntos. Depois passamos a competir para ver quem escrevia o palavrão mais pesado: uma disputa rápida sem vencedores. E enfadados do jogo, apagamos os impropérios do quadro — não podíamos deixar à vista os descalabros; e, como não chovia, propus ao Barril um saque ao caminhão carregado de garrafas de guaraná, estacionado na garagem do posto de gasolina do Malvino. Afinal era um caminhão de passagem, e apenas uma garrafa para cada um não faria falta: "E roubado é mais delicioso". Era tal nosso juízo endiabrado de meninos, vejam só, pois poderíamos muito bem assaltar os guaranás do bar do meu pai.

As luzes fracas da rua refletiam nas poças d'água e mal iluminavam o espaço de duas quadras e meia do nosso caminho. Passamos em frente ao bar do Sendão, onde uns gatos pingados jogavam sinuca, e dobramos a esquina. O caminhão estava meio no escuro. Procurando abafar os ruídos, retiramos duas garrafas dos engradados da ponta da carga e abrimos na quina da madeira da carroceria. Tomamos a bebida em goles demorados, saboreando a delícia dos refrigerantes à temperatura ambiente. E favorecidos pelos gases engolidos, à medida que bebíamos, travamos uma batalha para ver quem produziria o arroto mais poderoso. Estávamos tão descontraídos no jogo, o futuro era uma comprida estrada de amizade diante de nós, e eu jamais poderia imaginar que travava a última disputa com o meu melhor amigo, não desconfiando do próximo lance do destino: Barril desapareceria para sempre de minha vida.

Em seguida, por acaso, coloquei a mão no bolso e apalpei o pequeno cilindro; retirei uma ponta de um giz da cor vermelha, e logo em minha mente se produziu a ideia sinistra: trepei em um caixote de madeira e escrevi a palavra *Buceta* na traseira da carroceria do caminhão, um capricho de letras curvas e garrafais. Mal tinha finalizado minha obra de arte, e um farolete se acendeu na minha nuca iluminando a cena. Meu coração disparou e, ao me virar, todas as formas se ofuscaram pela luz direta nos olhos. Quando recobrei um mínimo de nitidez percebi que se tratava do dono do caminhão, em pé na minha frente, furioso com o vandalismo, chocado com a palavra imensa, acintosa, conspurcando seu caminhão — onde já se viu rodar pela estrada e entrar em cidades com aquela filosofia na traseira? Eu tinha acabado de descer do caixote de madeira, ainda estava com o giz na mão, não tinha como fugir da autoria do rasgo poético. O motorista não teve dúvida: "Agora, moleque, você vai aprender a ser homem. Vai limpar isso aí! Vai limpar com a língua, lamber tudo. E é *pragora*!". Dizendo isso, agressivo, abraçou meu corpo e me suspendeu de volta em cima do caixote. Não tive saída. Com o coração pulsando a mil no pescoço, obedeci. A aspereza violando a língua me deu vontade de vomitar. Definitivamente não pude apreciar o sabor da minha estranha primeira vez!

A fuga do doutor Marfan

No fim da tarde de terça-feira, dia seguinte à noite do malogrado rasgo poético na traseira do caminhão, tudo se precipitou em avalanche. Malvino estava ausente, cuidando de negócios em sua fazenda do lado do rio Laranjinhas, quando o telegrama a ele endereçado, expedido pelo juiz da comarca de Cornélio Procópio, foi recebido por Idalina. A mulher abriu grandes olhos ao ler o conteúdo e guardou o documento a sete chaves. De pronto, despachou um mensageiro em busca do marido, exigia urgência. Devido à distância — cinco léguas bem medidas —, os dois homens chegaram apenas no outro dia, às nove horas. Vinham montados em cavalos cansados, o trecho vencido a galope. Ainda montado, Malvino recebeu das mãos de Idalina o documento--ultimato: "PRENDAM O TAL MARFAN FALSO MÉDICO".

Foi um hiato de gestão de doze horas, suficiente para mudar a marcha dos acontecimentos. Nunca se soube a identidade de quem vazou as instruções do telegrama. Teria sido Idalina? Teria sido o encarregado do correio? O fato é que Marfan — o médico dos supositórios em terapêuticas não invasivas, o luminar cirurgião do mais avançado procedimento cirúrgico em eficientes e espetaculares transplantes de alívio dos nós nas tripas — era na realidade o enfermeiro Eurico Vasconcelos. A trapaça foi revelada pelo investigador que, no comando de dois policiais civis, chegou ao Cinzas logo na manhã da quinta-feira e não encontrou nem a sombra do suposto Marfan.

De imediato, o investigador e sua equipe, ciceroneados por Malvino, estiveram no hospital fazendo perguntas e recolhendo pistas com o pessoal da limpeza. In loco surgiram notícias das cirurgias, e enquanto recolhia todos os recipientes com as tais tripas mergulhadas em formol e os examinava contra a luz, o inspetor comentava com mordacidade:

— Essas cirurgias vêm de longe. Esse falsário deixou inúmeras vítimas em seu rastro. Graças a Deus, aqui ninguém morreu.

— Sim. Nisso correu tudo bem, muita gente foi curada pelo...

— e quase o delegado deixou escapar... doutor Marfan.

— Acredito que ele se aperfeiçoou com o tempo — atalhou o inspetor. — Esse tão famoso transplante de tripa não passa de um corte raso, atingindo apenas a primeira camada de músculos; não abre a barriga do paciente, e a costura para fechar o talho é procedimento conhecido dos bons enfermeiros. O que resolve mesmo é a dieta. Quem não se cura de uma gastrite ou de qualquer inflamação mais severa do estômago ou dos intestinos com uma dieta de quarenta e um dias, só com canja de galinha? Esse é o remédio, delegado, o falso doutor Marfan adotou como panaceia esse resguardo da tradição, nos moldes usados pelas mulheres em recuperação, depois de darem à luz.

Essas explicações eram intercaladas de suspiros do inspetor, visivelmente emocionado por ter perdido a presa por tão pouco. E fornecia mais detalhes biográficos do famigerado enfermeiro. Era originário da fronteira do Rio Grande do Sul com o Uruguai, em sua vida volante de falsário constava a tática de viver pouco tempo em cada cidade pequena. Já tinha circulado por todo o interior de Santa Catarina e parte do interior mais antigo do Paraná. Nos abandonos intempestivos dos locais de trabalho, por causa da morte de um paciente, ou quando cismava estar prestes a ser descoberto, ou por simples precaução, sua desculpa era sempre a necessidade de aperfeiçoamento, buscar os últimos avanços da medicina em São Paulo.

E por que o falso médico ficara tanto tempo no Cinzas? Por que oito longos anos no Cinzas? As duas principais hipóteses foram desatadas: Cinzas, um lugar perdido no canto do mundo, e assuntos do coração, do amor que move a vida! Marfan e Martinha eram amantes às escondidas, romance iniciado logo no primeiro ano de sua chegada. Uma ligação tão forte que fugiram juntos e Martinha ainda carregou os três filhos, Barril, Cleuza e Clarisse.

De início, a jovem Martinha se ocupava do trabalho de limpeza do hospital. Mas, devido às suas habilidades manuais, logo se transformaria em ajudante do *médico*, servindo de enfermeira-aprendiz. Nunca pude saber se, antes do episódio da fuga, minha mãe conhecia esse romance clandestino. Depois do acontecido, toda vez que o assunto vinha à tona ela desconversava, nem sim, nem não. Mas lampejos de sorrisos davam mostra de que conhecia o caso há muito tempo.

Depois, o inspetor e sua equipe estiveram na casa de Urias entrevistando o homem humilhado. E o recolhimento de provas se encerrou por aí. O prefeito recebeu o representante da lei em sua casa para o pernoite, enquanto sua escolta era albergada em dependências da prefeitura. Naquela noite no alpendre, enquanto tomavam caipirinha e vislumbravam uma lua imensa clareando o céu e a terra, o inspetor, em pose de caçador malogrado, verteria as mágoas por ter deixado mais uma vez a presa escapar. Dava como certo o sucesso do bote, quando, ao vasculhar jornais da região, encontrara pistas promissoras do paradeiro do enfermeiro Eurico Vasconcelos. Eram notícias velhas, de mais de cinco anos, mas para ele não havia bola perdida. Esse tipo de escrutínio nos jornais atuais e antigos por várias vezes o fizera quase morder o calcanhar do falso médico, pois era conhecida a fraqueza do enfermeiro em se mostrar como autoridade nos eventos sociais. Dois dias inteiros nos arquivos do jornal pesquisando nos números antigos, páginas e páginas, busca focada nos eventos sociais, até topar com a reportagem de página inteira, exibindo fotos do falso doutor no coreto do Cinzas, durante a entrega do prêmio ao corredor Catão. Achara engraçada a criatividade do novo nome: doutor Marfan, mais para alcunha de mágico de circo, não é mesmo? Era como o inspetor dividia suas frustações com o prefeito, enquanto bicava seu copo de caipirinha, pois não prevaricara, não perdera tempo, providenciara junto ao juiz a expedição do telegrama minutos depois do achado. E num tom entre o desolado e o nostálgico, como se essa caçada fosse o inteiro motivo de sua vida, o inspetor revelaria ainda alguns lances de suas investidas pretéritas, narrativas acumuladas de sua odisseia no encalço do falso médico, há mais de doze anos; aliás, tenacidade de caçada apenas superada pelo investigador Javert, o implacável cão rastreador, que durante décadas perseguiu Jean Valjean na epopeia *Os miseráveis*. Tenacidade superada sim, mas calma lá que "o andor é de barro". Como comparar dois pesos com uma só medida, se essa perseguição empreendida por Javert são fatos da ficção de Victor Hugo e essa do Cinzas é o relato de uma realidade?

Os detalhes da fuga em si foram pacíficos, sem resistência. Aconteceu por volta das dez horas da noite, quando Urias se demorava em mais uma de suas bebedeiras e partidas de truco no bar do Galdino. Ao retornar em pernas bambas, encontrou a porta da cozinha destravada. Entrou e se deixou derrubar em uma cadeira, e logo foi gritando o script de outras noites: "Martinha, minha comida!". O pedido vazou pela cozinha, enroscou nos corredores, fez eco na sala e morreu nos quartos. Ele insistiu nos gritos: "Martinha, minha comida!". E nada. Apenas o silêncio, o pesado silêncio. E nos farrapos de consciência do bêbado surgiu o fantasma da mulher lhe advertindo: "Urias, um dia você vai encontrar esta casa vazia! Estou avisando! Eu sumo no mundo com os meus filhos, e você vai ficar sozinho com sua cachaça!". Esses ultimatos ele havia escutado repetidas vezes quando regressava bêbado de suas noitadas e Martinha, mais por um sentimento de compaixão, levantava-se da cama atendendo ao seu chamado. Mas naquela noite, diante do vazio, com pernas frouxas se enroscando pelos corredores, Urias vagou pelos quartos, viu os armários com portas abertas e gavetas vazias, divisou apenas suas roupas, tudo o mais tinha desaparecido. Voltou cambaleando à cozinha, retirou um prato do armário ao lado do fogão e ao dar uma troncha meia-volta a louça escapou-lhe das mãos e se estilhaçou em mil pedaços no chão de cimento. O barulho de cascata deve ter-lhe despertado a consciência dos fatos e, feito a chama do estopim que alcança a bomba, desencadeou a violência e o desespero: Urias abriu as portas do armário e espatifou toda a louça pelo chão, como se fosse parte de alguma cerimônia de um desvairado casamento grego. Retornou aos quartos, abriu as janelas, pôs-se a jogar fora tudo que encontrava pela frente, e a cada peça lançada se precipitava no parapeito da janela, como um lobo solitário, a bocarra reverberando no brilho da lua nos dentes de ouro e uivando aos quatro ventos: "Martinha, sua diaba, quero meus filhos!".

Nos dias seguintes à fuga, o assunto não sairia das conversas, um alvoroço de suposições por toda a cidade tentava fechar as peças do quebra-cabeça. Não havia quem não tirasse uma lição filosófica do acontecido, e o tal doutor Marfan sofreria uma malhação geral de Judas. Zé Botina, uma de suas vítimas, fazia questão de exibir aos clientes de sua sapataria a cicatriz deselegante dos pontos ajambrados em sua barriga, enquanto avaliava: "As costuras que eu faço no couro das bolas de futebol são bem mais artísticas".

A doença do sono

Aquele ano em que meu pai alugou o casarão do delegado Malvino, montou um bar e explorou o negócio dos jogos de baralho foi nosso último tempo no Cinzas. O negócio pouco durou, mas foi um tempo prenhe de acontecimentos memoráveis: a aparição da defunta Matilde, o meu rasgo poético na carroceria do caminhão, a fuga de Marfan levando Martinha, Barril e as meninas. O imóvel foi alugado em um fevereiro e nos últimos dias de agosto meu pai foi obrigado a abandonar o negócio, entregar tudo. O motivo foi o olho grande do delegado. Ele percebera que sua antiga mansão estava em um excelente ponto comercial. Por isso, veio com a história de triplicar o preço do aluguel. E como não existia contrato e nem nada, evitando confusão maior, meu pai entregou o imóvel. Nesse tempo tínhamos economizado algum dinheiro dos lucros e o açodamento do Malvino não chegou a causar grandes danos, uma vez que já estava planejada nossa mudança para Santo Antônio da Platina, no início do próximo ano.

Entregamos o bar e a casa. O grosso da mobília foi colocado em um galpão nos fundos do quintal da tia Jovita, e meus pais, Alencar e meu novo irmãozinho de dois meses, batizado com o nome de Altair, foram para a fazenda levando alguns poucos tarecos. A ideia do pai era preparar a terra e plantar uma boa lavoura de milho. Eu estudava a primeira série do ginásio e nos meus onze anos ficava para trás, morando com a minha tia Jovita. Essa tia, sempre muito presente em nossas vidas, era a irmã mais velha de meu pai e enviuvara ainda jovem, com um filho pequeno. Depois se encantou com um mascate que passava de tempos em tempos pelo Vassoural com suas malas repletas de tecidos e enfeites para moças. Casou-se com o belo mascate de prosa fácil e veio morar no Cinzas. Montaram residência na cidade um ano depois da nossa chegada. No entanto, Agenor, o único filho de tia Jovita do casamento anterior, mais por insistência de meus avós, que eram muito apegados ao neto, ficou morando com eles.

A casa da tia Jovita era silenciosa, apenas sacudida quando seu marido, como se fosse um cometa, retornava uma vez por mês com seus baús e malas vazios, depois de mais uma longa perambulação. E assim, creio que minha presença, durante aquele semestre em que eu precisava completar a primeira série ginasial, mitigava um pouco a solidão de minha tia. Como estudava de manhã, voltei a trabalhar na parte da tarde na serraria do Zé Venâncio. O trabalho consistia em empilhar ao sol ripas compridas de madeira verde para secar. Depois as ripas de cabiúna — madeira de belos desenhos no cerne — seriam manufaturadas em pequenos tacos e embarcadas em caminhões para suprir os assoalhos de casas e apartamentos da construção civil em São Paulo. Eram pilhas enormes espalhadas pelo pátio da serraria, em regime de secagem, e algumas atingiam mais de quatro metros de altura.

Eu ganhava por metro cúbico de madeira empilhada e o pagamento vinha todo fim de semana, dinheiro para minhas despesas com roupas, sapatos, cadernos e livros. Outras crianças também trabalhavam no empilhamento de ripas — às vezes, mesmo uma família inteira se dedicava ao ofício. Se chovia forte não era possível trabalhar no descampado. Mas uma garoa fina agregava diversão — é claro, era preciso cuidado para não escorregar lá no alto da pilha —, o banho de chuva proporcionava aquele prazer da infância, instinto de animal ingênuo solto no mundo, que nós adultos hoje deixamos escapar pelos vãos dos dedos. Às vezes acontecia de, ao fim do dia, eu retornar tossindo, pingando de molhado, e ao entrar em casa levar uma tremenda bronca da tia Jovita: "Onde já se viu, menino? Chegar assim todo ensopado, tossindo que nem cachorro. Quer ficar tuberculoso?". Depois do jantar, logo mais na hora de dormir, ela cuidaria de mim com o seu temível chá de alho com casca de limão, gengibre e mel. O pouco alívio vinha do mel que eu regateava sempre mais um pouco. Na frente da tia eu era incentivado a engolir aquele fogaréu, sem trapaças, e ir para debaixo das cobertas, suar muito, espantar o resfriado.

Foi um segundo semestre bizarro. Dois meses depois de ter ficado para trás, sofri o ataque de uma misteriosa doença do sono. Um sintoma agudo e singular: bastava eu estar sentado diante de uma mesa com um livro, lápis e caderno e já me invadia um sono mais denso que o descanso eterno de uma múmia. Não havia meios de permanecer acordado e isso aniquilava meu rendimento nos estudos. O extraordinário é que, no mais, a saúde seguia perfeita, a severa letargia só me afrontava mesmo diante das tarefas da escola. No trabalho da serraria seguia firme, de segunda a sexta, tinha ânimo de sobra — se bem que minha tia sempre se referia ao seu temor de que eu dormisse em pé no alto de uma pilha de madeira. Nas brincadeiras à noite e nos fins de semana o vigor transbordava: correr no pique-salva, jogar mata-mata com bolas de gude, rodar pião, soltar papagaios. Mas quando me sentava para estudar dormia com o rosto enrodilhado nos braços. E também dormia durante as aulas, a ponto de tia Jovita ser chamada à direção da escola e receber a incumbência: "Olha só como as notas despencaram. Precisa dar remédio a esse menino!".

Fui levado à presença do farmacêutico. Do outro lado do balcão o sábio perguntava de algum acontecimento fora da rotina, e minha tia relatava que no trabalho da serraria, ao levantar uma ripa do chão, eu tinha sido picado por uma aranha. O farmacêutico franziu o cenho, não teve dúvidas, o veneno da aranha era o motivo da minha prostração. Defendeu a tese de que circulava pelo meu corpo uma peçonha do tipo excepcional, uma essência soporífera difícil de eliminar pelas excreções naturais. Postulava que o mal já me atacava o cérebro, diminuía minha capacidade de concentração, e daí o estado de dormideira. Saímos da farmácia com uns remédios desses indicados para alergia e envenenamento. Eu não botara fé nas explanações do farmacêutico. Da tal picada não tinha me sobrado nenhum sintoma, meu dedo ficara inchado apenas durante uma semana e mais nada, e já nem atrapalhava para escrever ou trabalhar. Mas no caminho de volta, minha tia falava admirada sobre as explicações coloridas do farmacêutico, de como o veneno da aranha ainda persistia no meu corpo e me atingia o cérebro, justo nos momentos dos estudos. E se atrapalhou ao tentar repetir a palavra soporífera, antes de concluir exaltada:

— Como esse homem é sabido, que palavras difíceis fala o danado. O falso doutor Marfan não faz nenhuma falta.

O remédio do farmacêutico danado de sabido não deu nenhum resultado, continuei a dormir desbragadamente sobre os cadernos. A tia, descrente da ciência, me levou, em ciranda, por todas as benzedeiras da cidade e até a um feiticeiro da zona rural — a fama do bamba era de que suas rezas curavam até mordida de cobra, e era capaz de mudar a direção das tempestades com seus rituais de riscar com um punhal o chão do terreiro, enquanto queimava galhos e folhas de arruda seca e caminhava sete voltas em torno de sua casa. Seu diagnóstico fulminante foi de que alguém com inveja havia me botado mau-olhado: o mal era de quebranto. E daí fui obrigado a andar exibindo no pescoço um colar de fita no qual se pendurava um minúsculo relicário de pano vermelho, um anteparo às energias negativas, prescrição do bruxo contra *mau-olhado*. O efeito foi pífio, quase inexistente. Minha tia, incansável, continuou buscando outras forças paramédicas, rezas, benzeduras, simpatias, xaropadas, e eu colhendo fracassos: nada era capaz de me tirar do singular estado de prostração quando precisava me aplicar aos estudos. Mas a gota d'água, que entornou o pote cheio de desesperanças, aconteceu quando a tia me encontrou de corpo inteiro em cima da mesa grande da sala, esticado, dormindo sobre os cadernos. Aí ela surtou, acordando-me aos gritos:

— Que desatino é esse, menino? Não vê que assim tá chamando a Morte? Desce já daí, desmiolado!

A visão do corpo inerte, espichado sobre a mesa em sono profundo, provocou os uivos loucos da tia. Ela via o velório de um menino morto. Desde sempre era de péssimo agouro dormir em cima de mesa, defuntos eram velados assim. Primeiro os corpos precisavam ser lavados — homens se ocupavam dos homens e mulheres das mulheres. Em seguida, eram vestidos, calçados e arrumados dentro de caixões sobre a mesa da sala, em longa noite de choro, conversas sobre a passagem em vida do defunto, muito café e bebida forte.

Retirar o morto da casa no outro dia, aprumando o cortejo em direção à igreja, era tarefa para quatro homens — raramente as mulheres se ocupavam das alças. O caixão saía à rua pela porta da sala: na frente iam os pés do defunto, e por último a cabeça ultrapassava o umbral. O ritual, sempre desse modo, conferia outro ensinamento encantado sobre a posição das camas nos quartos: nunca ninguém deveria dormir com os pés apontados para a porta da sala, isso seria um convite a apressar o comparecimento do cavalheiro de túnica negra e foice aos ombros. Não se brinca com a morte. Ah, esse tipo de escatologia perdida nas brumas do tempo!

A grande caminhada

Castigado pela doença do sono, fui levando os estudos aos trancos e barrancos até terminar reprovado. Recebi a sentença no último dia de aula. A sensação não foi boa, o travo amargo de perder um ano inteiro de estudos. Quando cheguei com a notícia em casa, tia Jovita ficou de olhos vermelhos, se sentindo também responsável. No entanto, no marco da derrota, chegava minha liberdade, pois teria pela frente um longo período de férias, e era agradável saber que logo estaria na fazenda junto aos meus entes queridos. Tive ímpetos de partir imediatamente, mas escolhi trabalhar ainda uma derradeira semana na serraria, em regime integral, pois, além de precisar de dinheiro para a passagem de ônibus, pretendia agradar à minha mãe, indo ao seu encontro de sapatos novos.

A semana passou célere e no sábado, véspera de minha partida, ao mostrar orgulhoso os meus sapatos à tia Jovita, fui perguntado sobre o dinheiro da passagem. Bati a mão no bolso e respondi que estava tudo bem. Mas ela insistiu, talvez desconfiada, e eu renovei com ênfase a afirmativa, garantindo que tinha o dinheiro suficiente, dava para os dois ônibus.

A noite transcorreu em extrema excitação, eu dormia e acordava o tempo todo, um estranho contraste ao meu estado de doente do sono. Saltei da cama com a madrugada ainda escura. Vesti a camiseta, a bermuda, calcei os sapatos novos, enrosquei o embornal no pescoço, apalpei os bolsos — de um lado para sentir o estilingue, do outro para estar seguro de levar o canivete e a carteira com dinheiro —, rabisquei um bilhete para a tia, peguei apenas um pedaço de pão e, sem lavar o rosto nem escovar os dentes, saí porta afora em galharda pressa. Na mente o plano de viagem decidido: venceria a pé catorze quilômetros até Ribeirão do Pinhal e lá embarcaria no ônibus até a casa de meus avós. Esse plano já estava traçado desde a noite anterior, quando para não preocupar minha tia eu havia mentido, meu dinheiro dava apenas para cobrir a passagem do trecho final, duas vezes mais longo.

A madrugada clareando se espreguiçava sobre os telhados úmidos de orvalho; delicadas franjas rosadas abriam-se do lado leste do horizonte. Na rua deserta e silenciosa soprava um vento doce e dos quintais das casas quietas eclodia o repente de cantos dos galos, crentes de chamarem o sol para o reinado de mais um dia de domingo. Em pouco tempo eu já caminhava fora do limite da cidade. Andava devagar, não porque me faltasse vitalidade nas pernas, era melhor gastar o tempo na estrada chutando pedras, dando pelotadas nos passarinhos, admirando a paisagem, do que mofar horas na rodoviária de Ribeirão do Pinhal.

Naquele ponto do caminho eu estava sentado na beira do barranco, havia decidido tirar os sapatos, não tinha sido boa a decisão de estrear minha joia rangedora em caminhada tão longa. Já arrumava os sapatos no embornal, quando passadas largas me alcançaram: era um homem fazendo o mesmo trecho. O sujeito parou na minha frente em pose de apreciar a cena. O sol, ainda baixo, desenhou sua sombra comprida até os meus pés. Era branco e miúdo, um pouco velho, o rosto mal se via atrás do bigode e da barba abundante e desgrenhada. O chapéu de palha ancestral devia ter enfrentado muita chuva e muito sol. Vinha de camisa despencada, calça arregaçada ao meio das canelas e os pés descalços. Dava pinta de trabalhador das lavouras ou, então, quem sabe a estrada fosse o seu serviço. Depois do cumprimento habitual, o homem observou com ciência: "Gostei de ver você arrancar os sapatos. Pés foram feitos para caminhar sem enfeite".

Recebi as palavras como uma espécie de elogio e retomei a marcha. Agora tinha companhia, o sujeito havia ajustado o ritmo de suas passadas e caminhava ao meu lado. Vendo-o mais de perto me surpreendi com sua aparência amarelada, uma espécie de palidez fosforescente. Estaria doente? Ou seria fome crônica? Seguíamos em silêncio, eu aliviado por ter os pés em liberdade, em contato com a terra.

— Tô indo até a grande curva antes da serra — o homem se punha a me revelar seu destino. — Primeiro passa a encruzilhada do Pinhal. Eu fico logo depois da venda do Moisés Rosa, aquela venda no retão da estrada. Você aprecia o trecho, né?

Eu conhecia bem o local. Naquela referida reta comprida, era onde acontecia o meu instante preferido nas viagens de carona nos caminhões. A sensação de voo para dentro do vento, de mãos firmes segurando no cabo de aço, montado na última tora da pilha, a mais de três metros do chão, sentindo o barulho das rodas esmagando as pedras e levantando um rabo de poeira.

— Eu estou indo para o Vassoural — informei em troca.

— Nossa, que lonjura! — e o homem desregulou um pouco o passo, adiantou e mediu meu tamanho. De seus olhos extravasa surpresa. — Vai cortar mais de cinco léguas, você não chega hoje!

— Nada disso. Na encruzilhada eu entorto pra Ribeirão do Pinhal. De lá embarco no ônibus — acrescentei rápido, desarmando o espanto.

À esquerda, margeando a estrada, uma lavoura de café desatinada de imensa; à direita, tudo o que se via, em vista desimpedida, era uma invernada, guarnecida por cinco fios de arame farpado; cerca robusta, arames cantando de esticados, sinal de gado perigoso. Dentro da invernada, próximo à cerca, o sol cintilava nas pencas de mangas maduras de duas árvores frondosas. A ausência de animais ali por perto aguçava o convite. Com cuidado para não se arranhar nas farpas, um abrindo com as mãos o espaço entre os arames paralelos para o outro passar, entramos na invernada. Com pequenos pulos conseguimos pegar algumas mangas dos galhos mais baixos e chupamos ali mesmo. O gado branco se via ao longe, amontoado, por certo numa aguada, ruminando depois de pastar durante a fresca da manhã. Em seguida, eleito por minha agilidade de menino, subi na árvore e lancei para o meu companheiro um monte de mangas, suficiente para encher as matulas.

— Com essa carga de manga dá pra caminhar até o fim do mundo — comemorava o homem baixo, a alegria relampejava com vigor em seu rosto amarelado.

Retornamos à estrada, eu com o embornal pendido no ombro e ele com o pequeno saco branco encardido às costas.

— Veja a boniteza do cafezal, tá quase na época do rapa — meu companheiro destacava uma beleza, depois de já ter me contado de suas lidas nas fazendas de café.

— Sim, tá uma beleza mesmo. Mas pra mim, nada supera a primavera, a época da floração, aquele mar de flores brancas.

— Também acho, o tempo da branquidão... Bom de olhar, né? Não dá nem pra entrar direito na plantação, é só esbarrar num galho vem pra baixo a floração. Mas pra botar um dinheirinho no bolso, agora é a melhor época. Esse ano o sol, a chuva e os ventos deram de se acertar, os pés tão despencando de tanto fruto. É a hora de ganhar com o rapa, depois fazer coroa nos pés e ganhar com a derriça — ele dava uma garantia do ciclo da planta em um ano virtuoso, conversava como se eu fosse gente grande, entendido de lavoura.

Se naquele trecho a paisagem era mestiçada, o cafezal ocupando apenas um dos lados da estrada, depois da encruzilhada para Ribeirão do Pinhal a plantação se intensificava, cobria os dois lados, e assim continuava até a serra do Rebenta Rabicho, depois descia em forte declive até o povoado do Farah: um mundo de cafezal. Paisagem que eu veria da janela do ônibus, pois a encruzilhada, o fim do nosso caminho comum, já se mostrava ao longe.

— Ora, menino, continua no *pé-dois* — ele me incentivava. — Vamos juntos no trecho. É melhor negócio gastar as pernas, em vez de gastar dinheiro.

A proposta era razoável. Eu deixaria de andar dois quilômetros para trás até o centro de Ribeirão do Pinhal e andaria para a frente. Também evitaria o tédio de esperar na rodoviária. Mas, antes que eu opinasse, o homem encorpou os argumentos.

— Pela altura do sol passa das nove. O ônibus demora ainda mais de quatro horas até sair do Pinhal. Vai te alcançar mais de légua depois da venda do Moisés Rosa. Aí, é só levantar o braço. Esse *cata-jeca* para em qualquer lugar.

Meu companheiro dava mostras de apreciar minha companhia. E o argumento "melhor gastar as pernas do que gastar dinheiro" foi o ponto forte do convencimento.

Fui em frente. E mais ou menos meia hora depois de termos deixado a encruzilhada para trás, emergiu da margem esquerda, saindo de uma trilha do cafezal, um sujeito preto, alto e magro, equilibrando na cabeça um chapéu de palha de abas desfiadas. Ao nos ver abriu um sorriso de dentes ruins e amarelados, tingidos com laivos negros, e meu companheiro reagiu surpreso:

— Meu Deus, quanto mais rezo, mais a assombração aparece! Mas, compadre, o que anda fazendo perdido no trecho?

— Vim na casa do Cesário, buscar esse cachorro campeão.

— Cesário ofertou o cão, compadre?

— Que nada, aquele é seguro, nem cumprimenta a gente pra não ter de dar a mão. Ofereci minha pederneira na troca.

— Mas agora como fica, compadre? Tem o cão pra levantar a caça, mas não tem espingarda pra derrubar.

— *Ara essa.* Espingarda é mais fácil, cachorro bom e *corajudo* não anda dando sopa por aí. E esse cachorro tem sangue azul, compadre. É o único caso conhecido.

— Mas você já viu brotar sangue de algum ferimento nele, compadre?

— Não precisa, compadre, Cesário é homem de palavra. E não existe galinha que bota ovo azul? Pois esse cachorro tem sangue azul, é cachorro dos nobres.

Era um cachorro de porte médio e totalmente negro, salvo por uma mancha branca em forma de estrela na testa e a brancura de neve na ponta das quatro patas. Ia sendo levado em coleira de couro cru atada a uma corda presa na mão do homem.

— E qual é o nome do campeão? — perguntei me intrometendo.

— Sabe que esqueci de assuntar? Mas nome é de menos, pode ser um qualquer "borduégua". De tanto chamar, o bicho habitua.

— Porque não bota Número Decimal, o nome? Combina com a raça nobre — sugeri.

— Número? E isso combina com cachorro? Não regula.

E depois, onde já se viu cachorro ter sobrenome.

— Pode sim, nome e sobrenome. Eu mesmo tenho uma cachorra em casa chamada Fração Ordinária. Mas todo mundo só chama ela de Ordinária — menti, em reforço à minha proposta.

— Cada uma mais peluda que me aparece. Você viu essa, compadre? — comentou em tom de brincadeira o homem de pés grandes, também descalço. Os dois entreolharam-se, e nos brandos sorrisos de lábios tortos percebi leve malícia de entendimento entre adultos.

Foi breve a parada, o homem ia no mesmo trecho. Éramos então uma comitiva de quatro. Eu e o Baixinho caminhávamos em lados opostos, no sulco batido dos pneus, o homem alto caminhava no meio, seguindo o desenho do centro da estrada, enquanto o cachorro, ao qual parecia sobrar energia, seguia à frente, corda esticada, exibindo um andar macio, no gracioso movimento de patas de extremidades brancas no chão vermelho.

A fragrância da manga madura logo atiçou o desejo do novo companheiro. De preâmbulo exclamou da fome, que só estava com o café da manhã, a pança oca, que sua barriga encostava nas costas, e uma a uma atacou meu embornal, perdi cinco, e do saco do Baixinho ele requisitou só duas mangas. Ladino, o Baixinho argumentou que não podia ceder mais, precisava chegar com as frutas em casa, onde o esperava a mulher e uma penca de filhos. Por isso, meu estoque sofreu a mais forte baixa; o homem alto chupava as mangas e ia projetando os caroços longe para dentro do cafezal, como se fossem pedras. E a cada lançamento profetizava "Lá vai mais uma mangueira plantada", e a boca toda amarelada dava realce àquela espécie de ferida ou cicatriz vermelha debruçada em corte no canto do lábio superior, a deformar sua boca para um lado.

Saciado, desatou a falar, e foi uma surpresa para mim a potência daquela linguagem, um vendaval palavroso, que o Baixinho mal conseguia incluir alguns monossílabos. Era agradável ao ouvido a melodia rascante de sua voz, mas apenas por descuido eu contemplava a boca rasgada. Ele falava e falava, entremeava comentários sobre o tempo, dava por certo de a lavoura do ano ser um estouro, se orgulhava de seu talento na capina de café na região, se dizia uma espécie de campeão, capaz de vencer, semana a semana, todos os dias, o trabalho de dois homens, "no rapa ninguém pode comigo", garantia estufando o peito; e sem transição emendava em prognósticos de caçadas de codornas, pacas e capivaras, "agora, então, com o cachorro vai ser uma barbada", um rio tormentoso de palavras desaguando no convite ao compadre para uma pescaria no ribeirão do Engano... e numa curtíssima pausa do palavrório, uma arma brilhou na mão do homem alto, um aparecimento repentino, a me causar um leve estremecimento, a imensa faca havia sido retirada de trás das costas, ao mesmo tempo que sacava de um dos bolsos um toco de fumo de rolo, cortava um bom pedaço, levava-o à boca e punha-se a mastigar. E mal terminou de arrumar a faca na bainha, voltava a falar, mas de um modo mais pausado, com certa dificuldade, a voz soava borbulhante. De vez em quando aliviava a boca numa enorme cusparada grossa e preta, manchando o chão vermelho.

Mais alguns quilômetros à frente o homem alto pediu uma parada de emergência, precisava ir ao mato se aliviar. Ofereceu a corda do cachorro para seu compadre e de pronto desapareceu no cafezal. Mas um pouco antes o Baixinho ainda gritou em troça:

— Óia, compadre, o cafezal tá sujo. Cuidado para não limpar o *fiote* com urtiga — e deu uma risadinha maliciosa.

Ficamos os dois parados na beira da estrada. Quebrava o silêncio o canto de um ou outro pássaro solitário no mar de cafezal. De repente, o drapejar das asas de um gavião, acima de nossas cabeças, perseguido por uma patrulha de andorinhas, se misturou ao ronco de um caminhão apontando na curva. Levava toras no sentido de Ibaiti e passou veloz deixando uma nuvem de poeira redonda e alta, como um túnel cobrindo a estrada. Viramos de costas para proteger os olhos e o cachorro se encolheu ainda mais para perto do barranco. Quando a poeira baixou, ele começou a ganir baixinho, deitado na terra e mordendo uma pata dianteira.

— Tá arrancando bicho-de-pé — observou o Baixinho. — Quando forma *moranga* dá uma comichão do diabo.

— Mas o que coça mais? Bicho-de-pé ou berne? Eu, por mim, acho que é o bicho-de-pé.

— Isso mesmo. Mas com berne tem agravante: quando *tá* se formando, o bichinho novo dá ferroada dolorida. E o bicho-de-pé não causa nada, só coça.

O cachorro apreciava aquela parada estratégica, mas nem se esforçava por compreender nossa discussão filosófica, prosseguia em sua pertinaz profilaxia. De pé em três pernas, com a pata traseira livre coçava a base da orelha, e outras vezes se deitava e mordia com a ponta dos dentes a palma de uma pata. Eu torcia para que alguma parte da pele arranhasse e brotasse o tal sangue azul. Mas nada disso aconteceu, ele só se esfolava.

— As pulgas estão devorando o Borduégua — observou o Baixinho. — Meu compadre vai ter de dar banho de erva-macaé nesse caçador.

Eu me abaixei um pouco e separei com os dedos os pelos das costas do cachorro e vi a imensidade de minúsculos pontinhos pretos móveis, um verdadeiro banquete. Nem valia a pena aliviar um ou outro parasita, só remédio mesmo para derrubar a população de chupadores de sangue. Não sei se sugestionado, mas me parecia que os pontinhos negros levavam uma leve coloração azulada. Estava nesse pensamento, quando o Baixinho falou:

— Esse compadre Varapau é mentirozinho que só. Ronca papo demais. Na enxada nem dá tanta fartura. Rei do rapa, veja só. O compadre nem é de pegar firme no eito. Gosta é de caçar e tomar cachaça. E onde já se viu um cachorro de sangue azul? Se não fosse de dó do bicho, dava um risco à toa de canivete pra ver a cor que brota.

— Eu também não acredito. Mas pelo menos a língua dele é azulada. Mas Varapau é mesmo o nome do seu compadre?

— Vigia, menino, Varapau é apelido, por ser magro e grandão. Mas ele puxa a faca se alguém, de frente, mesmo na brincadeira, chamar ele assim, de Varapau. Vira bagual, adquire raiva na hora, parece pacífico, mas é um cuera esquentado, já espetou de faca mais de meia dúzia, um até morreu, mas era a hora do vivente...

O Baixinho cortou a história, pois Varapau já saía do cafezal, meio atrapalhado ajeitando a faca na cintura e apertando um pouco mais o nó do cipó que sustentava as calças. Voltamos à toada dos passos, em silêncio. Os dois homens caminhavam pensativos, Varapau devia ter renovado o estoque de fumo na boca, pois de vez em quando lançava boca afora uma gosma escura. Mais alguns quilômetros à frente, depois de uma curva fechada, despontou a grande reta. Lá no meio ficava o casarão de madeira, a venda do Moisés Rosa. Na região era a única e próspera fornecedora dos artigos do dia a dia à colônia de moradores, trabalhadores das lavouras de café. À medida que nos aproximávamos, ficavam mais nítidos os vultos de gente se mexendo à porta do estabelecimento e Varapau logo manifestou um desejo:

— Óia, tô cismado — falava num tom de voz diferente, meio aflautado. — Vamos romper por dentro do cafezal, não posso romper em frente da venda. Lá as amizades vão sair na porta e não vou escapar de um dedo de prosa, e aí vão me lançar um trago de cachaça pra abrir as ideias. E vocês sabem, isso não posso, chupei muita manga.

Eu sabia, manga e pinga na barriga produzem veneno, isso não cansava de repetir minha mãe e mais ainda minha avó. Mas diante da proposta de entrar no cafezal, senti uma leve apreensão, como se dentro de mim esvoaçassem as asas do anjo, a proclamar conselhos em palavras de vento, de que eu deveria seguir sozinho, passar em frente à venda, e esperar os dois homens um pouco mais longe na estrada. No entanto encrespou dentro de mim uma pose de adulto, e embrenhamos cafezal adentro.

Os arbustos de café, da espécie alta, plantados em linhas paralelas, deixavam um espaço de pouco menos de três metros entre duas linhas vizinhas, era uma espécie de estradinha com comprimento a perder de vista. Caminhávamos no formato de fila indiana, eu, o Baixinho e o cachorro engolidos pelo verde, e só Varapau com a cabeça de fora. Depois de afundar uns oitenta metros — eu caminhava no meio dos dois, Baixinho ia à frente e Varapau vinha atrás puxando o cachorro —, quebramos à direita, numa linha paralela à estrada, e tudo o que se via em volta eram os pés de café. Andamos até o ponto em que o Baixinho se convenceu de que tínhamos vencido o espaço da frente da venda. Mas Varapau pediu para continuar mais um pouco: "Não podemos errar de mão". O cachorro começou a se agitar de modo bizarro, forçando a corda, e quase se embolou nas minhas pernas. O dono pediu: "Silêncio, Decimar" e esticou a corda recuando o cachorro. Varapau parecia ter adotado o nome matemático, talvez por ser diferente, nada de Sultão, Biguá, e outros nomes gastos de tão usados. Mas o cachorro se agitava mais e mais e latiu outra vez, mais forte. No mesmo instante, quase aos nossos pés, uma codorna alçou voo do meio do capinzal, um eriçar vigoroso de asas, deixando escapar o longo estrépito sonoro de seu canto de fuga. Levei um grande susto, de o coração bater no pescoço. O cachorro aumentou o volume dos latidos, as patas dianteiras no alto forçavam a corda com ganas de ir atrás da ave, como se também tivesse asas. O barulho da codorna foi se apagando, e a figura alada se tornando um ponto distante no horizonte.

— Ah, se eu tivesse com minha pederneira, teria derrubado — vangloriou-se Varapau.

— Deixa de roncar papo, compadre. Você também levou um baita susto, como iria atirar, me diga?

Retomamos a marcha. Na confusão da codorna as posições tinham se invertido, Varapau ia na frente com o cachorro e eu era o último, atrás. Dentro do silêncio, levantava som o ruído coaxante de nossos passos na terra fofa do chão, o farfalhar das patas do cachorro e o barulho de sua respiração pela língua, aquele trapo azulado debruçado na frente dos dentes alvíssimos. O ronco do motor de um veículo passando vibrou no ar e me causou apreensão. Mas o Baixinho garantiu que não era o ônibus:

— Eu conheço bem a buia, é como taquara rachada. Esse que passa é ronco de caminhão. E também é cedo — completou erguendo a cabeça e olhando o pedaço de céu.

Quando o barulho do motor se extinguia ao longe, sem pedir licença, o Baixinho rodou mudando de trilha e em pouco tempo saímos do cafezal num ponto bem adiante — a venda do Moisés Rosa tinha ficado para trás, encoberta por uma curva. E, ao pisar no chão vermelho da estrada, senti um indócil calafrio a me subir pela espinha, enquanto um sutil murmúrio de uma voz fininha e sem peso se enovelava em meu pensamento... salvo pelo susto no voo da codorna... o compridão perdeu seu pensamento ruim... e ao me aperceber de um sutil eriçar de asas às minhas costas, me voltei a tempo de ver duas peninhas brancas despencadas, flutuando em lenta queda, e ouvir um leve ruflar de asas indo embora, em débil vento de luz, como se desobrigasse, por ora, da tarefa de guarda, ultrapassado o ingênuo mergulho com dois estranhos no mundo verde do cafezal.

Poesia para a vovó

Um pouco mais de estrada além, e o Varapau se despediu de nós. Trocamos as palavras de hábito, ele entrou por um caminho estreito aberto no barranco, não sem antes lançar ao chão mais uma placa gosmenta de fumo e saliva.

Logo adiante, o Baixinho voltou a comentar sobre o homem que tinha ficado para trás:

— Esse compadre Varapau pensa que me passa a perna, eita! Tá aí uma flor que não se cheira. Não falei que é mentirozinho? Sabe por que ele não quis parar na venda?

— Medo de veneno. Mistura de manga e pinga dá veneno, não é isso?

— Conversa fiada. Boto minha mão no fogo, é coisa de dívida. Por isso, não quis passar na frente da venda e ser cercado. O Moisés Rosa é valente com os devedores, já chegou a pegar um de chicote. Coisa que não se faz, né? Qualquer dia Moisés Rosa encontra o dele, pra cima do meu compadre ele se espeta.

Na altura do último trecho plano antes da serra, o Baixinho amarelo também chegou ao seu destino. "Até outro dia, Deus contigo", foi o desejo do meu companheiro. Respondi no mesmo tom, sem destoar, e continuei andando, de companhia só minha sombra já querendo se encompridar. Não tinha como calcular as horas, mas sabia que não faltava muito para o ônibus me alcançar. O sol perdia intensidade, um vento moderado de altitude soprava no sentido a favor, mesmo assim era preciso ficar atento, captar com antecedência o barulho de taquara rachada, levantar o braço, pedir parada. Abri o embornal, reparei numa manga bem vistosa e a separei. Escolhi outra, limpei a nódoa na barra da camisa e passei a chupar, sem perder a toada dos passos.

Quase uma hora depois, já no alto da serra do Rebenta Rabicho, carregado pelo vento e embolado numa tênue mistura de poeira, um chapéu rodava à minha frente. Apressei o passo, quase em corrida, e recolhi o chapéu. Depois esperei o cavaleiro me alcançar, levantei o braço e devolvi-lhe a posse. Devia vir de longe o homem que me agradecia. Minha memória não reteve seu rosto, mas lembro do cavalo respirando forte, as narinas dilatadas, negro como a noite sem lua, pelagem brilhante lustrada pelo suor que escorria pelas virilhas.

— Pra onde vai o menino? — quis saber. Ele havia retomado a marcha, comandando o cavalo em passo lento ao meu lado.

— Lá pra bandas do Vassoural.

— Puxa, tem chão ainda pra varar, hein? — ponderou, apertando um pouco mais o chapéu na cabeça.

— Falta, sim. Mas venho do Cinzas, já passei da metade — respondi com orgulho.

— Vai visitar algum parente por lá?

— Sou neto do Juvêncio, filho do Zé Branco.

— Ah! Então você é neto do Juvêncio? — O rosto do homem se iluminou com a novidade: meu avô era uma pessoa conhecida na região.

— Não quer se servir da garupa? Posso te deixar no Farah. Já dá uma boa descansada no esqueleto.

Aceitei a oferta, aquela corridinha atrás do chapéu tinha me dado uma leve pontada na barriga, acho que era de cansaço. Ele manejou o cavalo para a beira do barranco e eu montei. Estávamos perto do Farah, cerca de três quilômetros em íngreme descida. Do topo da serra se viam, lá embaixo, as copas achatadas das casas do povoado. Na garupa do corcel negro, senti um pouco doloridas minhas pernas relaxadas balançando no ar. Fechei os olhos naquele inesperado conforto, o vento moderado de altitude persistia, e eu me imaginei sozinho no comando daquele potro negro galopando num descampado. Fui acordado pela passagem de um caminhão, o cavaleiro controlou o corcel negro para a beirada do barranco e, de novo, tudo entupiu de poeira. Retomada a marcha, o homem puxou palavras. Sem se virar, recordou das vezes que tinha encontrado meu avô e contou que estava indo em missão de comprar uma cabrita de cria nova, meia légua depois do Farah. Falou do bebê de duas semanas em casa e da mãe que não podia amamentar, por causa de leite empedrado. Eu disse que também tinha um irmão bebê de oito meses, mas minha mãe era boa de leite. Depois seguimos em arrumado silêncio, só as ferraduras do cavalo retiniam nas pedras da longa descida.

No Farah saltei da garupa, agradeci e me despedi do cavaleiro. Ainda restavam doze quilômetros até a fazenda, e o ônibus passaria a qualquer momento. Dinheiro para a passagem mais que sobrava no meu bolso. E por isso entrei no bar e pedi um guaraná. Enquanto saboreava a bebida, sentado em um banco de madeira do lado de fora, uma questão urgente passou a martelar na minha cabeça: pegaria ou não o ônibus? De um lado, o descanso das pernas e chegar logo, mas de outro, chegar a pé no terreiro da fazenda seria performance original. E com o dinheiro eu poderia tomar saborosos capilés no bar do Vassoural. A lufada de vento passante acorda a voz fininha e sem peso, desafiando o germe de heroísmo do menino... puxa, você veio até aqui andando... deixa de fora o pequeno trecho na garupa do corcel negro... desconta do que andou no cafezal... nada de chegar na casa da avó, desembarcando de um ônibus... não! vai chegar a pé... só pra deixar todo mundo meio apatetado... Era assim como se insinuava, insistente, excedida de eloquência, a voz da alma, porque a voz física das pernas baqueadas dava outro conselho. Num repente, ponderando as partes, a polêmica da alma e do corpo ficou resolvida, passei a beber com mais calma o guaraná, saboreando cada gole: eu precisava daquele batismo. Tomava o guaraná e já me divertia em planejar, em sanha poética, as primeiras palavras ao chegar no terreiro da fazenda: "Do Cinzas de madrugada saí, Moisés Rosa, Rebenta Rabicho, Farah, sete léguas percorri. Tanta estrada, cafezal, mangueira, chão vermelho, poeira, tenho as pernas cansadas, foi longa a jornada, estou aqui!".

Estava nesse enlevo quando ouvi o barulho de taquara rachada. E minutos depois a cena rápida: o ônibus passou como um cometa, em breve fulgor de metal balouçante. Não se deteve para descida de qualquer pessoa, também ninguém por ali levantou a mão pedindo parada, só deixou para trás a poeira, a imagem perdendo-se na curva adiante, o barulho do motor e da lataria se desvanecendo aos poucos, a estrada voltando ao silêncio.

O sol da tarde descambando projetava sombras compridas quando entrei no terreiro da casa da fazenda. Minha avó estava sentada em uma cadeira trançando um balaio de taquara; ao me perceber ergueu os olhos.

— Menino, o que é que é isso? De onde veio, assombração? E ainda sem sapatos nos pés. Parece um mendigo de estrada. O olhar clínico e surpreso de minha avó, aqueles olhos negros de indígenas me fizeram saber o quanto eu devia estar molambento.

— Vó, quando deixei o Cinzas, a madrugada brincava nos telhados, longa estrada percorri, trago as pernas cansadas, Moisés Rosa, Rebenta Rabicho, poeira, mas estou aqui — falei de peito estufado, o máximo do que pude recordar dos versos ensaiados. Por dentro, nas entranhas, a voz fininha e sem peso, insensata, vibrava de contente, era minha avó a primeira a conhecer a façanha.

— Que jeito estropiado de falar, menino. Veio do Cinzas a pé, é isso que entendi?! — Os grandes olhos negros me mediam de cima a baixo, remexiam meus segredos por dentro.

— Sim, vó, vim a pé para economizar dinheiro — eu escondia o pequeno trecho na garupa do corcel negro, não precisava manchar minha biografia.

— Deixa de reinação menino. Mas a Jovita deixou?

— Sim, vó, tudo combinado com a tia.

— Anhan, sei. Que graça de mentira mais redonda! Deixa de lorota, menino, pode contar o certo. Você desceu do ônibus na ponte do Maroto. Ficou brincando no rio e só caminhou esse finalzinho de trecho a pé. E agora sua cabecinha vem tramando essa história, né?

Recebi a desconfiança com amargura, mas cumpri o ritual, estendi as duas mãos unidas, solicitando bênção.

— Deus o abençoe, filho — disse em resposta automática, apertando com uma mão livre as minhas mãos postas, e voltou a se concentrar no balaio de taquaras.

Eu já tinha me afastado três passos quando escutei a reprimenda:

— Sua mãe tá triste, sabe? A notícia da sua bomba na escola chegou por aqui.

Foi como se eu tomasse um soco na barriga, um golpe de desgosto cavou fundo em meu fracasso. Parei e olhei por cima dos ombros. A avó tinha parado de novo a trança do balaio, seus olhos relampejavam, eram martelo e bigorna:

— Mas eu já tenho remédio para essa sua tal doença do sono! Então a repercussão do meu fracasso já tinha chegado aos meus pais. Caramba, como as notícias ruins têm pernas longas. Aquilo vinha para embaçar a conquista da caminhada. Guardei silêncio, nada retruquei, continuei o caminho. Subi as escadas, limpei bem os pés num pano de chão estendido na entrada da varanda. Das tábuas do assoalho da sala e do corredor, lavadas e quase secas, emanava um cheiro gostoso de aconchego, um delicioso aroma de madeira limpa. Na cozinha encontrei minha mãe preparando o jantar. De recepção ganhei um largo sorriso e um abraço apertado de doer os ossos. Fazia dois meses que não a via, desde sua última visita à casa da tia Jovita. Dei-lhe a notícia da minha caminhada, reclamei das dúvidas interpostas pela avó e ganhei um beijo depois dela se curvar e fechar meu rosto entre suas mãos. No mesmo movimento, sentou-se numa cadeira, puxou-me para o seu colo e disse: "Eu acredito em você, meu magrinho andarilho". E, ao olhar meus pés machucados, perguntou se eram mágoas da estrada e expliquei que não era nada disso, "O motivo foi sapato novo, mãe", e retirei do embornal para lhe mostrar a joia, e ao mesmo tempo lhe ofereci a melhor manga que tinha lhe reservado de presente. Ela recebeu a fruta com olhos luminosos, levou ao nariz para sentir amplamente o cheiro delicioso, aquela fragrância de fruta madurada no pé. E então, olhando para os sapatos novos, um no meu colo e outro derrubado no chão, comentou orgulhosa:

— Viu como um homem trabalhador pode comprar coisas bonitas?

— Cadê o pai, o Alencar e o neném? — perguntei.

— Seu pai foi na casa do Luciano avisar que amanhã todo mundo vai pra uma derrubada do lado da barra do Choco e levou Alencar junto. Seu irmão adora uma garupa de cavalo. Altair tá dormindo.

O dia despencava sem controle e, por dentro do meu corpo exausto, suado e sujo, largado no colo de minha mãe, subia um calorzinho feliz. Naquela noite eu dormiria o sono de uma pedra.

Um certo paletó azul

No outro dia de manhã, ao entrar na cozinha, encontrei a mãe ocupada com as panelas à beira do fogão a lenha. A avó, sentada à mesa, cortava cebolas e alhos. Preparavam o almoço: na roça se almoça cedo. "*Bença*, mãe", me aproximei com as mãos postas e fui abençoado — o ritual era exigência em presença de minha avó, senão lá viriam as conversas de respeito com os mais velhos. Se naquela hora eu tivesse encontrado um monte de tios e tias, iria me cansar da liturgia. Depois me aproximei da avó de mãos juntas, "*Bença*, vó" — o barulho da faca largada sobre a mesa, seus dedos calejados apertando minhas mãos —, "Deus o abençoe, filho", e nossos olhos se encontraram.

— Hoje você vai levar almoço pra suas tias no monjolo e pro seu avô, seu pai e os homens na derrubada na barra do Choco. Você sabe a direção, é tudo no mesmo caminho.

Era assim o regime de férias na fazenda, uma mistura de trabalho e divertimento. Mas logo tentei beneficiar o meu lado.

— Pode deixar, vó, vou sim. Mas como é longe vou pegar o Ruzio, pode?

A avó concordou com um balanço de cabeça e seus olhos se estreitaram com fingida malícia, ao se dirigir à minha mãe.

— Olha só, Nena, o homenzinho que diz ter caminhado seis léguas ontem, agora quer conforto de cavalo pra um pulinho de nada.

— Pois é, onde já se viu? Fiquei contrariada. — Senti que minha mãe dissimulava. — E o danado tinha dinheiro para pegar o ônibus no Pinhal.

— Maluquice desse menino espiritado, andar que nem cachorro sem dono por essas estradas. Tá cheio de gente ruim vagando nesse mundo.

Ao ouvir a conversa de andar a cavalo, meu irmão pequeno, que tinha acabado de entrar na cozinha, pulou pedindo carona na garupa, e eu logo tentei dispensar, pois já sonhava com as delícias de uns galopes e não queria um estorvo de cinco anos na minha cola. Mas não teve jeito, entraram as ponderações da minha mãe, e tive de aceitar. Depois as duas mulheres disseram alguma coisa sobre nossa futura mudança, e foi quando a doença do sono saltou na conversa:

— Nena, esse menino não pode virar o ano com essa doença no corpo. Pra ficar perdendo tempo na escola, é melhor pegar no cabo da enxada. Só tem um remédio... — A avó falava firme, sem interromper o repicar da faca na mesa, fatiando a cebola. Mas, após a última frase, pausara a voz criando expectativa. Por certo, ao saber das notícias da cidade sobre meu fracasso na escola e da via-sacra da tia Jovita tentando, por todos os meios, me livrar da doença do sono, tomara o assunto para si, e eu naquele momento estava em vias de conhecer a solução —... tudo acertado, Nena, combinado e marcado. Depois de amanhã o Zé Branco leva essa criança ao compadre Antônio Moreira — decretava minha avó, em pé, limpando os olhos lacrimejantes com a ponta da barra do vestido.

O tempero já estava pronto. Tempero simples preparado com esmero: cebola cortada em pedacinhos miúdos, misturados à pasta de alho socado em pilão de madeira, levava uma pitada de pimenta-do-reino, tudo junto com cebolinha-de-cheiro bem picada. A avó caminhou até o fogão, despejou tudo numa frigideira grande com banha de porco e atiçou um pouco mais o fogo. Depois experimentou o ponto do sal do feijão cozinhando na outra panela: ela estava no comando.

Era isso. A avó colocava mais um curandeiro em meu caminho, e dessa vez o fabuloso Antônio Moreira. Dali a dois dias eu estaria sob os cuidados do tal homem de poder, um poder reconhecido por todos os viventes das bibocas, altas vertentes, veredas e pirambeiras daquele sertão do ribeirão do Engano.

Minha mãe se afastou da cozinha atendendo ao choro e voltou em passos de ninar, balançando meu irmãozinho enrolado nos cueiros. Eu me debrucei para dar um beijinho na fofura de olhos negros e cabelinhos encrespados. E isso é tudo do que posso recordar, os outros tantos acontecimentos daquela manhã na cozinha se esfarelaram na minha memória, sem jeito de recuperar.

As conversas das pessoas vindas da serra Fria, da cabeceira do ribeirão do Engano, publicam notícias de que, por lá, o dilúvio já dura duas semanas, o rio cheio engole pontes e derruba árvores das barrancas. O povo veio de longe prestigiar seu time num jogo de bola no campo do Vassoural. Um sol fingido, disfarçando um estio de não durar, ilumina o gramado. A atmosfera continua tão úmida que pode ser cortada pela lâmina de uma faca e poucos passarinhos se arriscam no voo entre uma árvore e outra. O jogo na grama encharcada opõe o time da serra Fria, os visitantes, ao do Vassoural, o time da casa. Não é boa a retrospectiva de civilidade desses confrontos. Logo aos primeiros minutos, uma entrada ríspida do temido Frazão, beque central do Serra Fria, tira de campo o principal jogador atacante do Vassoural. Sai de joelho arrebentado. O choque acontece na risca da grande área, jogadores de ambos os times cercam o juiz, estoura uma troca de empurrões e de palavras duras, os da casa exigem pênalti e expulsão do beque assassino, os visitantes argumentam com o juiz mostrando a marca no gramado e exigem falta fora da área. O juiz ameaça expulsar dois jogadores adversários, alheios ao lance, que se ofendem aos gritos e empurrões, mas termina por não marcar o pênalti, e sim uma falta fora da área. A bola reluzente de molhada é posicionada quase em cima da linha e o árbitro recebe uma estrondosa vaia da torcida do Vassoural, em ampla maioria à beira do gramado. A partida segue no zero a zero, tensa, até o momento em que, de novo, Frazão imprime os cravos da chuteira nas costelas de outro jogador da casa. Pé alto, altíssimo, falta de expulsão. E nova confusão se arma. O jogador atingido exibe a marca brotando sangue. A falta é no meio do campo, mas agora o jogador reincidente tem de ser expulso. Mas como, se ele é genro do juiz? Os movimentos de indecisão do árbitro indicam que, de novo, ele vai colocar panos quentes. Vaias e xingamentos eclodem na torcida alvoroçada. E dentro do campo o goleiro Francinha sai da pequena área de sua meta em louca disparada. Parte em uma corrida de mais de quarenta metros, espumando pela boca aos gritos de "ladrão, você vai engolir esse apito, juiz de briga de galo!". Francinha é um homem de um metro e noventa, muito forte, de dezenove anos, e o juiz, um homem maduro, bem mais baixo — esconde a careca com um boné —, vendo aquela montanha gritando ameaças e se aproximando, leva a mão por dentro da camisa e o reflexo da pálida luz do sol cintila no revólver. O tiro rebenta e Francinha é atingido na cabeça. O embalo lhe permite três passos trôpegos, depois cai. O goleiro estendido no gramado está morto, sem um mínimo estertor. O juiz assassino sai correndo em direção ao matagal, ninguém vai atrás, pois sabem das balas ainda intactas no tambor do revólver.

✳

Lá fora no tempo, a chuva chora no telhado na noite imensa do velório. Dentro da casa mais pranto e lágrimas de pessoas em pé em torno da mesa ou sentadas nas cadeiras encostadas nas paredes. A jovem de olhos vermelhos, rosto brilhando de lágrimas e cabelos desarranjados feito uma medusa não cansa de acariciar o rosto sem cor do goleiro estendido sobre a mesa. Uma estreita faixa branca enrolada na testa esconde o buraco e uma profusão de flores do campo desenha o corpo silenciado. Francinha, noivo, tinha casamento marcado para dali a um mês.

De manhãzinha não chove, uma névoa intensa navega rente às cabeças dos homens designados para honrar o morto, em seu último passeio naqueles caminhos. O mau tempo reinante obriga a esse ato final tão simples: apenas quatro homens compõem o cortejo fúnebre e se revezam nas duas pontas da vara. Todo vestido de branco, nos pés os sapatos pretos do enxoval de casamento, na testa a faixa branca, o noivo vai embalado na rede. "Goleiro igual ainda tá pra nascer", suspira um dos homens. Nuvens baixas de tempos em tempos engolem a exígua procissão. Não chega a ser chuva, nem chuvisco, mas deixa o ar líquido e com pouca visibilidade. Os quatros homens têm pela frente ainda mais de dois quilômetros — os capins, cruzando de um lado ao outro do caminho estreito, em alguns lugares encobrem o chão e encharcam as botinas e as calças até o meio da canela —, eles precisam chegar ao melhor ponto de travessia, a corredeira das Tabocas. Uma vez vencido o rio, ainda será preciso caminhar mais uns quinhentos metros até o cemitério, numa pequena elevação do terreno. Em homenagem fúnebre, todos trajam o tom escuro: chapéus pretos de feltro, botinas pretas novas, paletós e calças novas de cor escura. Todos, menos Antônio Moreira. O homem delgado e baixo ostenta uma única peça destoante: veste sobre a camisa preta um terno apertado azul-claro, de aspecto antigo, parecendo costurado em seu tempo de moço, quando seu corpo era ainda mais esguio. Um odor de naftalina recende do paletó amarrotado, e a cor azul se apresenta em dégradé por causa dos ombros mais úmidos. A composição dá ao homem um aspecto de mágico de circo.

Em tempos normais, naquela passagem de mais de trinta metros de largura, o ribeirão do Engano se espalha manso e sonoro, a água não chega a meio metro de profundidade, dando vau ao varejão da canoa. Mas na presente circunstância vai ser preciso atravessar a remo, o rio está fora das medidas, mesmo as grandes pedras do leito estão submersas e as águas marrons transbordam mais de sessenta metros além das margens. Do lado das cabeceiras do rio flutuam nuvens escuras, e frequentes estalos de trovões passam em galope. De vez em quando surgem ramagens e galhos de árvores despedaçados, corredeira abaixo, no fluxo tormentoso das ondas velozes. O grupo se divide, a pequena canoa não tem capacidade para levar todos de uma só vez. Na primeira travessia vão as ferramentas, o defunto, Antônio Moreira e mais um dos homens. Portanto, dois vivos e um morto. Navegam atentos, já estão no meio do rio, na força da correnteza, quando são atingidos por uma árvore imensa, tronco, raiz e frondosa copa. Em questão de um segundo, a canoa, o morto, a rede, o enxadão, a pá, os remos e o homem acompanhante são tragados no arrastão da correnteza, tudo some rio abaixo. Antônio Moreira fica no lugar, flutua em pé sobre a crista das águas, imune à força líquida. Os dois outros homens na margem assistem a tudo desesperados. Um deles, exímio nadador, se desvencilha das botinas, chapéu e paletó e se atira nas águas turbulentas. Consegue realizar o perigoso resgate de Antônio Moreira: saem quase duzentos metros abaixo, na margem propícia do rio.

Os três homens voltam para casa cabisbaixos, de mãos vazias, calados, apenas o rangido das botinas na terra encharcada, roçando no capinzal. Nas mentes fluem as imagens do desastre, do enterro frustrado: o rio como sepultura agora para dois mortos. Antônio Moreira permanece num estado de placidez, como a gozar de duradouro êxtase, é o último da fila no caminho estreito, e caminha empertigado, braços enrolados, em pose de santo molhado. Depois vai recuperando o estado normal e mitiga a curiosidade que martela nas mentes dos homens silenciosos à sua frente. Sem perder o passo, Antônio Moreira vai explicando o paletó azul e seu poder de fazê-lo flutuar sobre as águas:

— De antes, nenhum de vocês dois nunca me viu com esse paletó, não é mesmo? Pois vim precavido. Eu conheço a violência das águas dessa corredeira, com o rio cheio. Só uso esse paletó em ocasiões trevosas. Se o perigo de morte me ronda, com esse paletó o tempo para mim não corre, basta apenas fechar os olhos. Por isso fiquei em cima da água, para mim aquele tempo não passou.

— E do que mais esse paletó é capaz? — pergunta respeitosamente o homem que o antecede.

— Seria preciso mais do que isso? O tempo é a coisa mais preciosa da vida — responde com um sorriso bondoso. — Ah, tem mais, sim: só tenho direito de uso sete vezes em minha vida. — E durante alguns segundos acontece um profundo silêncio. Em seguida, como sabe da pergunta golpeando a mente dos dois homens à sua frente, ele mesmo se indaga. — E quantas vezes já usei esse paletó azul? Isso não é assunto de conversa leiga. Para contar a perda do morto para o rio, por favor deixem de fora a parte da minha sobrevivência, digam que na canoa só iam o morto, a rede, as ferramentas e o homem que rodou. E mais ainda: o que vocês viram foi circunstância, não saiam batendo os queixos por aí, questão de poder não se divulga.

Passes de benzedura

Trote seco é bom para assar o rego dos cavaleiros. Era nessa toada que eu seguia montado no cavalo vermelho, grandão, de pisada dura em direção a Antônio Moreira. Ruzio regulava a idade de oito anos na época, portanto no clímax de sua força animal. Em montaria desse tipo de andadura seria melhor cavalgar nos extremos: ou seguir no passo de dar sono em viagens compridas ou sentir a adrenalina de um bom galope, se a viagem for mais ou menos curta. Mas o trote não me molestava, eu tinha debaixo da bunda um excelente pelego de pele de carneiro. Meu pai navegava no conforto do Marreco, um burro escuro, marchador de passo picado, burro novo que vinha de ser amansado, não era lombo para qualquer cavaleiro.

Seguíamos por um trecho de mais ou menos cinco quilômetros, o suficiente para mergulharmos, por duas vezes, em túneis de poeira ao cruzarmos com o ônibus *cata-jeca* vindo de Ibaiti e um caminhão carregado de toras. Ainda na estrada, passamos sem parar em frente à venda do tio Tenório. Logo depois entramos na invernada dos Fraga por cerca de um quilômetro e, mais à frente, enveredamos por uma restinga de mato, um carreador apertado, meu pai na frente e eu atrás. Naquele momento, montado a cavalo, ao me sentir de tal modo integrado ao mundo, manifestei meu desejo:

— Pai, não quero mais mudar pra Santo Antônio. Quero ficar na fazenda com o vô, igual ao Agenor que tia Jovita deixou.

— Mas de onde você tirou essa ideia maluca? — reagiu surpreso. — Vai sim. Vou matricular você no colégio, e esse ano você vai ser aprovado. Ué, desistiu de estudar pra professor, como você mesmo vive dizendo, ou pra engenheiro, como disse aquela professora?

— Professor ou engenheiro, pai, ainda não decidi. Mas agora quero experimentar um pouco a lavoura. Sou novo ainda, né pai? O vô me dá um pedaço de terra pra plantar. Posso plantar milho e feijão. Isso dá bom dinheirinho — eu insistia e meu pai permanecia em silêncio, só os cascos raspando as pedras e os bufos dos animais. — Também quero ter meu cavalo. Acho que primeiro compro uma égua, para ter cria de cavalinhos — ia comunicando meus sonhos, o trilho se alargara e os animais iam emparelhados no passo. — Pasto, o vô me cede...

— Mas o que tá acontecendo, filho? Acho que essa doença do sono tá desregulando seu juízo. Lavoura não dá futuro. E preparar a terra, roçar, arar e gradear é trabalho pesado. Não queira se comparar ao Agenor, que tem dezessete anos. Você ainda não tem braços pro arado.

— Mas, pai, o vô arruma alguém para arar a terra e gradear, em troca eu cuido das contas das colheitas e dos lucros dos arrendamentos. Eu já ajudei tantas vezes o vô nessas contas, não sabe?...

— Por isso mesmo, porque é bom de contas, vai estudar e ficar mais sabido ainda. Com onze anos, tem o futuro pela frente. Eu é que não pude estudar e agora tenho que ficar pulando que nem sapo fugindo de cobra, de ofício em ofício. Nada disso de se meter em lavoura. De jeito nenhum. Você vai nem que seja amarrado. — O pai falava firme, mas com ternura. — Quero outro futuro para você, filho, um professor tá de bom tamanho. Mas quem sabe um destino de doutor.

— Mas, pai, deixa eu ficar só um tempinho aqui na fazenda, experimentar esse ano, se não der certo...

— Nada disso, meu filho. Vamos, sim, pra Santo Antônio da Platina. Lá tem recurso de estudo. — A voz do pai mudara para um tom doce: — Você vai estudar pra professor ou pra doutor, ser no futuro um engenheiro como a professora disse. Se bem que esses estudos só têm na capital, e primeiro preciso ajeitar nossa vida. Por isso vamos pra Santo Antônio. Lá a chance é maior. E por meu gosto você seria advogado — o pai devaneava — desses que defendem inocentes no fórum e atacam os criminosos. Qualquer dia vou levar você pra ver um jurado de crime em Ribeirão do Pinhal, ver como os advogados falam bonito, xingam um ao outro na maior calma, sem franzir o rosto. Um jurado que assisti, que beleza de advogado, em vez de chamar o outro de mentiroso, dizia: "Vossa excelência faltou com a verdade". Você vai, sim, estudar pra professor ou engenheiro ou advogado. Na sua idade pode pensar em ser qualquer coisa, meu filho, ainda mais que é bom de conta, tem boa cabeça. A primeira coisa, chegando lá em Santo Antônio, é fazer sua matrícula. — E, como se voltasse à realidade, acrescentou: — Mas, antes de tudo, o Antônio Moreira precisa revogar essa doença do sono.

Os cascos tocaram as águas do ribeirão do Engano. Fizemos uma breve parada sem desmontar. Os animais saciavam a sede e foi prazeroso ouvir o silvo agudo dos beiços alongados feito trompas de antas chupando a água. Adiante se desenhava a passagem e o som suave da corredeira mansa, de uns quarenta metros de largura, pavimentada de pedras redondas, brilhando refratadas sob a água. Atravessamos em passo moroso, a correnteza batia na altura das canelas dos animais. Já do outro lado veio a sensação tardia, deliciosa, de ter atravessado o rio flutuando sessenta centímetros acima d'água, no lombo de um cavalo, com os pés levantados dos estribos, travessia perfeita sem molhar as botinas nem as esporas. Então me debrucei sobre o pescoço do Ruzio e, a modo de tributo ao prazer que ele me proporcionara, com uma das mãos acariciei as crinas espetadas, roçando para a frente e para trás, de onde saltaram pequenas nuvens de suor. Depois, em afeto mais bruto, dei uma palmada no pescoço do meu cavalo e levei ao nariz a mão molhada para sentir o odor singular.

— Pai, já reparou que não é desagradável o cheiro do suor do cavalo? É um cheirinho até gostoso.

— Deixa de bobagem, menino; de gente ou de cavalo, suor é sempre fedido.

— É bom, sim — insisti —, e isso acontece porque eles só comem grama, milho, tomam água e lambem sal. O cheiro tem a ver com a comida. O peido, por exemplo, já reparou? — continuei. — O de gente é mais fedido, às vezes fede mais do que peido de cachorro.

— Ora, lá vem você com seus conhecimentos. Eu não gosto de cheiro de peido, seja de gente ou de bicho.

— Mas o mais interessante são as vacas que nunca peidam. Você sabia disso, pai?

— Cavalo é animal que peida muito, isso se vê toda hora. Mas vaca não peidar, isso para mim é novidade. É isso que você vive aprendendo lá na escola, é? E então por que a vaca não morre de nó nas tripas? Me explica essa agora, sabidão!

— Verdade, pai, li tudo isso na enciclopédia da escola. — E continuei em tom professoral: — O arroto substitui o peido, e é por isso que as vacas ruminam, comem um monte de capim, engolem em estado bruto para o estômago. Depois trazem de volta para a boca vomitando, e aí mastigam bem o capim pra engolir pro outro estômago. Como as vacas têm dois estômagos, os gases preferem a saída norte, e não a saída sul...

— Que tem dois estômagos, eu sei. Conheço por dentro, já charqueei muitos bois. Mas, o que é isso de saída norte e saída sul? Você fala coisas que leu nos livros...

— Modo educado de falar, pai, igual à elegância dos advogados, saída norte é a boca e saída sul é o cu.

— Olha só, que sabidão. Você vem com cada uma! — E o pai deu uma risadinha e riscou, de leve, as esporas no Marreco. — Mas eu tenho uma boa para você. Quem dorme mais? Um cachorro ou um cavalo?

— Essa eu não sei. Parece que é tudo igual. Todos têm orelhas, quatro patas e rabo. Só vejo diferença no tamanho — procurei desconversar minha ignorância.

— Então não sabe? Ora, cavalo não dorme nem a terça parte do tempo que dorme um cachorro.

— Ah, entendi. E o cavalo, pai? Cavalo sonha? Os cachorros sonham, isso é certo.

— Como assim, você já conversou com um cachorro?

— Bem, esses dias o Baixote estava dormindo debaixo da mesa, de olho fechado e a cabeça enrodilhada nas patas da frente. Como tá velhinho o Baixote! E de repente começou a rosnar baixinho, deu uns ganidos finos, parecia amedrontado, como se estivesse enfrentando uma cobra. E, sem mais nem menos, deu duas latidas grossas e se levantou de um salto todo atrapalhado. Acho que era pesadelo. Cachorro sonha mesmo, pai, e ainda dá risadas, sabia? Quer dizer, às vezes sai até gargalhadas, arreganhando até os dentes de trás. Agora se cavalo sonha não sei, mas grita e dá risada: é o relincho. E isso, pai, só um bom ouvido pode separar se é grito ou risada. Dos animais todos, o que prefiro é o cavalo e depois o cachorro...

O pai guardava silêncio, talvez chapado com meu destempero verbal, e eu então me retraí, um pouco em respeito, mas com um gostinho de vencedor.

— E você pode me dizer, sabidão — retornou o pai —, por que a vaca caga uma placa redonda espalhada e as cabritas cagam em bolotinhas miúdas empilhadas?

Placas redondas, bolotinhas miúdas, a vaca, a cabra, revirei meus conhecimentos práticos e não encontrei justificativa.

— Essa me pegou de jeito, pai. Não sei, não.

— Não percebe, não é, sabidão? Pois aqui acaba nossa discussão. Não posso disputar com quem não entende nem de bosta.

A contenda foi encerrada desse modo, emoldurada por uma risada maliciosa e triunfante de meu pai. Depois a conversa foi para o lado da minha doença do sono, ocasião para relembrar mais uma vez a história do paletó azul e da levitação acontecida com Antônio Moreira na crista das águas do ribeirão do Engano. Creio que meu pai puxou o assunto para reforçar minha crença nos poderes daquele homem: acreditar é o primeiro passo para a cura. Eu escutava mais uma vez a história fantástica do paletó azul. Já apontávamos no trecho final, os animais emparelhados no passo, o repique das patas no chão duro, os bufos dilatando as narinas, os pescoços a navegarem para baixo e para cima, os rangidos dos arreios, compunham cena e fundo sonoro dos meus pensamentos. Meu pai apertou Marreco na espora, atiçando uma marcha mais fogosa. Fiz o mesmo com Ruzio. E não conversamos mais nos dois quilômetros de um caminho largo de carroça, até avistarmos o terreiro da casa e o desenho de Antônio Moreira na porta da sala, já descendo a escada em recepção.

O homem de poder já estava ciente da nossa visita e do meu padecimento. Meu pai ficou na cozinha, conversando com a mulher do anfitrião. Um café estava sendo preparado, um bolo assava no fogão a lenha, e eu seguia Antônio Moreira em direção a uma igrejinha pequena de madeira. Vista lá no fundo do gramado, a igrejinha parecia de brinquedo — era sombreada por duas árvores grandes, uma de cada lado. Um bando irrequieto de passarinhos comia no chão as quireras de milho, antes jogadas pelos donos da casa. Ao sentirem nossa aproximação debandaram para as copadas das árvores. Ergui os olhos para as ramadas entupidas de pássaros, uma profusão de tons azuis, vermelhos, pretos, brancos, amarelos, marrons, cintilavam nas plumagens dos sanhaços, tiês-sangue, sabiás, cuitelos, canarinhos-da-terra... Gostei daquilo, naquele lugar as pessoas eram amigas dos pássaros... A igrejinha, de cômodo único, era uma sala simples, poucas cadeiras, dois pequenos altares para santos nas paredes laterais e um altar grande, no fundo, com Nossa Senhora e o menino Jesus no colo. Uma mistura de cheiro de arruda com alfazema preenchia o ambiente. Ele me fez sentar em uma cadeira lateral e se postou em pé à minha frente. Em seguida colocou a mão esquerda sobre minha cabeça e esticou a outra mão em direção a Nossa Senhora, como a estabelecer uma ligação com a santa. Começou uma reza demorada, em voz baixa, inaudível. Algumas vezes interrompia os murmúrios e me aplicava três suaves toques de punho fechado no alto da cabeça, e após cada toque pronunciava, em voz mais alta e rouca, uma mesma sentença estranha, intraduzível; nesse momento parecia que dentro dele tinha um caboclo do mato ou um indígena. Depois pegou no altar um pequeno balde com água até o meio, onde estava mergulhado um feixe de ervas aromáticas. Um cheiro forte de arruda preenchia o espaço. Pediu para eu fechar os olhos e passou a rezar de novo baixinho... eu sentia seu caminhar em círculos em torno de minha cadeira... mania de números, sempre comigo... contei sete voltas. A cada volta ele retirava um ramo do balde e golpeava minha cabeça aspergindo gotas grossas da água aromática. Ao fim das sete voltas, minha cabeça e ombros estavam encharcados. Depois pediu para que eu me levantasse, continuasse com os olhos fechados e esticasse os braços na horizontal, para os lados. Nessa posição recebi, em meio a murmúrios ininteligíveis, três vezes o sinal da cruz traçado de frente, tocando-me com a ponta dos dedos, de modo contínuo, indo do alto de minha cabeça ao umbigo e cruzando na horizontal, de uma extremidade a outra, toda a extensão dos braços. Eu sentia uma energia boa percorrer todo o meu corpo. Então ele me pediu para abrir os olhos e concluiu com um tom de voz manso e mudado:

— Pronto, menino. Por essa quarta-feira é suficiente.

Quando comíamos o bolo e tomávamos café na cozinha, Antônio Moreira terminou de aviar a receita.

— Zé, o menino precisa voltar mais duas vezes para completar a cura. Você sabe, deve ser sempre quarta-feira, dia da força. Essa doença do sono tem regime de ir embora.

A mulher fez questão que meu pai levasse um pedaço de bolo numa marmita, presente para sua comadre Lina, e também um pequeno saco com algumas frutas do pomar. Já em cima das montarias renovamos as despedidas ao casal. Já íamos bem afastados, quando olhei para trás e vi os dois em pé no terreiro admirando nossa saída. Resolvi apertar Ruzio nas esporas para sentir a emoção de um galope, e meu pai ficou para trás. Quando ele alcançou a beira do rio, eu já estava esperando do outro lado, e de lá imprimi um tom animado ao meu grito:

— Pode atravessar, peão, o rio nessa corredeira dá vau!

Ruzio roda no Engano

Tempo de chuvarada, relâmpagos no céu a noite toda. O dia amanheceu estiado, mas instável, e nas primeiras horas eu já preparava o cavalo. Era a importante quarta-feira, dia da última sessão de cura da doença do sono. Com ou sem chuva, eu precisava ir receber as benzeduras. Ir lá, ficar sentado escutando aquelas rezas, sair com a cabeça e os ombros molhados da água impregnada do aroma das ervas de cura.

O cenário de nuvens pretas anunciava mais chuva, o ribeirão do Engano deveria estar bufando com tanta água vazada dos altos vertentes das serras. Ia vestido com roupa de passeio, calça marrom, camisa azul, um chapéu de abas largas para segurar a chuva e botinas pretas. Enquanto aprontava a montaria — dando voltas em torno do Ruzio, evitando as poças d'água —, de rabo de olho eu observava minha avó em pé na varanda. E logo vieram os palpites:

— Tá levando a capa de chuva do avô? Só esse chapéu melindroso não segura o toró que vem por aí, menino. Aperta bem a barrigueira! O que faz esse pé de espora no calcanhar? Agora tá com essa barda de espora. Não precisa. Ruzio é cordato.

Uma latomia de enervar, eu respondi apenas pela espora, dizendo que o chão estava liso, precisava para controlar o cavalo. Estava concentrado na última operação de enfiar o freio na boca do Ruzio, esse era um momento que sempre me doía um pouco, as dentaduras cerradas uma contra a outra, tingidas do verde do capim, e era preciso usar uma leve força para bater com os ferros naqueles dentões, forçar o freio para dentro da boca. Mas, antes dessa brutalidade, eu havia oferecido ao Ruzio o agrado de um torrão de açúcar, isso escondido da avó, claro, senão ela logo censuraria: "Onde já se viu dar açúcar, menino, vai deixar o cavalo aguado".

A avó não pareceu interessada na explicação da espora, continuava plantada na varanda, me esperando montar, e logo veio a verdadeira preocupação:

— Se o rio tiver cheio você volta, é muito perigoso.

Não respondi nada, entrou por um ouvido e saiu pelo outro. Montado e experimentando o ajuste do estribo, meu pensamento já ia em outra faixa, gozando antecipadamente a adrenalina que me esperava. Minha mãe da janela da cozinha gritou "Vá com Deus, filho", e eu levantei o braço em despedida. Saí do terreiro em passinhos comportados de trote. Mas quando escapei da vista das duas mulheres fustiguei Ruzio na espora, ele murchou as orelhas, as ferraduras trovejaram nas pedras lisas da estrada. Nos arranques do galope, por instantes, o cavalo sustentava os quatro cascos no ar e nas curvas esticava as patas dianteiras em posição unida, como se praticasse esqui. Não tardou a cair uma poeirinha de chuva, mas tão fraquinha que apenas umedeceu o chapéu.

Na beira da estrada, quase dois terços do caminho vencido, ficava a venda do meu tio Tenório. Parei, desmontei e amarrei o cavalo no tronco. Tinha desejos de comer doce. Mal entrei pela porta da venda, levantei o braço saudando meu tio em voz alta. Na mesa do canto, ao abrigo do tempo arruinado do lado de fora, dois homens tomavam cachaça e fumavam. Riscando o assoalho com a roseta da espora, fui me aproximando do balcão e logo dizendo que estava só de passagem, queria apenas um doce de abóbora. Meu tio foi perguntando, passagem para onde, sobrinho, e eu respondendo que estava indo para o Antônio Moreira e, de chofre, vi suas sobrancelhas se arquearem como as asas de uma andorinha no impulso do voo. No mesmo instante um copo caiu da mesa, instintivamente me voltei para encontrar dois pares de olhos incrédulos. Um dos homens abaixou para levantar o copo, enquanto o outro, em voz bem calibrada de cachaça, entrou na conversa:

— Rapaz, o Engano tá roncando. Aquela corredeira não dá vau nem prum cavalo grandão como esse aí, o seu vermelhão.

— É verdade, sobrinho, o rio com toda essa chuva nas cabeceiras tá perigoso. Por que você não lança a visita pra outro dia?

— Pode deixar. Vou até a beira do Engano e faço meia-volta se o vau estiver mais fundo que as pernas do cavalo. — Deixava a promessa na tentativa de desanuviar o rosto preocupado do meu tio.

Foi uma parada relâmpago. Saí da venda comendo meu doce de abóbora, não tive jeito de pagar, o tio não aceitou o dinheiro, e ainda saiu de trás do balcão e me alcançou aos pés do cavalo. Ficou me olhando, pensativo, enquanto eu dava um novo aperto no arreio. As correias sempre afrouxavam nos galopes, e ainda mais, eu conhecia a manha do Ruzio: no primeiro aperto da barrigueira, antes de sair, sempre estufava bem a barriga. Ajeitei o pelego e montei. No instante do adeus, as asas de andorinha em ângulo de voo ainda estavam lá no rosto do meu tio, e aí renovei o prometido de voltar da beira do rio se as águas estivessem muito altas.

Premido pela espora, fôlego recuperado pela breve parada, Ruzio venceu no galope mais quatro quilômetros até a beira do Engano. Na iminência da chegada, tensionei o freio e o cavalo ensinado cortou o embalo, deslizou sem perigo e parou com as duas patas dianteiras dentro d'água.

O céu escurecera um pouco mais. Na beirada daquela montanha de água rolando, Ruzio trincava os freios nos dentes, estava agitado, as orelhas levantadas, e não se dispunha a matar a sede. O gesto me deixou ressabiado, veio um mau pressentimento. Desagradava aquela cantiga funérea da correnteza barrenta, desbragada, se misturando ao barulho dos trovões rolando do lado da serra. Uma procissão de tufos de matos e arbustos mais encorpados passou veloz, sumindo rio abaixo. A corredeira tinha desaparecido, era correnteza genuína. Ruzio bufava, à espera da minha regência. Eu com meus onze anos, o tempo da imortalidade, no desejo de encorpar minha biografia, risquei de leve a espora na virilha do cavalo, quase uma sugestão de comando, deixava ao Ruzio a decisão de refugar ou entrar.

Começamos a travessia e logo os estribos desapareceram. A água me pegava pelas canelas, e bastaram umas passadas para o cavalo perder o chão e começar a nadar; um nado potente, cortando a crista da água à altura do peito, enquanto eu me aguentava com as pernas prensadas no arreio e as mãos arrochadas na touceira das crinas. Ia para um quarto de travessia e o equilíbrio começou a se tornar precário, a apreensão quase me impedia de respirar e as narinas dilatadas do cavalo buscavam mais ar. Foi quando afundamos um pouco mais, a água me tocou acima da cintura, e Ruzio esticou o pescoço e levantou o quanto pôde a cabeça, em preparo da posição de franca travessia, apenas com o focinho no alto e as orelhas quase roçando a crista da água. Nessa hora senti medo, sentia que o pior ainda estava por vir, a margem oposta estava longe, o seio da correnteza muito perto, e que ali, a poucos metros, no caudal central da montanha de água, a força do cavalo não seria suficiente. Ruzio dava sinais de estar perdendo a luta. Retive a tempo meu chapéu quase voando da cabeça, e num golpe automático de genuíno pavor puxei o freio entortando o pescoço do cavalo para a esquerda. Nessa hora pude ver o pânico nos olhos esbugalhados do Ruzio. Continuei com toda a minha força nas rédeas, aprumando no sentido da força da água. E aí a preocupação era não afundar, mas o cavalo nadava com menos esforço, a correnteza nos carregava como se fôssemos um barquinho de papel à deriva, e eu, ainda com a água na altura da cintura, continuava a forçar a rédea para a esquerda, um assombroso líquido passeio, até alcançar a margem uns duzentos metros rio abaixo.

Ruzio soltava bufos, expulsando uma profusão de pequenas nuvens de água das narinas, e tremia muito quando alcançamos terra firme. A calma veio em passos miúdos por dentro de uma quiçaça de mato ralo, cheia de coivaras, até encontrarmos a trilha. O regresso até a proximidade da venda do meu tio foi no passo, ia me recuperando do susto. Mas, um pouco antes da passagem defronte à venda, apertei o cavalo na espora e passei em frente ventando. O céu permanecia encoberto por nuvens negras. Continuei no galope, espatifando lama pela estrada, e só prestes a chegar ordenei a Ruzio uma comportada entrada de gala no terreiro.

Já estava desmontado, o cavalo amarrado no tronco, tirava os arreios, quando ouvi a conhecida voz vinda do alpendre, a indagar assombrada:

— Menino, já de volta em tão pouco tempo? Você já foi até o Antônio Moreira?

— Não, vó, o rio tava muito cheio.

— Mas, menino, não me diga que deu tempo de você ir até a beira do Engano?

— Nada disso, vó. Fui só até a venda do tio e lá me contaram que o rio estava bufando, sem condições de atravessar. Só comi um doce de abóbora e de lá mesmo voltei.

— Nossa, que menino de juízo! Nem parece filho do Zé Branco. — Um breve silêncio, talvez refletisse. E logo mandou nova pergunta: — Mas porque tá molhado assim? Choveu forte no caminho?

Nem respondi, estava apressado, a chuva ameaçava tombar com vontade. Servi ao Ruzio, no cocho, seis espigas de milho graúdas e um punhado de sal. Guardei os arreamentos e a espora no celeiro. Deixava o cavalo se alimentar sem pressa, mais tarde o soltaria na invernada. Tinha acabado de entrar em casa quando desabou o dilúvio, o vento assobiava na chaminé, no telhado e nas galhadas da grande figueira. E, mais para provocar minha avó, perguntei:

— Hoje é uma noite boa para o Saci incomodar na invernada, hem, vó?

— Deixa de história, menino. Saci não é como você, não gosta de montar cavalos em tempo de chuva.

Mudança para Santo Antônio

Em mudança de carroça veio nossa tralha da fazenda dos meus avós para o Cinzas, isso no término daquelas férias da doença do sono. Era o primeiro ato de nossa operação para mudar de cidade. O plano era reunir essa pouca tralha com o grosso da mudança deixada no galpão da tia Jovita, colocar tudo em um caminhão, e tomar o rumo do novo lugar: Santo Antônio da Platina. Gastamos quase um dia inteiro vencendo o trecho de trinta quilômetros entre Vassoural e o Cinzas. Os cavalos precisaram de um largo descanso no meio da jornada. A distância foi menor do que a estrada de ônibus e caminhões, porque na altura da serra do Rebenta Rabicho pegamos um atalho por dentro da fazenda dos Calixtos, uma vereda precária, lugar inóspito onde vagavam hordas de gado nelore largado. Meu primo Agenor veio no comando, ele aproveitaria para fazer uma visitinha à sua mãe e retornaria no outro dia levando a carroça vazia de volta.

Saímos da fazenda perto das dez horas; durante todo o percurso o sol de fevereiro, primeiro brando, depois forte, depois de novo brando, exaltava a paisagem do chão de terra vermelha e de capins à beira do caminho. Fizemos uma única parada, à beira de um córrego, já dentro da invernada dos Calixtos, onde saboreamos o farnel que minha mãe havia preparado, enquanto os cavalos, livres das correntes e do varão da carroça, exibiam os corpos reluzentes de suor, bebiam água límpida e pastavam em abundantes capinzais nos barrancos.

Chegamos no Cinzas perto das cinco horas da tarde. Encostamos a carroça junto ao galpão, no fundo do quintal da tia Jovita, e mesmo antes de libertar os cavalos dos tapas, correntes e coalheiras, Agenor ganhou um abraço demorado da tia Jovita, disse que ficaria apenas aquela noite, voltaria cedo no dia seguinte, mas a mãe insistiu para ele ficar pelo menos mais um dia. Ele falou do trabalho de tirar uma roça do mato. Depois os abraços da tia se estenderam a todos nós — estava falante, alegre com toda aquela chegada volumosa. Os cavalos livres, suados e exaustos, comeram algumas espigas de milho jogadas ao chão, mataram a sede na água disposta em uma bacia. E, enquanto descarregávamos a tralha para se juntar à mudança principal deixada guardada no galpão, misturados à azáfama dos movimentos, percebi um sutil suspiro de tristeza de minha mãe, talvez provocado pela nostalgia de um tempo que se fora. Não era bom o estado dos móveis peregrinos, legítimos móveis estressados, após a série frenética de mudanças. Meu pai não tinha paciência para trabalhos meticulosos, a mobília era retirada de qualquer jeito dos cômodos e amontoada nas carroças, em várias viagens perambulando pela cidade. Aqueles móveis bonitos e reluzentes de cabiúna, feitos sob encomenda, só conservaram o viço na época da casa bonita da máquina de arroz, onde toda semana eu ajudava minha mãe a passar óleo de peroba com um pano bem macio. Depois das sucessivas mudanças, e agora amontoados no galpão, restavam estropiados, cobertos de cicatrizes. Isso sem contar as peças desaparecidas por acidente fatal — como foi o caso da cristaleira. A ruína progressiva da mobília andarilha era um termômetro impiedoso de nossa decadência nos anos do Cinzas.

Agenor puxou os animais para o pernoite no pasto do Pedro Olímpio e eu, meus irmãos, meus pais e tia Jovita entramos na casa.

No dia seguinte, de manhã cedo, meu pai saiu à rua apressado para resolver pendências miúdas. Voltou com um pacote — lembro-me de fósforos, velas e de algumas lâmpadas elétricas — e trouxe a confirmação de que o caminhão alugado viria logo depois do almoço. Tudo correu como programado. E lá pelo meio da tarde saímos em direção a Santo Antônio da Platina. Eu viajava, ao lado de meu pai, em pé em cima da carroceria do caminhão, junto à tralha. A mãe e meus irmãos viajavam embaixo, na cabine. Alguns quilômetros adiante, encontramos uma estrada bem larga, a velocidade aumentou, o vento fustigou mais forte o meu rosto e os cabelos esvoaçavam descontrolados, todo meu corpo parecia aumentado, e vinha-me sensação imprecisa de progresso, como se estivesse mudando de patamar, pleno de esperanças e curiosidades para viver o futuro. Do que tinha ouvido contar, junto com os recheios encorpados pela minha imaginação, iria encontrar uma cidade grande, de ruas asfaltadas e automóveis circulando, incomparável aos modestos lugares que até aquele momento eu conhecia.

Muitos quilômetros adiante, nuvens de poeira deixadas para trás, meu pai anunciou a proximidade: "Não faltam nem dez quilômetros pra Santo Antônio". Fiquei feliz com a notícia, se bem que, para mim, a viagem poderia continuar mais e mais, estava uma delícia a ventania e a paisagem desfilando urgente pelos lados da estrada. Era o fim de fevereiro e, como em um drible de Garrincha ficava para trás a minha primeira infância.

A nova cidade

O caminhão parou diante de uma casa de madeira de assoalho muito alto. As tábuas brutas e cinzentas das paredes e os pilares, também de madeira, estreitos e compridos, suportavam uma estrutura do tipo palafita. Dispersamos a mudança pelos cômodos — camas, colchões, guarda-louça, um berço, mesas, caixotes de madeira e de papelão repletos de itens variados —, dentro de uma lógica frouxa decidida por meu pai. Enquanto minha mãe se dividia entre desencaixotar os víveres, preparar uma sopa, dar o peito ao Altair, eu ajudava meu pai a armar o beliche duplo no quarto que eu dividiria com meu irmão do meio. Mal a estrutura foi montada, eu já trepei me esticando no estágio superior, tomando posse, sob os protestos do Alencar que reclamava para ele a posição. Quando ajudava a armar a cama de casal e o berço no outro quarto, fui chamado à cozinha e ganhei a missão de andar pelos cômodos ninando o bebê no ombro e aplicando uns tapas bem suaves nas costas — como me foi ensinado — para ele arrotar, liberando assim minha mãe que voltava a se ocupar da sopa. Eu estava ficando bom no assunto, pois logo as pálpebras do neném ficaram pesadas e ele dormiu.

Curiosos, eu e Alencar descemos os degraus da escada da porta da cozinha e saímos para observar o território. As casas, todas de madeira, talvez dezenas, se erguiam igualmente em cima de palafitas, e ao redor das habitações dispersas se desenhava um grande terreiro em forma de labirinto, onde algumas crianças gritavam exaltadas, correndo de um lado para o outro em uma animada brincadeira que devia ser de pique-salva. Uma menina de cabelo de fogo, que devia regular de idade com o Alencar, de pés para o alto e cabeça no chão, plantava uma bananeira... escurecia... e debaixo daquela variedade de assoalhos altos, circulavam alguns patos, cachorros e porcos — talvez à procura de comida ou de um abrigo noturno. Alguns frangos e galinhas, de sono mais precoce, exercitavam o voo curto buscando poleiro nos galhos baixos das poucas árvores. Reinava aquela atmosfera lânguida do entardecer profundo, as árvores começavam a soltar seus perfumes da noite, os gritos das crianças pareciam abafados pela densidade do efêmero crepúsculo, as luzes se acendiam nas casas e alguns adultos entravam pelas portas, talvez regressando de um dia de trabalho. A mãe apareceu desenhada no primeiro degrau da escada, e veio a ordem de entrarmos. Animados com o delicioso cheiro da sopa fumegante, subimos a escada aos pulos. A mesa estava posta e a casa toda iluminada, lâmpadas acesas em todos os cômodos: a amplidão de claridade dava uma aura de ato inaugural ao novo lar.

Espichados no beliche, foi difícil conciliar o sono. Excitados com as novidades, eu e o Alencar desandamos a conversar e soltar risos descontrolados. Do quarto do outro lado do corredor, meus pais pediam silêncio: "Meninos, é tarde, vamos dormir, amanhã tem bastante serviço". E então, para nos acalmarmos, combinamos o jogo de dizer os mistérios mais impressionantes do mundo. O vencedor seria quem dissesse o último. Ganhei a vez de começar e ataquei de "pó de asa de borboleta no olho da gente deixa cego", no que fui revidado com "a cobra anda e não tem pernas". Continuei com "ninguém sabe por que soluço passa de uma pessoa para outra" e ouvi de volta "ninguém sabe onde o saci perdeu a perna". Aí eu disse "a fotografia é o maior mistério do mundo, não existe nada entre a gente e a máquina e o retrato sai direitinho", no que Alencar respondeu "passarinho quando morre sempre tá voando, e cai no chão que eu vi". Isso é um mistério mixuruca, retruquei, "a maravilha é a terra girar e não dar tonteira nas pessoas"... e nesse ponto teve discordância. Durante nossa viagem do dia anterior, quando caminhávamos lado a lado na serra do Rebenta Rabicho — meu pai também caminhava, pois nas subidas aliviávamos a carga aos cavalos, na carroça ia apenas Agenor, minha mãe e o bebê Altair —, pois foi nessa hora, me lembro bem, eu tentara ensinar ao meu irmão a natureza da Terra: era redonda e girava como pião. "Não é misterioso, estarmos pisando na Terra e não dar tonteira?" Ele chegou a aceitar que podia ser redonda, mas não o convenci de jeito nenhum de que a Terra girava suspensa no ar, e nem que o pequeno disco do Sol era um bilhão de vezes maior que a Terra. Meu irmão nem sabia o que era um bilhão, coisa que, outras vezes, sem sucesso, eu já havia tentado lhe ensinar. Por isso, diante do mistério mais impressionante de a Terra ser redonda e girar como pião, não houve acordo. E, também, do outro quarto vinha uma pressão no ultimato esgoelado do pai: "Ou vocês calam a boca, ou eu me levanto e vou aí acabar com essa farra". Por isso, concordamos em brincar de sombras: juntar as mãos separando apenas os polegares, projetar as sombras de dois cachorros que abriam as bocas e simulavam brigar e mexiam as orelhas, e depois se cheiravam, e depois levantavam uma perna para mijar em um imaginário poste, meus olhos foram ficando pesados, as sombras eram disformes na parede, as mãos caíam sobre meu corpo, Alencar dormia e eu lutava contra o sono... meu pai de novo gritou: "Apaga essa luz!", enquanto eu imaginava a possibilidade de algum bicho entrar pelas frestas do assoalho, um escorpião ou até um pequeno rato. De imaginar tantas possibilidades e de as cenas irem se confundindo, as pálpebras arriaram pesadas como chumbo.

No outro dia a casa acordou bem cedo e, logo depois do café, minha mãe deixou toda a bagunça para trás e saímos eu e ela para realizar minha matrícula em uma escola situada a menos de dez quadras de nossa casa. Levando em mãos meus documentos, minha mãe ia apressada — eu mal podia acompanhar seus passos —, ela caminhava e falava de sua preocupação, temia não mais encontrar vaga na primeira série do ginásio, pois as aulas começariam em menos de duas semanas.

De fato, ao sermos atendidos no balcão por uma mulher de óculos tombando sobre o nariz e de solícitos maneirismos, vivemos momentos de ansiedade. Ela estranhava o pedido em momento tão atravessado. Dizia que as matrículas tinham se encerrado havia mais de quinze dias. Mas minha mãe despejou o drama, fez um resumo da situação, contou da epopeia da mudança, e que não pudemos vir antes porque tinha uma colheita a ser feita, que a mudança necessitou de duas etapas, que havíamos chegado no dia anterior e contou do nosso endereço... Só sei que os argumentos convenceram a mulher de que não eram desleixo, e sim dificuldades reais, as causas de um pedido de matrícula em hora tão tardia. Assim, graças à empatia de uma secretária generosa — depois eu saberia tratar-se da própria diretora —, escapei de atrasar mais um ano nos estudos.

Não demorou a virem as primeiras grandes águas de março. Com a repetição do ritual de estender panelas, bacias e congêneres pelos cômodos, revivemos os piores dias das piores casas do Cinzas, a água tanto entrava por cima como pelas frestas das paredes verticais. Passada a tormenta que durou uma noite, o dia seguinte e ainda outra noite inteira, as casas de nosso pequeno bairro amanheceram feito um bando de saracuras no banhado, com água pelas canelas. Mesmo depois de o tempo estiar, uma fina lâmina de água durou por vários dias, até o chão ir se descobrindo aqui e ali, desenhando ilhas de terra firme. As crianças se divertiam soltando navios de papel — Alencar se enturmou e eu fiquei meio de lado observando sentado na escada da porta —, havia toda uma competição, como se eles estivessem esperando a chuva com seus barquinhos preparados. Mas logo não resisti e me enturmei também: nada como patinar na lama para lançar pontes de amizade.

Tudo era novidade no Colégio Estadual Rio Branco. A estrutura completa ocupava todo um quarteirão da rua. Além do amplo prédio de dois andares, abrigando as salas de aula, uma biblioteca, vários laboratórios, a sala de professores e a sala da direção, o complexo comportava uma cantina nos fundos, um campinho de futebol de grama e uma quadra ladrilhada para a prática do basquete e do futebol de salão. A quadra era iluminada com holofotes, permitindo a prática de esportes à noite, e era o local onde se realizavam as comemorações cívicas. Lá, só havia turmas do ensino secundário, ginásio, científico e clássico, nada de crianças menores. Os primeiros dias foram de muitas descobertas, timidamente fui me enturmando com meus colegas, adorava frequentar a escola, os novos professores, organizava bem os cadernos, não dormia mais sobre os estudos, creio que aquele monte de novidades me ajudou a acordar, adorava a hora do recreio quando podia ir à cantina e comer um delicioso sagu, o qual levava uma pitada de vinho doce. E desde logo me impressionou meu professor de matemática, o José Nicolau Tanko, a quem todos se referiam como professor Tanko. A figura magra e alta gostava de se vestir com apuro. Sua indumentária incluía sapatos pretos sempre brilhando, calças sociais vincadas de cor escura, blazers em tons variados de azul e as imprescindíveis gravatas-borboletas de cores fortes. Era o modo ordinário do distinguido professor se apresentar. Ele tinha um jeito singular de andar rápido, às vezes só se viam as pontas esvoaçantes de seu paletó a dobrar uma esquina de corredor. Mas o que mais denunciava sua presença, mesmo de longe, era seu costume de falar alto e sua desinibida risada.

Tanko era formado apenas no ensino secundário e, às vezes, caía na arapuca de um problema complicado de matemática. Quando isso acontecia, seu rosto ficava vermelho e ele andava de um lado para o outro em frente ao quadro-negro, em busca de inspiração. Em uma dessas ocasiões de maior tensão — os alunos já bastante inquietos —, eu vislumbrei a solução. Levantei o braço e sugeri o caminho. E o fato se repetiu outras vezes, esse arranjo funcionava como se o mestre me ensinasse direito por linhas tortas. Pois, estimulado, comecei a estudar os conteúdos sempre à frente e ia resolvendo todos os exercícios do livro-texto. Daí, assistir às aulas de matemática era como assistir a um filme pela segunda ou terceira vez, e eu lá estivesse para socorrer o mocinho de algum iminente perigo. Uma ocasião especial restou perene na memória daqueles tempos. No quadro figurava o enunciado de um problema sobre ângulos em um paralelogramo. Os passos agitados de um lado para o outro no tablado e o rosto afogueado do professor combinando com a gravata-borboleta de cor vinho compunham um daqueles momentos de máxima tensão. De minha carteira eu examinava ansioso a cena. Dias atrás eu já tinha estudado e compreendido bem as propriedades daquelas figuras geométricas. Não esperei muito, levantei o braço e passei a explicar lá da minha carteira. Mas não consegui desembaraçar o nó apenas com palavras e a voz forte do mestre me chamou ao quadro-negro, oferecia um pedaço de giz. Foi difícil vencer a minha timidez, as pernas pesavam uma tonelada no curto espaço da carteira até o quadro. Passado o sufoco, e após receber os elogios do professor, voltei ao meu assento. Sentia uma energia boa, o corpo aceso, iam embora as apreensões por ter faltado à última sessão de cura da doença do sono. Para mim todo o restante daquela aula passou em ritmo de sonho, sopravam-me os ventos do destino, sim, eu queria ser um professor, o sentimento voltava-me intenso: desenhar figuras geométricas num quadro-negro, estar diante de alunos, resolver problemas de matemática.

A primeira serraria

Nosso primeiro meio de vida foi em sociedade com o compadre Urias. Ele tinha chegado em Santo Antônio da Platina alguns meses antes, também tentava arrumar a vida na nova cidade. Quando meu pai aceitou o convite para unir forças com seu grande amigo, estava refeita a dupla dos tempos passados, agora sobre uma nova base: Urias parecia emendado depois da perda da mulher e dos filhos e meu pai, concentrado no trabalho e nos negócios, procurava a saída do fundo do poço. O voo era arrojado e promissor. Os maquinários do novo empreendimento foram comprados de uma serraria abandonada, e veio junto um velho caminhão Dodge. Depois de recuperadas as máquinas, de terem comprado um conjunto de correias novas, a serraria foi montada nos fundos do quintal da casa onde o compadre Urias vivia com sua nova mulher, uma tal Luzia Amarante. A disposição retangular alongada do terreno, quinze metros de frente e sessenta metros de fundos, favoreceu a estruturação da pequena serraria. Já o caminhão velho foi mais difícil fazer funcionar. O antigo elefante estava abandonado há tempos em um quintal pegando chuva e sol, todo coberto de poeira e de teias de aranhas, os aros dos pneus murchos encostavam no chão. Meu pai e Urias, experimentados de vivências anteriores com seus vários caminhões, e ajudados por um mecânico vizinho, conseguiram ressuscitar o material rodante.

No comando do caminhão, meu pai transportava as toras de madeiras do mato para o pátio da serraria, onde eram transformadas em caibros, vigotas, tábuas, ripas e mata-juntas. Era bem rendoso o comércio de madeiras nobres, tais como peroba, óleo vermelho, cabiúna e pinho, pois eram muito procuradas. Sopravam ventos de progresso, tanto que pudemos alugar uma casa mais arrumadinha, em terreno individual, com um bom quintal nos fundos, repleto de mangueiras, laranjeiras e mamoeiros, onde eu treinava pontaria nos passarinhos com meu estilingue de cabo vermelho.

Eu trabalhava na serraria no período da tarde, após as aulas. Aos sábados, em média de quinze em quinze dias, meu pai saía no caminhão para buscar as toras na mata. Eu o acompanhava na função de ajudante. Eram dias de trabalho espichado. Saíamos bem de manhãzinha e só voltávamos tarde da noite. O caminhão dormia no pátio da serraria, para ser descarregado no dia seguinte. Em todas as etapas, era um trabalho perigoso para qualquer idade, especialmente, para um projeto de homem de treze anos. Meu pai me enchia de conselhos sobre os imprevistos. Precauções que não foram suficientes para evitar o acidente.

Naquela fatídica tarde de domingo, pela manhã havia caído um chuvisco, tudo estava liso, e nós descarregávamos o caminhão no pátio da serraria. Eu retirava o cabo de aço da cabeça da tora, justo na iminência de ela rolar da carroceria e descer pelos dois troncos cilíndricos até o chão. O cabo estava mais preso do que eu supunha e forcei um pouco usando uma xibanca comprida de ferro. Mas tudo estava escorregadio como sabão molhado, e a tora se desgarrou com muita velocidade; eu consegui sair da reta no último momento, mas um tornozelo ficou para trás.

Tudo aconteceu rápido, a xibanca me atingiu de frente do lado direito da testa, fui jogado ao chão e tive um princípio de desmaio. Mas logo acordei aliviado, avaliando que o golpe da xibanca tinha me salvado a vida, enfim, tinha me tirado da direção da tora. Não era nada, só a pancada simples na cabeça, uma agradável sensação de escapar ileso, não sentia nenhuma dor. Mas logo vi sangue, tinha sido atingido seriamente. A tora desceu rasgando meu tornozelo e expondo o feixe de tendões. Sangue em abundância, misturando o vermelho com o branco dos tendões. Urias veio em disparada atendendo aos gritos e ajudou a desembaraçar o caminhão da tora e a me erguer para dentro da cabine. Passada a adrenalina do instante do corte, sentia uma dor lancinante e estava apavorado. Meu pai dirigia o caminhão como um louco, em disparada pelas ruas, íamos em busca do doutor Jamidas. O médico era muito querido na cidade por seu bom coração, mantinha seu consultório anexo à residência e atendia sem pagamento às pessoas que mais precisavam. Meu pai gritou da calçada, alguém saiu na janela e alguns minutos depois eu estava deitado em uma cama no consultório. Após breve exame, o médico assegurou que o corte milagrosamente não atingira os tendões e que, portanto, não haveria sequelas. A pancada na testa precisava de observação, o calombo já estava formado e o inchaço regrediria com aplicação de uma pomada. Ele costurou os pontos, unindo as carnes dilaceradas do tornozelo. Apesar da anestesia, cada passagem da agulha me doía na alma. Depois me deu a pomada e uns antibióticos de amostra grátis suficientes para cinco dias, e escreveu a receita para comprar mais quando acabasse. Pediu para voltar dali a uma semana, ou a qualquer momento se algo estranho acontecesse, como por exemplo febre.

Já estava escurecendo quando entrei em casa nos braços do meu pai. Quando percebeu que se tratava de um acidente comigo, minha mãe deu um grito, "Ai meu Deus, o que aconteceu com esse menino?", e desmaiou. De um, passaram a dois precisando de cuidados. Deitaram-me apressadamente na cama e foram buscar galhos de arruda e amoníaco na vizinha e deram para minha mãe cheirar. Ela foi aos poucos recobrando os sentidos e se inteirando de que a situação não era tão grave como imaginava. E só então fiquei sabendo a causa do tamanho do susto de minha mãe.

Em qualquer momento fora do colégio eu gostava de carregar meu estilingue no bolso. Era bom de pontaria, atirando pelotas nos passarinhos ou nas batalhas de brincadeira: a turma dividida em dois grupos adversários — os exércitos inimigos — a trocarem os torpedos de caroços de mamona projetados pelos estilingues, simulando a Terceira Guerra Mundial. Minha arma era bem cuidada, esmero e arte no preparo. As tiras de borracha vinham de uma câmara de ar estourada e com boa elasticidade. Era preciso escolher bem, existiam as tais borrachas mortas. Para gancho eu preferia sempre uma forquilha de goiabeira, na qual enrolava, em várias voltas, uma fita plástica vermelha para deixar mais bonito.

Já estava escurecendo quando cheguei em casa enganchado no colo do meu pai, e o estilingue no bolso de trás expunha para fora o cabo vermelho, que na penumbra fosforescia feito brasa. Minha mãe, na hora, julgou ser um osso que saía do meu corpo e daí seu grito e o desmaio. Naqueles dias tive vida de príncipe. Na primeira manhã recebi o café na cama, mal havia acordado. Minha mãe chegou com a bandeja e as delícias e já foi perguntando: "Bom dia, meu magrinho, dormiu bem? Tá doendo o machucado?". E eu, com jeito de guerreiro ferido e uma voz falseada em desânimo, respondi: "Ai, mãe, hoje amanheceu doendo mais macio".

O calombo do lado direito da testa teve rápida melhora: passou por todos os estágios: vermelho, verde, e ao final se apresentava numa cor roxa desmaiada. Era o segundo semestre, fiquei quarenta dias sem poder botar o pé no chão, quase dois meses de aulas perdidas. Quando voltei, apoiava-me numa muleta, e meu ar de combatente ferido angariava cuidados, as pessoas se desdobravam em gentilezas. Mas não pude recuperar os conteúdos, as notas sofríveis engendraram mais um fracasso escolar, dessa feita na segunda série do ginásio. Dois fracassos na contabilidade escolar: o primeiro, acontecido por ingerência da doença do sono, uma doença da alma, e o segundo por ferimento no corpo físico. Mas eu mal sabia, e só viria a conhecer tempos depois, que esses tropeços eram ventos brandos. No futuro poderosos vendavais ainda haveriam de açoitar minha vida de estudante e me obrigar a malabarismos mais aprimorados na arte de driblar destinos.

A Maligna visita Urias

Depois que Martinha o largou, levando junto os três filhos, Urias, consciente de seu desmazelo, passou um longo tempo sem beber. Mas depois voltou à cachaça nos fins de semana. E nessas noites emendadas de orgia, onde não faltavam jogos de cartas a dinheiro em bares clandestinos, muita bebida e visitas à zona do meretrício, Urias só retornava para casa muito tarde, quando então encontrava sua mulher dormindo no sofá, sempre com uma revista aberta no colo ou com as agulhas de tricô nas mãos dormentes, o novelo de lã desenrolado pelo assoalho. O barulho da chave na porta acordava Luzia Amarante. Furiosa, e o tempo todo atirando pedradas de desaforo, arrastava-se em pés de chinelo até a cozinha, esquentava a comida e servia o prato ao marido. Urias, acuado, reciclava as desculpas de sempre: tinha encontrado um amigo que não via há tempos, não houve jeito de abandonar a mesa no meio do carteado... Mas em algumas ocasiões a missa não saía como o sacristão encomendava — talvez por Luzia sentir algum perfume de mulher misturado ao bafo da cachaça — e a situação explodia em drama mexicano, com choro, gritos e palavrões, para deleite e incômodo dos vizinhos, terminando com Urias no terreiro, escorraçado aos gritos de "Vai dormir com suas putas, lazarento". Nessas madrugadas, Urias ficava horas arranhando a porta, implorando aos gritos para a mulher retirar a tranca de madeira atravessada pelo lado de dentro, até se instalar um silêncio inconciliável: o marido enxotado terminava sua noite de barriga vazia e dormindo sob o teto do barracão da serraria.

Nós morávamos longe daqueles incômodos noturnos, mas logo na segunda-feira pela manhã meu pai tomava conhecimento do enredo pela boca do nosso único funcionário, um rapaz vizinho, morador do outro lado da rua. Eram capítulos divertidos do melodrama de poucas variações, naquela altura comentado como um extravagante folclore de casal. De início, as faltas do compadre Urias só aconteciam às segundas-feiras, quando ficava enfurnado em casa até duas horas da tarde, curtindo a ressaca das estrepolias do fim de semana. Nessas ausências, advindas e certas, meu pai sempre estava lá para não deixar a serraria sem comando. Mas na reta final dos dois últimos meses da sociedade, a situação assumiu contornos insustentáveis, Urias passou a beber quase todas as noites e às vezes durante o dia. Nessa fase final aconteciam até brigas diurnas, em cenas de alta voltagem como a que assisti ao vivo certa manhã. Era o mês de janeiro, eu já estava recuperado do tornozelo — isso logo depois do ano de estudo perdido — e estando em férias escolares trabalhava o dia todo. Naquela ocasião, o escândalo vazou de dentro da casa para o terreiro e transbordou para o interior da serraria: Luzia Amarante perseguia Urias com um pedaço de madeira, pronta a espancar, gritava possessa: "Eu vou te matar, desgraçado! Bêbado sem moral! Maldito, só faz beber e procurar puta fora de casa!". À noite, comentando o escândalo em casa com meus pais, disse que a cena da encorpada Luzia em fúria perseguindo o grandalhão Urias por entre as máquinas da serraria me fizera lembrar da Mulher-Gigante do Circo do Risadinha.

— Nisso que dá o Urias ter tirado a Luzia Amarante do meretrício — foi a reação da minha mãe, cuja antipatia pelo compadre jamais arrefecera.

Surpreso por escutar aquele segredo, num espicaçar de ironia, comentei que só assim compreendia a cena do Urias perseguido sob a chuva de impropérios da mulher: "Maldito, só faz beber e procurar puta fora de casa!". A minha interpretação do drama arrancou um leve sorriso de minha mãe que voltou a me surpreender com uma revelação ainda mais chocante:

— Essa família dos Amarante não é flor que se cheire, filho. O compadre Urias precisa colocar a barba de molho: a irmã da Luzia tá na prisão por ter matado o marido enquanto dormia. Tudo bem planejado, ela usou um funil para despejar banha de porco fervente no ouvido do coitado. E tudo por ganância, ela queria ser dona sozinha do diamante que o marido encontrou numa lavra em Mato Grosso.

Meu pai escutava calado, balançava a cabeça contrariado, frente às revelações que já conhecia. E nesse momento, como se pensasse em voz alta, acrescentou com melancolia:

— O compadre tá afundado no desgosto, não aguenta mais a saudade dos filhos, ainda não superou o ressentimento pela fuga da mulher com o tal médico de araque.

Na última semana de vigência da sociedade — que não chegou a completar dois anos — aconteceu a madrugada sombria, quando Luzia Amarante resolveu matar o marido. Urias entrou em casa trocando as pernas e encontrou a mulher sentada no sofá, os olhos parecendo dois tições acesos. A recepção beirava ao carinho, ausentes as ladainhas, os gritos e os impropérios de praxe. Ela se levantou e, em passos macios, foi em direção à cozinha preparar o prato do marido. Aquele toque de doçura impressionou

Urias. O roteiro da Luzia, na qualidade de mestra de cerimônia, incluía um prato de comida com um tempero especial: uma dose generosa de chumbinho, o potente e popular veneno de matar rato. O gosto químico nada sutil da mistura com ranço de querosene, creolina degradada e piche não foi detectado pelo paladar embotado do bêbado. De barriga cheia, mal mastigando as palavras, Urias elogiou a excelência do repasto — um gentleman a retribuir a delicadeza da inesperada recepção. E após um trovejante arroto arrancou para o quarto se agarrando pelas paredes, desabou na cama de roupa e sapatos, mergulhando num sono profundo, como o corpo de um morto sendo tragado por areias movediças. Luzia permanecia sentada no sofá da sala, não tirava os olhos da porta de entrada, parada em pose de estátua; devaneava recepcionar a morte, como se recebesse alguém vindo buscar uma encomenda e ela fosse a agente despachante... "Entre, entre, o serviço não tarda a findar, a demora é pouca, Senhora, alguns minutos e a alma será sua..." Pensamentos de boas-vindas diante da Sinistra a se apresentar na porta, em túnica preta e capuz derrubado nas costas, em perfil muito magro, uma forma andrógina, vinda em missão de carregar a alma do seu marido... "que descanse essa foice atrás da porta, Majestade, nem precisa a violência do forcado, o chumbinho não falha, quinze minutos, se tanto, e a alma pode ser arrancada do corpo...", fantasiava Luzia oferecendo um café preto... a Entidade entortaria os lábios finos em sinistro sorriso e, com um leve sinal afirmativo da cabeça lustrosa e sem um único fio de cabelo, aceitaria a oferta, talvez em honra à aludida cor do café... "daqui a pouco iremos lá fechar os olhos do morto e sua Eminência pode levar a alma. O destino do corpo é embaixo do chão, não é mesmo? A alma, pode dar sumiço, pra ele não tem mais serventia mesmo, serviço de morte limpa, dormindo...", os pensamentos embolados de Luzia se insinuavam em intimidades com a Sinistra, como a se vangloriar de um trabalho bem-feito de morte silenciosa, a posar de ajudante da Maligna. De repente, Luzia foi arrancada de seu delírio pelos urros lancinantes vindos do quarto. Uma gritaria horrorosa de despertar a vizinhança, um tropel esganiçado como de um porco estrebuchando sob a ponta de um punhal no coração. O sono de pedra da vítima não tinha demorado dez minutos, urrava sentindo as tripas derretendo, o fogo calcinando esôfago, garganta, língua e saindo em labaredas pela boca. Obedecendo a instintos primitivos, Luzia correu para o quarto e encontrou seu homem em agonia terminal, os olhos saltando das órbitas e uma baba profusa, regurgitando da bocarra esgoelada, tingia os dentes de ouro de um verde-musgo e descia ensopando o queixo e o pescoço. A visão do homem em seus últimos estertores balançou as certezas de Luzia, e sobreveio um sentimento avassalador de arrependimento. E aí se desencadeou a urgência. Luzia em um segundo trocou o pijama por um vestido, calçou os sapatos, nem mesmo se olhou no espelho para ajeitar os cabelos, usou uma força que não sabia possuir para arrastar o corpulento doente da cama até a porta. Um vizinho insone veio em socorro, arrastaram o moribundo para fora, vomitou no terreiro, salivava abundantemente, as pupilas puntiformes pareciam dois vaga-lumes de brilhos bloqueados, com luzes a ponto de se extinguirem. De algumas janelas abertas outros vizinhos acordados pelos gritos assistiam ao drama, a saída em atropelo por ruas noturnas em busca do único pronto-socorro da cidade, os gritos se extinguindo aos poucos. Foi atendido com lavagem no estômago, uma dose cavalar de atropina e sobreviveu.

Nessas circunstâncias a sociedade da serraria foi sepultada, venderam todo o maquinário, e do que foi apurado promoveu-se uma justa partilha: Urias levou a maior parte do dinheiro, pois meu pai ficou com o caminhão. Sociedade desfeita, meu pai tomaria o rumo da fazenda, indo se ocupar de lavouras, deixando o caminhão parado no fundo do quintal juntando poeira. Quanto ao casal, continuou vivendo sob o mesmo teto. Mas nunca mais o estômago do homem seria o mesmo: não pôde mais comer carne de porco, torresmo, qualquer alimento mais gorduroso, leite, e nada cítrico como laranja ou maracujá, dívidas a serem pagas por Urias em troca do direito de continuar vivo: era ele comer qualquer desses produtos e atacavam-lhe as lancinantes dores na região do estômago e, como que acordadas de uma latência, subiam-lhe pelo esôfago e boca as antigas labaredas e o gosto do veneno de matar rato. E a mais infame das sequelas: daquela noite em diante, seu estômago não foi mais capaz de suportar uma só gota de bebida alcoólica.

Convite de mudar destino

Naquela noite de sexta-feira, o professor Vardin era esperado para a última aula. No ar flutuava uma inquietante eletricidade que aumentou em potência quando ele entrou na sala e depositou sobre a mesa o maço de folhas. Deu o tradicional boa-noite, apagou o quadro e passou a percorrer as carteiras, uma a uma, distribuindo as provas corrigidas. Entre nós os humores oscilavam, alguns resmungos, umas caras fechadas, uns rostos iluminados, afinal era a disciplina mais temida, e o professor não aliviava na cobrança da matéria.

Ter um professor formado em curso superior era um luxo naqueles rincões. Vardin era um engenheiro recém-formado pela Universidade Federal do Paraná, em Curitiba. Creio que voltou para o interior e se tornou nosso professor de matemática na quarta série ginasial em virtude de sua tradicional família possuir grandes fazendas e outras propriedades na região. E o carinhoso apelido a ele atribuído por nossa turma — encurtando e torcendo o nome Oswaldo Giovanetti — talhava bem ao refletir o conjunto da obra: era magro e baixinho, com um bigodinho preto e ralo cobrindo os lábios, ao estilo de Cantinflas, o cômico mexicano das matinês do Cinema Platinense. No entanto era um gigante ao impor silêncio e respeito frente à turma — tributos do mérito, pois sabia com profundidade a matéria, e dispunha de uma capacidade especial de nos encantar com seus truques numéricos.

Provas distribuídas, Vardin foi para o quadro e resolveu, na ordem solicitada, todas as questões, sempre acrescentando comentários. Encerrada a correção, ainda atendeu alguns alunos inconformados que solicitavam esclarecimentos suplementares para uma ou outra questão, sempre na esperança de terem a nota aumentada. Todo esse cerimonial consumiu um pouco mais da metade da aula, e a turma foi dispensada. Houve um alvoroço de arrumar materiais nas bolsas e arrastar de cadeiras: era bom dar adeus a mais uma semana de estudos. Vardin terminava de apagar o quadro e me interrompeu quando passei em direção à porta: "Parabéns pela nota 10".

Saímos da sala caminhando juntos pelo corredor: eu em direção à porta de saída e ele em direção à sala de professores. Antes de nos despedirmos, fui surpreendido pelo convite:

— Venha até minha casa, domingo agora. Quero lhe mostrar alguns livros de matemática, é importante pra você ter a visão de outros autores.

Meu coração disparou, a garganta travou de emoção, e diante de meus olhos passou uma revoada de colibris rajados e sanhaços verdes. Mal conseguindo articular duas palavras de agradecimento, saí apressado. Voltei para casa assobiando, saltitando pelo meio da rua, chutando pedras e latas pelo caminho, era uma boa puxada até as ruas de chão de terra, menos iluminadas, onde eu morava.

Surpreendi minha mãe sentada à mesa da cozinha arrematando costuras: ela não esperava minha chegada antecipada. Geralmente, ao entrar em casa depois da aula, encontrava o fogo aceso e a comida esperando sobre a trempe, aí ela logo me serviria um prato de comida quente. A mãe largou a costura e foi acender o fogo. Meus irmãos já dormiam àquela hora, era o costume, e meu pai passava uma temporada na fazenda, cuidando de lavouras. Mal me sentei à mesa e já extravasei a novidade:

— Mãe, hoje aconteceu algo incrível na escola.

— O que foi, filho? — Ela se virou, um instante em posição ereta, mas logo voltou a se curvar e atiçar o fogo.

— Coisa boa, mamãe. Tirei dez em matemática e, por isso, o professor me convidou para ir à casa dele no domingo.

Enquanto ajeitava as panelas nos buracos da chapa, eu percebia leve preocupação em seu semblante. Não disse nada enquanto ia do guarda-louça para o fogão e para a mesa me trazendo o prato de comida, garfo, faca e um suco. Não retornou à costura; acomodada à minha frente, seus olhos cintilavam de curiosidade. Antes da primeira garfada, eu abri a bolsa e entreguei-lhe a prova: a nota 10 em vermelho destacada no alto da primeira folha e, ao lado, em letras miúdas e bonitas, o elogio do professor: "Parabéns, continue assim, que você vai longe!".

— Muito bem, filho! Não sabe como fico feliz. Mas o que será que o professor quer conversar com você? — Minha mãe folheava a prova, sem entender os símbolos e as enigmáticas fórmulas.

— Deve ser sobre matemática, mãe. Disse que quer me mostrar alguns livros.

Um breve silêncio, só eu fazia barulho saboreando a comida. Agora percebia uma sincera preocupação no rosto da mãe. Não atinava o porquê, se o convite era excelente.

— Ah, mãe! Não é nada demais, o assunto deve ser livros de matemática diferentes.

— Seja qual for o assunto, você precisa ir arrumado.

— Ah, não tem frescura. Não esquenta com isso. O assunto vai ser matemática, não vou a nenhum casamento. Posso ir assim mesmo, como estou.

— Nada disso. Onde já se viu? Com a roupa normal de ir à escola, nem pensar. Filho meu não vai se apresentar de molambo. Amanhã cedinho saio para comprar um pano e preparo uma camisa linda. Você vai ver. E no domingo você vai visitar o professor com pinta de doutorzinho — e estendeu a mão em concha para apoiar meu queixo e levantar meu rosto.

— Ó, mamita, você não toma jeito — mergulhei para dentro dos seus olhos e desmanchei o arranjo de sua mão ao me esticar e plantar um beijo em sua testa. Certa confusão nos movimentos, de quase derrubar o copo de suco de maracujá.

— A calça pode ser aquela marrom, você usou poucas vezes. — A voz vibrava de felicidade: — A camisa vou costurar uma nova e bonita, combinando na cor.

Na tarde do domingo toquei a campainha do portão e logo apareceu o professor. Veio sorridente e, com um aperto de mão e um toque afetuoso em meu ombro, me convidou a entrar; seguimos por uma calçada estreita e comprida sombreada por arbustos altos de onde emanava um aroma agradável de flores — a casa ficava nos fundos. Entramos pela varanda. Eu nunca tinha frequentado uma casa tão bonita e cheirosa.

Na ampla sala, o professor me apresentou à sua esposa. Apertei a mão da jovem mulher num gesto atrapalhado, a timidez travava meu corpo. Sobre a mesa se dispunham os arranjos de xícaras esmaltadas com belos desenhos, colheres, facas, bules e bolos, tudo parecia preparado com antecedência, uma espécie de deferência que me tocava pela solenidade. A esposa se prontificava a me servir. Perguntado, me decidi por um pedaço de bolo de chocolate e apenas uma colher de açúcar no chá. Ela mesma mexeu o chá e colocou, com suas mãos lindas, a xícara fumegante e o pedaço de bolo na minha frente. Depois serviu também ao marido e a si própria, e acomodou-se em uma cadeira ao lado do professor. Eu não tinha costume de tomar chá. Sempre, pelas manhãs, era café com leite e pão com manteiga, chá à tarde era só para algum desarranjo: dor de barriga e lá vinha o erva-doce, dor nos rins e o chá de quebra-pedra dava jeito, dor de garganta não resistia ao chá de romã, hortelã para fortalecer o coração, chá de maracujá para ajudar no sono e infusões de tília para combater as tosses: minha avó e minha mãe conheciam o poder das ervas. Por isso, beber chá de gosto desconhecido e de queimar a língua na primeira bicada não ajudava a me destravar da falta de jeito diante dos meus anfitriões. Vardin começou a tecer loas, dizendo que eu era um aluno nota dez, era a primeira vez em seu magistério que tinha visto três dez consecutivos, e coisa e tal. A esposa abria sorrisos me olhando com candura. Sentado na beirada da cadeira sentia meu rosto afogueado, minhas mãos frias ainda tremiam um pouco, e os sapatos novos, que a mãe fizera questão de comprar com suas economias de costura, me apertavam os pés. Vardin, por certo, percebeu meu estado e, para descontrair, começou a falar do passado, pôs-se a contar com voz calma fatos de sua vida de universitário na Faculdade de Engenharia: "Uma cidade universitária, Curitiba, cheia de estudantes de todo estado e de outros lugares do Brasil. Muitos cafés e livrarias, mas o inverno é de rachar, a temperatura fica dias e noites abaixo do zero". Seu modo de contar os episódios foi me serenando, cenas imaginadas, a ponto de eu me soltar um pouco, balbuciar meus modestos planos. Do presente, de curto prazo, falei sobre a pedra no caminho, pedra conhecida de todos: nosso colégio só oferecia turmas até o segundo ano do científico. Por isso, quando terminasse meus estudos, dali a um pouco mais de dois anos, eu planejava ir para Jacarezinho, eram só vinte e um quilômetros, e lá concluir o científico. E na continuação entrar na tal Faculdade de Matemática que funcionava por lá. Eu abria para o mestre e sua esposa meus inverossímeis planos futuros: pretendia ser professor de matemática. Senti apoio nos olhares, guardo a impressão de uma delicada reverência ao escutarem meus sonhos. Não conheciam a que altura imponderável eu elevava meus planos, seria difícil estudar e trabalhar em outra cidade, meus pais não tinham recursos e na verdade, desde sempre, eu era quem ajudava na casa com meus poucos ganhos. Planejava um castelo de cartas suspenso nos ares. Mas naquele momento de paz, as emoções um pouco mais controladas, tomando chá, eu voltava com coragem às minhas utopias. E encontrava no professor e na sua esposa gestos de apoio, cena bem diversa do que se passou em um dia de férias na fazenda, quando extravasei esse desejo de continuar meus estudos em Jacarezinho e recebi da avó um choque de realidade: "Menino, não é de bom feitio cultivar desejo que não pode ser satisfeito". Minha avó nem desconfiava naquela ocasião, e eu também nem confessei ali na cerimônia do chá, que o cume mais alto da minha delirante utopia apontava para Curitiba, ser um engenheiro, um sonho extravagante que, às vezes, me tomava de assalto, como tinha ocorrido um pouco antes, no começo da conversa, quando, para me descontrair, Vardin comentava de seu tempo de estudante na capital. Depois me conduziu até a sua biblioteca e de uma das prateleiras retirou três livros de matemática, que estavam já reservados. Acariciei os tesouros, enquanto ele estipulava o prazo de empréstimo em dois meses e acrescentava as orientações:

— Aí tem os assuntos que estamos estudando e muito mais. Os autores abordam os conteúdos com pontos de vista distintos. É importante aprender os muitos caminhos da matemática. E mais ainda: nunca esmoreça nos estudos, assim você vai descobrir, cada vez mais, a beleza da disciplina. Eu apoio plenamente essa sua vocação de ser um professor — falava com certa solenidade, como se tivesse preparado antes as frases.

Depois, em pé na varanda, nos aprontos da saída, sua mulher reapareceu apresentando as despedidas e me entregando uma vasilha envolta em um pano. "Leve esse bolo pra sua mãe. Não precisa devolver nada, fica tudo de presente". Um tal gesto inesperado de carinho me deixou de novo com o rosto afogueado, e agradeci como pude, de um modo meio desajeitado.

O professor me acompanhou além do portão, onde me surpreendeu sua oferta de me levar de volta para casa. Só nesse momento percebi o Karmann-Ghia novo estacionado em frente — ele, por certo, tinha premeditado a carona, e antes da minha chegada havia retirado o carro da garagem. Um automóvel confortável, cheirando a novo e silencioso, e lá ia eu de janela aberta, em pose de autoridade, deslizando pela rua principal da cidade. Depois entramos numa rua sem calçamento, viramos para outra rua ainda mais precária com algumas pequenas crateras deixadas pelas correntezas das águas de chuva, onde o carro avançava devagar, sacolejando em suas confortáveis molas, até chegarmos defronte à minha casa.

A tarde de domingo esmorecia. Entrei em casa feliz e entreguei à mãe o embrulho com o pano bonito bordado com delicados ramos verdes, passarinhos vermelhos e borboletas azuis. Aliviei meus pés dos sapatos apertados e fui para meu quarto com os livros: teria diversão para aquela noite.

Salto duplo no trapézio do infinito

Folheando os livros, encontrei dentro de cada um folhas escritas na letra bonita e miúda do professor: eram roteiros de estudo, inclusive indicando uma extensa coleção de exercícios a resolver. E no sobrevoo de reconhecimento, abrindo um livro e outro, nos variados assuntos de álgebra, aritmética, geometria, experimentava a primeira deliciosa surpresa: cada autor parecia ter um modo diferente de escrever. Num dos livros, no assunto geometria, jorrava mais texto do que contas e, em especial, me impressionaram as argumentações sutis na prova do Teorema de Tales, conjugando as ideias de convergência e de infinito.

Semanas mais tarde, em uma noite de quinta-feira, após as aulas, folheando os livros, encontrei um problema singular: pedia o valor da soma:

$$S = \frac{1}{2} + \frac{2}{4} + \frac{3}{8} + \frac{4}{16} + \frac{5}{32} + \cdots + \frac{n}{2^n} + \cdots$$

Ao primeiro exame, a soma infinita de frações mostrava sua peculiar mistura: os numeradores se dispunham em progressão aritmética e os denominadores em progressão geométrica. Logo atinei ser essa informação a ponta da meada por onde desenrolar o novelo. Nesse caminho, tentei durante horas combinar os métodos de solução que eu conhecia no assunto progressões. Mas toda tentativa me catapultava ao ponto inicial. Páginas e mais páginas rabiscadas iam se acumulando sobre a mesa, ao ponto de me pesarem as pálpebras. Fechei o livro e olhei o relógio. Duas horas e quinze, passava muito da hora de dormir. Já era sexta-feira e dali a pouco, com o corpo ainda cheio de sono, eu embarcaria na carroceria de um caminhão, rumo a mais um dia de trabalho.

Era um tempo pós-sociedade com o compadre Urias, meu pai vivia a maior parte do tempo na fazenda envolvido em plantações, minha mãe tinha expandido sua freguesia de costuras e eu ajudava nas finanças com meu trabalho sazonal nos cafezais dos arredores. Trabalho pesado de limpeza e colheita: homens, mulheres e crianças crescidas subíamos no caminhão ainda com o dia escuro. Cada pessoa levava marmita para um almoço de boia-fria. No fim do dia, o mesmo caminhão trazia todo mundo de volta para o ponto. Essa era minha rotina de segunda a sexta. Entre o desembarque, no retorno da lavoura, e o início da primeira aula da noite, eu tinha um tempo curto para tomar banho e enganar o estômago com um copo de leite quente e um sanduiche preparado pela mãe. Às vezes o tempo era tão curto que tudo se atropelava, eu vestia roupa limpa sobre o corpo suado, tomava o leite e saía disparado para o colégio, comendo o sanduíche pelo caminho. E tudo podia complicar ainda mais, bastava uma pequena avaria na volta da jornada, um pneu estourado, ou como uma vez em que a água do radiador ferveu e tivemos de ficar um bom tempo parados, esperando o motor esfriar. Nessa noite eu perdi a primeira aula.

Naquela sexta-feira de corpo doendo de sono — eu gastava meu suor coroando de enxada os pés de café da Fazenda Monte Real, antes da derriçada dos grãos —, de vez em quando a peculiar *soma infinita* saltava sonâmbula do meu inconsciente. Ela havia embarcado comigo na carroceria do caminhão. O trabalho automático me permitia dividir a atenção: raspando a enxada no chão vermelho, eu saía em passeio aleatório com aquela *soma infinita* pelos labirintos da mente. Cada vez mais eu me afeiçoava a esse modo de tentar resolver questões de matemática, no estilo "fazer contas de cabeça". Tempos mais tarde eu saberia de muitos matemáticos que gostavam de resolver problemas se movimentando, como o caso acontecido com Tales de Mileto no século 4 a.C. O imortal filósofo e primeiro homem de ciência, ao caminhar distraído olhando um céu noturno de lua cheia em busca da verdade oculta sobre eclipses solares, caiu num poço. Nada aconteceu de grave: a cena foi mais para o hilário, capaz de arrancar uma boa risada de sua jovem criada, a qual viu tudo, quando se deslocava até uma fonte em busca de água. A moça não perdeu a piada — desde esse tempo tão antigo perdia-se o amigo, mas não se perdia a piada — e deixou escapar essas palavras gravadas para sempre na lenda: "Como pode descobrir os segredos do céu quem não sabe nem mesmo governar seus passos na Terra?".

De retorno no finzinho da tarde, ao saltar do caminhão, a *soma* saltou comigo. Iria chegar em casa em tempo de tomar um bom banho, reavivar por momentos a energia do corpo. Era comum isso acontecer às sextas-feiras, como uma espécie de prêmio. Nos fins das jornadas desses dias, o caminhão zunia nas retas e fritava os pneus nas curvas da estrada: era o motorista eufórico e ansioso querendo chegar em casa, e começar logo seu lazer de fim de semana.

Saí de casa após tomar banho e jantar. Comigo vinha nos rascunhos e na mente a *soma* não resolvida. Caminhava feliz naquele princípio de noite. E por que não seria assim, no auge da energia dos meus dezesseis anos? Ia para a última noite de aulas da semana, teria pela frente dois dias de folga no trabalho da lavoura. Tempo auspicioso para assistir, no domingo, a matinê do Cinema Platinense — cairia bem um faroeste misturado com indígenas no Velho Oeste americano, ou uma comédia de Oscarito e Grande Otelo ou do cômico mexicano Cantinflas —, no sábado, talvez, um futebolzinho de manhã com a gurizada amiga ou talvez um banho no riacho. Sim, tudo peças variáveis no cesto de possibilidades. Mas, apesar do rol de escolhas volúveis, não faltaria um tempo elástico de louvor à matemática, tributos à minha ciumenta e exigente amante e, de longe, minha diversão mais dileta.

Ao fim da aula daquela sexta-feira, enquanto Vardin apagava o quadro, eu me aproximei e comentei sobre o problema da *soma*, disse que estava num dos livros do empréstimo, e ele anotou o enunciado em uma folha em branco, com a promessa de comentar na próxima aula.

De volta à casa, encontrei carinho sobre a mesa na forma de um pedaço de bolo de forno a lenha e um copo de suco de maracujá. De novo e sempre o tal suco à minha frente, era o manjado truque de minha mãe tentando me dopar naquela sexta-feira. Pois, sabendo que no outro dia eu não embarcaria no caminhão, ela tencionava me desviar de uma maratona de estudo que avançaria até alta madrugada. Eu comia o bolo e tomava o suco com vontade. Ela, a mãe, sentada em minha frente puxava a conversa noturna cotidiana, e eu sem poder dar a devida atenção, com a cabeça turbinada, calculando.

— Magrinho, por onde anda sua cabeça avoada? — A mãe tinha se levantado da cadeira, estava atrás de mim e arrumava meus cabelos descobrindo-me a testa.

— Nada, não, mãe, é um problema...

— O que foi, filho? Aconteceu alguma coisa? — Na voz uma leve sombra de preocupação.

— Nada, mãe, minha cabeça grudou em um problema de matemática...

— Ah, já vem você de novo encasquetado com problemas. Não gosto de ver você puxando demais pela mente. Hoje vai dormir cedo, combinado? Toma logo esse suco. A semana foi espichada.

Falava sério, um calor de proteção na voz, eu permanecia calado sem nada prometer. Ela passou para o outro lado da mesa, no movimento de se retirar, e de frente para mim enfatizou as ordens:

— Essa noite, nada de varar a madrugada estudando. Coma e vá direto para a cama, tá bem? Eu ainda vou ficar acordada um pouco, preciso adiantar o vestido da comadre Cotinha. O batizado é domingo, sabe?

Conselho de mãe, "faça o que peço e não faça o que eu faço", eu escutava pela metade, dividindo os pensamentos com a *soma S*. Terminado o lanche fui para a pia lavar a louça, a louça que eu tinha usado e mais pratos, talheres e panelas depositados à espera. Logo ouvi o barulho da máquina de costura. Enxuguei e guardei a louça limpa; peguei minha bolsa pendurada na cadeira e fui para a sala. Cheguei sorrateiro por trás e dei um beijo no topo da cabeça da mãe:

— Esse é o vestido da sua comadre?

— É, sim. É um vestido bonito. Cotinha tem bom gosto para escolher estampa... Mas acho que dessa vez tá muito colorido pra idade...

Eu me sentei numa cadeira e ocupei um canto da mesa com meus cadernos, com a desculpa de ficar apenas quinze minutos. A mãe fez que acreditou. Nem protestou, já concentrada na sua costura, capitulava diante da minha natureza.

Nas noites de fins de semana, aquela era nossa distribuição preferencial no espaço da sala, só eu e ela acordados, meu pai esticando sua temporada de trabalho na fazenda e meus irmãos menores dormindo. Não tinha dificuldade em me concentrar nos estudos, já acostumado ao barulho singular da agulha no tecido, o baque suave dos pedais da máquina. E fui ficando, a mãe costurando e fazendo vistas grossas. De minha posição, se erguesse os olhos poderia vê-la de perfil, os longos cabelos negros até a metade das costas, a cabeça pendida concentrada no tecido. Só o barulho suave da máquina na noite silenciosa, doce companhia materna, duas cabeças concentradas, cada qual com seu leão para domar, o de minha mãe um animal de zoológico — ela sabia o roteiro completo do seu trabalho: aquela noite e mais um dia e uma noite para terminar o vestido —, eu com meu leão selvagem, bicho solto nas savanas africanas: uma *soma infinita* resistindo, como um bloco de granito resistiria ao cinzel inadequado de um escultor aprendiz. A mãe avançava, eu não saía do lugar. Um pouco depois das três horas da madrugada a máquina silenciou, a costura em andamento era guardada com capricho na gaveta da cômoda — nada de deixar em cima da mesa, podia passar um rato —, e veio o ultimato:

— Hora da cama, magrinho esperto, me enganou mais uma vez, né? — E já ela de novo estava em pé, às minhas costas acariciando meus cabelos, descobrindo minha testa, um jeito delicado de atrapalhar minha concentração. — Amanhã o dia é uma invernada imensa, filho, sem fecho de cercas. Vamos já dormir. — Ensaiei ainda uns resmungos de contrariedade, mas a mãe não arredou pé, ali atrás continuava a me desconcentrar, até que eu me levantei da cadeira, arrumei as folhas soltas escritas sobre a mesa e tomei o rumo da cama.

No sábado, sempre em companhia da *soma*, entremeei cálculos mentais com brincadeiras: de manhã fui jogar futebol com os amigos, também ajudei em casa rachando lenha; à tarde mais futebol, perdi um gol embaixo das traves, sempre o onipresente problema da *soma S* latejando na mente. Depois, à noite, quando fui ocupar meu lugar na sala, minha mãe já trabalhava concentrada.

— Como vai o vestido, mãe?

— Agora só faltam os arremates de mão. Amanhã, bem cedo, a comadre Cotinha vem buscar — respondeu, sem levantar os olhos. Ruídos macios da agulha de mão furando o tecido, cerzindo uma casa de botão, nada de barulho de pedais, uma situação ideal para lutar com a *soma S*.

O efeito foi um salto escandaloso, monumental, derrubando a cadeira e assustando a mãe, que por pouco não enfiou a agulha no dedo (como ela comentaria depois). Após controlar o susto, intrigada me interpelou: "Menino, você tá passando mal?". Eu andava em semicírculos de um lado a outro da mesa e da cadeira derrubada, extasiado com a maravilhosa solução, desatada num lampejo de inspiração. Agora, recordando esse fato depois de tanto tempo passado, dou razão ao pintor Pablo Picasso quando, ao responder ao repórter que lhe pedia opinião sobre se existe ou não a tal inspiração, cunhou a pérola: "Ah, a inspiração? Bem, se ela por acaso te encontrar, é bom que o encontre trabalhando!".

Matemática no banco da praça

Dormi pouco na madrugada daquele sábado para domingo. Antes das oito horas já tinha tomado café da manhã e ajeitado na bolsa o material de estudo. Meus irmãos ainda dormiam, dei um beijo em minha mãe e saí em direção à praça da cidade. Caminhava como se tivesse sapatos de algodão, uma deliciosa sensação de triunfo: eu conhecia o valor da *soma S*. Na praça vazia àquela hora, meu banco preferido de pouso em muitos domingos parecia aguardar minha chegada: eu teria, em quase toda a manhã, o abrigo de uma frondosa sombra. Sentei e acomodei a bolsa de couro ao meu lado. Como fazia parte do algoritmo de preparo à concentração, de início observei sem método os movimentos ao meu redor: o voo dos pássaros de uma árvore a outra, o chamado dos sinos para a missa, aqui e ali pequenos grupos de homens, mulheres e crianças tagarelas, quase todos em roupa de domingo, caminhando em direção à porta aberta da igreja. Encerrada a parte inicial do algoritmo, a mente liberada após a higiênica dispersão, mergulhei nos cálculos. Revisei três vezes as contas da madrugada e passei a limpo: estavam perfeitas, foi meu veredicto! De novo me invadiu uma onda de excitação e vitalidade: a consciência de ter encontrado a saída do labirinto. Ainda tendo em mãos as folhas com o registro dos cálculos, ergui os olhos em direção à copa da árvore, uma sensação de agradecimento à sombra generosa. E ao fechar os olhos, incomodado pela profusão de luz filtrada do emaranhado de galhos e folhas, lembrei do sorriso de triunfo de Vardin e de suas palavras de revelação, diante do quadro--negro, após resolver um bom problema:

— Meus queridos alunos, uma pequena e boa ideia derruba uma pergunta gigante. Às vezes não acontece num instante, num estalar de dedos. Nas minhas aulas pode até parecer milagre para vocês, eu mal escrevo o problema no quadro e já resolvo. Não é assim que a banda toca. Lembrem-se, eu preparo o assunto antes. Quando chego aqui, diante de vocês, tenho o pacote completo: o enunciado e a solução. Mas resolver uma questão mais difícil pela primeira vez necessita de tempo, dias e até semanas. Por isso, ao enfrentar um problema de matemática mais resistente, esqueçam dos prazos.

Eu acabava de viver essas emoções profetizadas pelo mestre. Retornei com vigor aos cálculos, manipulando de outros modos o problema já vencido. E, sem nem mesmo esperar o badalar dos sinos anunciando o fim da missa, de novo a deusa bailarina, em trajes cintilantes de estrelas, envolta em nebulosas, lantejoulas e arco-íris, rodopiava nas sapatilhas diante de mim, aconselhando: "Esse labirinto tem mais de uma saída, você venceu por pontos, mas pode vencer por nocaute!", era a revelação. E foi como aconteceu o acesso a uma segunda via diferente, de outro modo, em quatro linhas curtas de cálculos, se revelava o valor singular da *soma S* de infinitas parcelas: uma manhã de domingo de ventos perfeitos, a drapejar as velas do meu pequeno barco no imenso oceano dos números, eu tinha chegado a uma outra solução simples, direta. Retornei para casa certo de que a matemática gostava de mim.

*

Nas segundas-feiras, de ordinário, eu me arrastava até o colégio com pouco entusiasmo, pois não tinha aula de matemática. Mas naquele início de noite eu caminhava excitado, levava as soluções escritas e organizadas e tentava me lembrar se o Vardin dava aula em alguma outra série. Eu precisava, sem demora, encontrar uma oportunidade de lhe mostrar as minhas soluções.

Com os pensamentos em outro lugar, assisti às duas primeiras aulas, anteriores ao recreio. Soou o intervalo, o professor saiu da sala, e eu também estava saindo na porta quando encontrei o inspetor de alunos portando o aviso: "O doutor Oswaldo quer te ver na sala dos professores".

O convite teria a ver com a *soma infinita*? No mesmo instante saí apressado pelo corredor. Mal avistei Vardin em frente à porta da sala de professores, ele se pôs a caminhar ao meu encontro. No rosto uma lua crescente de felicidade a ampliar um desinibido sorriso embaixo do seu bigodinho Cantinflas. "Preciso lhe mostrar algo", logo declarou, e segui seus passos. Dentro da sala estavam todos os professores do horário, conversavam animadamente em torno da mesa central. O professor Tanko, de blazer azul, camisa branca, impecável gravata-borboleta preta, falava alguma coisa sussurrada ao ouvido do Quinzé. O velho professor de química o escutava atento. Ambos se viraram ao me verem entrar atrás de Vardin: Tanko lançando um olhar sorridente de boas-vindas e Quinzé me observando com sua peculiar mirada bovina. De certo modo eu chamava a atenção ao invadir o recreio daquele clube privado. Atravessamos no meio das conversas, até alcançarmos uma pequena mesa secundária no fundo da sala. O assunto de minha convocação urgente logo se esclareceu: tratava-se do problema da *soma S*. Numa folha espalmada sobre a mesa, Vardin iniciou as explicações.

— O truque é desmanchar a soma original e reorganizar na forma de infinitas somas de progressões geométricas — resumia, em poucas palavras, sua filosofia de abordagem. E, após vários desenvolvimentos, ocupando quase uma página inteira, me apresentava o valor da soma:

$$S = \frac{1}{2} + \frac{2}{4} + \frac{3}{8} + \frac{4}{16} + \frac{5}{32} + \cdots = 2$$

Não tive dificuldade em entender as manobras e precisei fingir entusiasmo, pois essa era a solução que eu tinha encontrado na madrugada de sábado, um pouco antes do pulo desajeitado derrubando a cadeira e assustando minha mãe. O desenvolvimento era o mesmo, a inovação ficava por conta da beleza das equações dispostas em letras e números, em uma escrita límpida, formosa e organizada com esmero. E então fui tocado por uma ideia generosa:

— Professor, eu também resolvi a questão, mas por outro caminho!

Ele me olhou de frente, e senti uma genuína alegria marulhar por todo o seu semblante. Aquela alegria do mestre a estimular o aprendiz, sem medo de sombras futuras sobre sua força matemática: um sentimento natural, mas só entre os verdadeiramente grandes. E entregando-me sua caneta, e passando junto um papel em branco, pediu logo a tal outra solução. O prazer de tocar com os dedos a caneta do mestre, nós dois acomodados em cadeiras coladas na pequena mesa no canto da sala — como pano de fundo, as vozes e risos dos professores pegando os materiais e já saindo para a próxima aula —, eu ia indicando ao mestre a segunda via, como, por um caminho rápido e correto, chegar ao mesmo valor para a *soma*.

Ainda sentados, em proximidade de quase tocarmos os cotovelos, admirando as soluções, a sala já bastante esvaziada, eu sentia o carinho de aprovação do mestre, uma sensação de parceria no ofício. Sob dois ataques fulminantes sucumbia a *soma infinita*: a vitória por pontos e a vitória por nocaute.

Tiros na serraria

O pai subiu os degraus da varanda de sorriso tão largo que até parecia uma criança voltando de assistir à matinê do circo; e foi logo anunciando em voz alta:

— Tenho uma ótima notícia! Nena, crianças, venham aqui! — A novidade não podia esperar nem um segundo. Eu abandonei o livro e passei a observar a cena de onde estava sentado, numa cadeira ao canto da varanda. Alencar irrompeu saltitante, logo veio a mãe apressada trazendo Altair pela mão, e ele abraçou as pernas do pai.

— Vou montar outra serraria, muito mais possante, de sociedade com um sujeito chamado Amaral — anunciava o pai, no centro da reunião relâmpago. — Tá tudo certo. Eu entro com nosso caminhão.

Era a notícia, à maneira de um presente caído do céu. O sócio anunciado, de nome Amaral, sustentaria todo o investimento inicial: entraria com capital suficiente para comprar uma serraria há tempos encostada em um município vizinho, garantiria os recursos para a aquisição das primeiras toras de madeira e, ainda mais, cederia o terreno onde instalar o maquinário. Para o pai o arranjo era bom demais: o combinado era que, após amortizados os investimentos, a participação na sociedade seria de cinquenta por cento do lucro líquido. E a proposta estabelecida nesses termos, tão vantajosa para o nosso lado, só se explicava porque entrava no jogo a experiência do pai em lidar com caminhões e sua capacidade em montar e manusear maquinários de serraria.

O terreno do tal Amaral deveria equivaler a mais de quinze campos de futebol, em área contínua. Os duzentos e poucos metros da parte da frente margeavam uma rua larga que ia dar, um pouco acima, na rodovia que contornava a cidade pelo lado norte. Na parte dos fundos (bem mais comprida, cerca de oitocentos metros), se estendia um pasto de grama verdinha onde vagavam umas duas dezenas de vacas, bois e cabritos. A serraria foi montada na parte da frente do terreno, a boa casa de alvenaria do Amaral também era de frente, mas um pouco distante, e para nossa moradia coube uma sólida e isolada casa antiga de madeira, nos fundos do pasto, sem cercas de isolamento. Às vezes, uma janela aberta era motivo de uma vaca curiosa por ali enfiar a cabeça em bizarra bisbilhotice, provocando enormes sustos nas primeiras vezes. Depois virou costume, e eu até reservava bananas verdes para estimular as amistosas amizades. Mas o maior destaque foi uma vaquinha malhada, muito mansinha e apreciadora do punhado de sal grosso oferecido pela janela — era delicioso e perturbador sentir o contato áspero daquela língua a roçar a palma da minha mão. Não sabia seu nome e por isso a chamava de Palmira, pegando emprestado o nome de uma vaquinha simpática da fazenda do meu avô.

Distanciado uns vinte metros da porta da cozinha, o terreno emendava com uma pequena mata de árvores frondosas e altas e por lá passava um riacho de águas límpidas. O lugar era ponto de encontro de nós, meninos — uns miúdos, outros já adolescentes —, para nadar, surpreender passarinhos com pelotadas de estilingue, brincar de subir nas árvores e, pelo alto, imitando macacos, aproveitando os contatos dos galhos, passar de uma árvore à outra. Era também local de transgredir e revelar segredos. Lá, tentei fumar meu primeiro cigarro feito com fumo de rolo. Levei canivete e palha de milho como mandava o figurino — ah, eu adorava o cheiro! —, mas na primeira tragada a pressão baixou e tive de me sentar no chão para não desmaiar. Foi para lá que, numa manhã de domingo, levei certa vez um primo, quatro anos mais novo, para exibir a gosma grossa e esbranquiçada expelida depois de um bom serrote de pau duro. "Pode ir se preparando, sua vez tá chegando", eu disse em fleuma de galinho novo, recuperando o fôlego.

Amaral era um homem velho, baixo, e de uma magreza em paradoxo com o ventre protuberante de homem sedentário. Ao estilo do personagem Popeye, a qualquer tempo pendia um cachimbo preso entre os dentes, do lado esquerdo da boca. Não gostava de ficar parado. Quando precisava conversar com alguém — conversa banal ou de acerto de negócios — sempre o fazia andando de um lado para outro, enquanto pitava ou mascava o cachimbo, a depender do estado de sua prótese, acesa ou apagada. Se acesa, o homem parecia uma locomotiva antiga movida a lenha, deixando um fio de fumaça se alongando ao vento. Se apagada, de tempos em tempos, ouvia-se um ruído fino do ar sendo puxado através do tubo vazio. E, por certo, a agressão constante da fumaça daquele lado do rosto era a causa de seu olho esquerdo permanecer quase sempre fechado, dando-lhe um ar vago de uma espécie de ciclope assimétrico.

No início da sociedade, eu cursava a primeira série do científico, em período noturno, e então pude ajudar meu pai, primeiro na montagem, depois na operação das máquinas. Trabalhar no comando de uma serra exige força e cuidado. Nas recordações daquele tempo sobrevivem sensações misturadas de vitalidade, felicidade e, também, de medo. Era preciso manter em alerta a consciência do perigo, volta e meia espocavam situações dramáticas no palco de trabalho, como o caso de uma serra se esfacelar durante a operação, produzindo uma chuva errante de pequenos projéteis de metal voando para todos os lados, e era um salve-se quem puder da arrebentação. Apesar dos riscos, as condições de trabalho eram melhores, eu já não precisava mais embarcar em caminhões de boia-fria.

O primeiro ano foi um tempo de trabalho firme e dedicado. A madeira serrada vendia mais fácil do que a pipoca do carrinho em frente ao cinema. Tanto que, em muitas ocasiões, as máquinas continuavam a cortar madeira noite adentro. Ao voltar da última aula do colégio, de longe já escutava o barulho das serras e, às vezes, chegava em casa, comia alguma coisa e ia para lá dar uma última força. O pai anotava num caderno, de modo precário, as entradas de toras no pátio, as saídas de madeira beneficiada e as retiradas mensais em dinheiro que fazia (sempre só o necessário para as despesas da família). Segundo suas projeções, todos os investimentos estariam amortizados depois de sete meses de operação, e seria o momento de começar a divisão paritária do lucro. Por isso, quando o empreendimento completou nove meses, meu pai pediu um balanço das contas.

Isso aconteceu num intervalo de almoço, os dois empregados estavam deitados de chapéu no rosto, em descanso de corpos, dentro do silêncio repousante das serras paradas. Amaral chamou o contador e passou o pedido. O homenzinho branquelo e gorducho, óculos redondos e pesados, ofegante, alertou que a tarefa seria demorada, pois tinha outros trabalhos na frente. Esse contador, pessoa de confiança de Amaral, guardava a sete chaves os registros financeiros da sociedade. Passaram-se quase dois meses desde essa primeira tentativa, e nada de balanço. Meu pai insistiu e Amaral pediu paciência; de novo apresentou a desculpa de serviços mais prementes no setor da contabilidade. Nesse ponto o assunto passou a preocupar muito. A sociedade nascera igualitária, mas nenhum documento havia sido firmado. E por quê? Ora, o pai era frouxo para assuntos de formalidade. Na simplicidade de homem vindo da roça, com pouco conhecimento de números e letras, para ele era suficiente a palavra, a "garantia do fio do bigode".

O tempo foi passando e nada de balanço. Resolvemos então organizar uma contabilidade paralela. Durante um mês inteiro fiquei à frente desse trabalho, organizando as anotações antigas do pai e registrando o movimento do presente. Logo pude deduzir, calculando por baixo, a magnitude dos lucros: havia razoável superávit a ser dividido.

Mas a situação continuava como sempre: Amaral pagava as toras vindas das matas e ficava com todo o dinheiro da venda de madeira beneficiada. Sobre o acerto de contas nenhuma notícia, apesar de novas insistências. Seguia o jogo da dissimulação: o homem garantia que não precisava ter pressa, o contador já tinha resultados parciais dando conta de que a serraria ainda estava pagando os investimentos. E ainda veio com uma conversa mole de que em tal balanço era preciso incluir, em desfavor de meu pai, os valores dos aluguéis da casa velha do pasto e também incluir um valor mensal, a título de aluguel do terreno onde se erguia a serraria, além de juros perante o capital inicial investido. Todo um blá-blá-blá a introduzir penduricalhos de dívidas contra meu pai: o contrato no *fio do bigode* explodia em cavacos no espaço. Ciente da arapuca, meu pai comprou à prestação um terreno perto da serraria e passou a retirar madeira da sociedade para construir nossa casa.

Com apenas um carpinteiro contratado para ajudar, toda nossa energia foi colocada no empreendimento: trabalhamos fins de tarde, noites adentro e fins de semana. A casa foi estabilizada em cima de pilares de tijolos. O terreno era barato e, por isso, muito inclinado. A varanda da frente ficou rente ao chão, quase no mesmo nível da rua, e depois vinham os outros cômodos: a sala, o corredor dando para dois quartos grandes e dois quartos pequenos, a cozinha e uma varandinha de fundos, oferecendo uma bela vista dos tetos das casas da cidade lá embaixo. Meu pai fazia uma casa grande para retirar o máximo possível de madeira. Na parte dos fundos, os pilares de tijolos elevavam a casa a quase dois metros do chão. Tudo foi tocado em regime de urgência, meu pai tinha aguda consciência de que a qualquer momento a panela de pressão poderia estourar, e nessa hora seria preciso estar morando fora dos domínios do Amaral. No momento do telhado e da pintura, meu pai reuniu uns amigos em um mutirão de fim de semana, até meu irmão Alencar ajudou em pequenas tarefas e minha mãe carregou telhas e pintou paredes.

Naquela noite de sábado fomos dormir felizes com a imagem da cobertura de telhas novas, da pintura apenas pelo lado de dentro — brancas as paredes, azuis as janelas —, uma visão linda de nossa casa própria. As primeiras luzes do domingo nos encontraram fora da cama. Tudo estava pronto para embarque. Durante aqueles últimos dias e noites, em trabalho de formiguinha, tudo foi preparado para a retirada. Sentindo a deliciosa fragrância do café que minha mãe passava no coador, eu e meu pai levantávamos para o caminhão os móveis mais pesados, enquanto o Alencar ajudava nas caixas de madeira e de papelão contendo os objetos das gavetas esvaziadas e outros itens menores e mais leves. Não foi preciso uma acomodação muito caprichada dos objetos na carroceria, pois o deslocamento seria de cerca de um quilômetro e meio em terreno plano, até a nossa nova casa. Antes de partir, em ritual de despedida, eu presenteei Palmira pela janela, oferecendo à querida vaquinha duas bananas verdes e um punhado de sal. Dias mais tarde, habitando a casa nova, sentiria uma fina saudade da minha amiga matinal, a me saudar com olhos imensos e focinho molhado, intrometendo a cabeça pela janela. Mas não se pode ter tudo, não é mesmo?

Nos dias seguintes meu pai voltava a martelar em ferro frio; insistia com Amaral, queria de todo modo conhecer o balanço. O homem, entre as fumaças do cachimbo, reagia avisando que com a retirada da madeira para construir a casa a dívida de meu pai havia espichado além da conta. A tramoia era mais que evidente, as contas estavam sob regime de segredo. De paciência estourada, meu pai surpreendeu o contador sozinho em sua sala e exigiu, na hora, uma vista mesmo que parcial do balanço. Eu o acompanhava na intempestiva intromissão. O homem foi apanhado de óculos debruçados sobre uns papéis e, ao levantar a cabeça, o rosto rosado ficou da cor do leite, faíscas saltaram de seus olhos amedrontados, parecia estar diante de um incêndio; meio atrapalhado, desenroscou seu corpo da cadeira e foi até um armário, de onde retirou alguns blocos de notas e livros de registros das gavetas e os depositou sobre a mesa. Explicava as contas, fingindo estar recomposto do susto, e por certo julgando que afinal seria tranquilo engambelar um homem iletrado e o adolescente imberbe. Mas rapidamente percebi notas falsificadas ou rasuradas, e resultados de venda muito aquém da quantidade de madeira bruta que entrava nos pátios da serraria: entrada gigante e saída exígua orquestravam a fraude grosseira.

Duas horas depois, presenciei a péssima conversa com Amaral, injúrias e agressões verbais de ambos os lados. Sem tino de avença e para não acontecer uma desgraça, meu pai se afastou da serraria e foi atrás de advogado, acionar a justiça. E como tudo estava no território do Amaral, ficamos sem dinheiro e sem trabalho.

Como novo meio de vida, meu pai arrendou uma pequena olaria do outro lado da rodovia estadual. O proprietário cedia todo o maquinário, os fornos, os galpões, uma carroça, dois burros e os barrancos de onde seriam retirados os barros duros para o tijolo. O combinado era ceder ao dono a terça parte da produção bruta. Um trabalho pesado, era preciso golpear o barranco com a ponta aguda da picareta para arrancar o barro seco e depois transportar na carroça de duas rodas — suportava o varão um burro pesado e escuro, o Rochedo, e à frente, esticando a corrente, navegava o leve burrinho castanho, o Lambari. Eram, em média, cinco viagens no período da tarde. O barro era umedecido durante toda a noite e no outro dia de madrugada começava a ser moído, amaciado, no engenho de grandes rodas dentadas de madeira, em giro circular tracionado pelos burros, produzindo a massa escura, uniforme, matéria-prima a ser moldada em tijolos. Tijolos crus que seriam secados à sombra, dentro de um comprido galpão, e depois levados ao forno para a queima. Durante três dias e três noites as fornalhas, em fogaréu ininterrupto de altas labaredas, devoravam dois caminhões de lenha para produzir uma fornada de trinta mil tijolos.

Nessa altura do tempo eu iniciava a segunda série do científico, e, nas noites escuras em que me cabia ficar sozinho alimentando o fogo, essa era a luz a iluminar meus estudos de biologia, química, matemática, física... e aconteciam repentes, de a imaginação avançar longe, e com os pensamentos em voos aleatórios eu tentava desvendar os presságios do meu futuro nos desenhos mutantes das compridas línguas de fogo emergentes das bocas dos fornos, e via o meu destino de professor ou engenheiro, ora casado com uma médica, ora com uma advogada, bastaria perseverar nos livros.

Numa tarde quieta do pasto da olaria, eu estava cavando o barro duro — a carroça encostada na beirada com os burros atrelados — quando escutei os três estampidos secos vindo da direção da serraria. Rochedo e Lambari de pronto levantaram as orelhas e um lampejo frio percorreu meu corpo suado. Só pude considerar os piores pressentimentos. Abandonei tudo, a picareta cravada no barranco, os burros presos nas correntes, e saí pela porteira. Na estrada, corria no limite da força de minhas pernas, nem mesmo me detive para apanhar o chapéu de palha voado da cabeça.

Ao chegar ao local, dei com pessoas aglomeradas diante da mancha vermelha no chão. Conversavam de cabeças baixas, um comportamento de velório com corpo ausente. Eu soube do pior: o pai tinha sido baleado. Os relatos eram conflitantes, uns dizendo que já tinha morrido, outros dizendo que ainda respirava quando foi recolhido desacordado. Mas em um ponto todos concordavam: tinha sido atingido por dois tiros, um nas costas e outro na cabeça.

Agonia

Depois de tanto tempo, permanecem vivos em minha memória os últimos acontecimentos antecedentes ao desenlace fatídico daquela tarde de segunda-feira. No sábado anterior tínhamos trabalhado na olaria. No domingo cedo, eu e meu pai, levando as nossas contas, tentamos encontrar Amaral. Batemos palmas diante do portão da vistosa casa de alvenaria. No alpendre se apresentou sua esposa despachando o informe:

— Saiu muito cedo, seu Zé Branco. Não disse para onde ia e nem quando volta. O senhor quer deixar algum recado?

Não, meu pai não queria deixar recado. Pra quê? Voltamos pra casa. Na parte da tarde fizemos nova tentativa, e nada de sucesso. O homem desaparecera. No dia seguinte, a tenebrosa segunda-feira dos tiros, meu pai ficou em casa na missão de caçar o homem e eu fui sozinho para a olaria, o trabalho não podia parar.

A vigília camuflada montada na esquina deu resultado. No meio da tarde, ao avistar a silhueta do fugitivo entre as toras de madeira no pátio da serraria, o pai partiu ao encontro. Amaral, percebendo ao longe a indesejada aproximação, tentou se afastar.

— Espera, fujão! Paga o dinheiro que me deve, velhaco! — o pai gritou.

Não teve como não ouvir a provocação, e fugir naquelas circunstâncias era se desmoralizar perante os funcionários da serraria e de alguns transeuntes que já paravam sentindo um potencial de conflito nas palavras gritadas. A distância entre os dois já era menor que sessenta metros, e vendo o pai furioso, vindo em sua direção a passos largos, Amaral subiu numa tora de madeira; e, em vantagem de altura, a mais de meio metro do chão, sacou o revólver. O gesto só fez precipitar a velocidade do enredo. O pai não era de se intimidar. Pelo contrário, uma ação desse tipo colocava mais uma vez em prova sua coragem. Os passos largos se transformaram numa franca corrida de quarenta metros, a distância sempre a encurtar, emoldurada pelos gritos e xingamentos de um lado e outro. Do alto da tora, o homem chupando o cachimbo fez mira com o braço esticado e gritou o ultimato:

— Não venha, que vou te matar!

A distância caiu para menos de vinte metros, o pai com o rosto fechado, a respiração pesada, se aproximava vertiginosamente com o objetivo fixo de agarrar a perna do homem barrigudo empoleirado em seu pedestal. Tomar a arma, derrubar o desafeto no chão, era a estratégia montada no atropelo da corrida. E estava bem próximo quando estourou o primeiro tiro — e imagino como o agressor deve ter ficado apavorado ao se dar conta de que a bala de advertência, o disparo para o alto, não surtira o efeito de intimidar, acendendo ainda mais a ira do pai, a voragem irracional de não conhecer medo, e que continuava a avançar em desabalada carreira; e nos decisivos últimos metros estourou um novo tiro e a bala atravessou o ombro do pai, indo se alojar encostada no pulmão esquerdo, ensopando de sangue a camisa nas costas. A trajetória do projétil, de cima para baixo, atestava a proximidade da vítima aos pés do agressor. Naquele instante curto, o tiro e o baque não foram suficientes para deter o pai, suas mãos já estavam a ponto de agarrar as pernas do atirador empoleirado, prestes a derrubá-lo do tronco, quando recebeu outro tiro, na cabeça. A bala no crânio bateu como uma pancada de marreta e tirou-lhe a consciência. Diante da visão do corpo ensanguentado no chão, Amaral pulou do tronco e fugiu desvairado, sem tempo de recolher o cachimbo caído na grama.

Tanto tempo já passado, é como posso organizar esse relato imperfeito — a realidade é sempre inacessível, "a memória é uma ilha de edição", como afirmou com acerto o poeta Wally Salomão. O que tenho é baseado em recordações daqueles momentos cruciais, quando cheguei correndo ao local do crime e pude ouvir os comentários das pessoas aglomeradas em torno da poça de sangue. Os tiros, a corrida, a queda, o socorro imediato de um carro passando pelo local e de uma mulher desesperada embarcar com o corpo ensanguentado no banco de trás.

Do jeito mesmo como estava, de botinas e roupa sujas de barro da olaria, saí às carreiras em direção ao único hospital. Levitava sobre um mar de angústias; na cabeça os piores pensamentos de vingança: matar Amaral. Com as vísceras em maremoto e o coração esmurrando por dentro, passei pela portaria, avancei correndo na direção da placa indicando emergência, só parando na catraca no meio do corredor. Um atendente, atrás de uma mesa, filtrava o trânsito: ou crachá ou expressa autorização. Aos sobressaltos, ao menos consegui extrair a informação de que, sim, uma maca havia dado entrada na emergência levando um homem ensanguentado. Sim, uma mulher o acompanhava. Fiquei chorando de medo e raiva, andando de um lado para o outro no estreito corredor, precisava de um fio de esperança. Ninguém saía de lá de dentro para me dar notícias. Segundos depois, voltei à carga:

— Preciso entrar, por favor. Meu pai tá lá dentro, preciso saber o que tá acontecendo — pedia em soluços.

Parecia que falava com uma parede de pedra, o atendente continuava insensível, bloqueando minha entrada. Talvez lhe espantasse os meus trajes de andrajo. Sentia estar perdendo a corrida contra o tempo. Nisso, esvoaçando a batina negra, um padre quase trombou comigo no corredor. Diante da mesa pedia acesso à emergência. Uma onda de desespero bambeou minhas pernas, meu corpo ficou gelado e comecei a tremer, imaginando que o religioso fora chamado para a extrema-unção. E, no instante em que a entrada do padre foi franqueada, o estridente lampejo do telefone tocou sobre a mesinha derrubando a atenção do atendente, o tempo exato do meu mergulho pela entrada — minhas botinas sujas de barro, quase alcançando as pontas da sotaina do padre.

Encontrei o quarto banhado em uma luz branca e fria. No leito o pai jazia coberto com um lençol até a altura da barriga, tremia muito, o rosto era uma máscara branca, a vida sumindo dos olhos, minha mãe segurava uma de suas mãos, enquanto o padre oficiava a extrema-unção: um quadro de desespero. O médico e uma enfermeira permaneciam ao lado, mudos e atentos. Uma agulha espetada no braço do pai, ligada à extremidade de um tubo fino, trazia a conta-gotas os medicamentos de uma garrafa pendurada em uma haste metálica: a inexorável passagem do tempo, do pingo a pingo, insensível à luta desesperada. O pai ofegante, repetia com muito esforço as orientações do padre ditas perto do seu ouvido: que implorasse perdão em nome de Cristo e do Espírito Santo, é sua última oportunidade de apagar todos os pecados e encontrar conforto nos braços do Senhor, é o seu tempo de arrependimento, filho de Deus... Adivinhando o pedido do olhar mortiço, a mãe pendeu o ouvido perto da boca do pai e decifrou os balbucios pedindo pagamento de promessa feita ao padre Donizetti, as últimas reservas da força vital indo embora, não pôde dizer mais, a voz sumiu, estava desistindo de viver, se entregando à morte. A mãe de novo ereta, o rosto brilhando de lágrimas em choro silencioso, nada podia a não ser sustentar a mão moribunda entre as suas; e, diante da iminente partida, varrido por um sentimento de raiva e desespero, lancei-me de joelhos à beirada do leito:

— Não vá embora! Tá desistindo por quê, pai? — implorei aos gritos. — Tá com medo da morte, pai? A coragem é sempre melhor! Não é assim que você me disse? Não perca a coragem agora! Volta, pai, volta, meu pai! — E debrucei minha cabeça sobre sua barriga, soluçando baixinho.

A notícia se espalhou ligeira e começaram a chegar os parentes e amigos do Cinzas e lá da fazenda. A primeira a aparecer foi tia Jovita, na manhã do dia seguinte. Depois vieram meus avós e mais visitas de longe. Na nossa casa tropeçava-se em colchões espalhados por todos os cômodos, rezas de terço todas as noites, velas queimavam pelos cantos em promessas aos santos e às almas. Os primeiros dias no hospital foram críticos. Logo após a dramática cena do padre, da extrema-unção e do meu destempero chamando meu pai à vida, a enfermeira lhe aplicou uma injeção, enquanto o médico, dando especial atenção à minha mãe, explicava: "Estamos fazendo uma indução ao coma, seu marido precisa dormir pelo menos durante três dias, o cérebro precisa desinchar um pouco".

Nos primeiros dias as visitas estavam proibidas, as notícias vinham pelo médico ou as enfermeiras nos encontros de corredores e na porta do hospital. Tempos críticos de luta pela vida. A tal indução ao coma se estendeu por uma semana, até que eu e minha mãe pudemos fazer a primeira visita. Encontramos um quadro dramático: o pai estava acordado, tinha a respiração ruidosa e ofegante, tremia embaixo de uma grossa coberta, e seus olhos inquietos, de vez em quando, perdiam toda a luz. "É um quadro de febre, uma infecção por bactérias oportunistas", palavras do médico, ao mesmo tempo que nos confortava dizendo que os antibióticos dariam jeito na situação.

Foi lenta a saída do fundo do poço. Duas vezes por semana, duas pessoas podiam fazer visitas de quinze minutos. Minha mãe compareceu em todas as oportunidades. Eu a acompanhei em algumas ocasiões, mas também foram minha avó, tia Jovita, o compadre Urias, e uma ou duas amigas de minha mãe, mais chegadas. Por isso, quando a ambulância trouxe meu pai de volta, depois de mais de quarenta dias de hospital, nossa casa estava quase esvaziada. Só restava conosco tia Jovita. Ela, a primeira a chegar, durante todo o tempo não se afastou, apesar dos pedidos insistentes de minha mãe para que voltasse ao Cinzas, que fosse por um dia ou dois arrumar as coisas por lá. Pedidos ao vento, ela não arredou pé lá de casa. Mas, vendo meu pai de volta, acomodado na cama, foi cuidar de suas coisas.

A pancada da bala na cabeça foi tremenda, mas não deixou sequelas, isso por um golpe de extrema sorte. "Por um fio de cabelo", foi a tradução da enfermeira ao milagre do projétil ter acompanhado com extrema sutileza a curvatura do osso no alto da cabeça, e deixado em sua trajetória uma faixa estreita de cabelo torrado. De perene restou-lhe apenas um risco de uns três centímetros, em cicatriz no alto do crânio. No entanto, o estanho da outra bala, aquela do ombro, ficaria para sempre dentro do seu corpo.

Laurindo e Agenor

Quatro dias depois de a ambulância ter deixado o pai em casa, apareceu a visita ilustre. Vinha em condolências, prestar solidariedade e oferecer serviço. Era um negro alto, com mais de dois metros de altura em um corpo magro e um pouco curvado. Usava um chapéu azul-escuro, camisa amarela e um terno preto amarrotado. De bagagem trazia apenas um baú castigado de viagens. Por essa época, beirava os cinquenta anos, e do que se sabia, nunca tinha se casado. Antes de entrar em casa, depois de limpar no tapete da varanda seus sapatos pretos imensos, tirou o chapéu e se abaixou para passar pelo batente da porta. Sebastião Laurindo era alegre de normal: não economizava mostrar sua fileira de dentes brancos. Às vezes, no entanto, ao passar pela porta entreaberta de seu quarto de hóspede, eu o via sentado numa cadeira com semblante triste. Momentos misteriosos em que mais parecia um enorme pássaro negro de asas fechadas, desgarrado do bando, pousado numa árvore em dia escuro de chuva. Não tinha morada fixa, vivia como eterno convidado em casas de diferentes pessoas a quem tinha ajudado, ou a quem vinha ajudar nas questões complicadas da vida. Como feiticeiro afamado fez várias coisas acontecerem no Cinzas, Vassoural, ribeirão do Engano e arredores. Sabedor do incidente com meu pai, comparecia oferecendo seus préstimos.

Após uma semana do aparecimento de Sebastião Laurindo, chegou em missão o primo Agenor. Vinha da fazenda, o cavalo deixou no Cinzas, e a pessoa que o trouxe, em automóvel, nem aceitou entrar para um gole de café. Para esconder uma carabina, vestia uma grossa capa — dessas de enfrentar chuva montado a cavalo —, um exagero para aquela noite tépida de sua chegada. O primo trazia a carabina e vinha determinado: "Padrinho Zé, vamos mandar chumbo nesse desgraçado". Mas era preciso precaução, como logo alertou Sebastião Laurindo. O feiticeiro sabia, pelos seus meios, do pacto de sangue de Amaral com o Demônio, e que o homem, por onde andava, levava sempre seus patuás e colares de proteção: era disparar uma arma de fogo contra ele e a bala picotaria no tambor. Mas Laurindo possuía a solução em seu baú andarilho, onde guardava seus poderes de abismo: iria benzer contas de rosário calejados de reza pelos dedos de uma viúva, benzer uns pregos miúdos e enferrujados de cemitério e misturar tudo com pólvora, chumbo e reza forte, no ato meticuloso de preparar uma bala para a carabina. Agenor só precisaria preparar a tocaia e disparar.

O que espantava no meu primo era que não se tratava de um matador a soldo, não carregava morte nas costas; pelo contrário, era uma pessoa calma, tranquila, amorosa, e era o braço direito de meu avô nos trabalhos da roça. E se agia como agia, se apresentando para a vingança, era por ter tomado para si as dores do meu pai, seu padrinho.

O assunto foi tramado nas minúcias durante vários dias e noites. O pai, ainda todo o tempo na cama, mostrava alentos de apoio à empreitada de Agenor e Laurindo. No entanto, em algumas ocasiões, percebi inversão de sinais, em especial quando Agenor adentrava a casa com a carabina escondida embaixo da capa, vindo de rondar a casa do desafeto, e meu pai parecia dar um suspiro de alívio. Se o afilhado retornava era porque o Amaral não botara a cara na janela nem aparecera na varanda, pois, se o tiro tivesse partido da carabina benzida, o inferno ganharia uma nova alma, e Agenor de lá mesmo sumiria à cata de esconderijo nas profundezas do sertão do ribeirão do Engano.

Creio que o bom juízo terminou por se instalar no pensamento do pai, isso apenas após o terceiro suspiro de alívio, na noite escura em que uma chuva caiu de surpresa e desmanchou mais uma tocaia armada no fundo do quintal da casa do homem jurado, e Agenor retornou com a capa ensopada, as abas do chapéu em cachoeira, em hora passada das onze da noite. No dia seguinte acontecia de ser a primeira vez que meu pai conseguia se levantar da cama e dar uns passos pela casa. Tinha os pés calçados só com meias e era, pois, um dia solene. Na mesa da cozinha nos esperava um fausto café da manhã preparado e comandado por minha mãe. Eu e o Alencar também atuamos levando à mesa as xícaras, os pires, açúcar, pães variados, bolos de produção própria, leite e café forte de tingir a colher. Altair, com a acurácia de seus cinco anos, também se meteu na ajuda, tendo de ser supervisionado para não derrubar nada. Mas, antes da alta celebração, meu pai chamou Agenor e Laurindo para uma conversa na varanda da sala, eu segui atrás da procissão. A manhã plena de luz anunciava um maravilhoso dia de sol, como se a natureza também se restabelecesse, após a chuva torrencial caída de surpresa no meio da noite passada. No ar, o cheiro de terra molhada, e na varanda, em palavras ternas e decididas, meu pai publicava o decreto:

— Agenor, pensei bastante e não quero mais essa morte. Não desejo turvar minha alma nem a sua, meu afilhado — disse apoiando a mão sobre o ombro do meu primo e o encarando nos olhos. E em seguida voltou seu olhar para Laurindo e concluiu:

— Sei, como vocês sabem, o quanto esse salafrário merece uma bala na cabeça. Mas eu estou limpo, benzido de padre no hospital, não quero, depois de morto, esbarrar com essa peste no inferno. Pois é para esse lugar que vai esse Belzebu.

Na reunião improvisada na varanda foi como se eu visse uma pomba branca alçar voo, depois de estar pousada na cabeça do pai. No rosto dos dois homens a decisão parecia não surpreender, talvez já viessem interpretando os sinais. Nenhuma palavra, um curto silêncio, eu olhava o tempo bonito que formava o dia, e os dois próceres, olhando para dentro de si mesmos, apaziguavam a ordem do decreto. Depois meu pai, em passos claudicantes, puxou lentamente a fila para dentro da casa: seguiu Agenor, depois Laurindo se abaixou evitando o batente da porta, e eu fui atrás. Na cozinha, minha mãe, vigilante, mantinha em cabresto curto Alencar e Altair, ansiosos demais diante das iguarias arrumadas sobre a mesa.

Aprendiz de feiticeiro

Meu pai estava a cada dia mais desenvolto, Agenor já tinha retornado para a fazenda levando a carabina, apenas Sebastião Laurindo foi ficando sem data certa de partir: ele era habilidoso em habitar casa alheia. Tinha desenvolvido uma graciosa empatia com Altair, e uma das brincadeiras preferidas de meu irmãozinho era esconder o chapéu azul de nosso visitante, ou então desfilar com o troféu na cabeça encobrindo as orelhas, e até mesmo se permitindo topadas quando corria com os olhos encobertos. Depois de cada refeição, o feiticeiro lavava o prato e os talheres que havia usado. Algumas vezes, lembro de sua figura alta e magra debruçada sobre a pia lavando toda a louça, para delícia de minha mãe que, apesar de tudo, protestava:

— Não precisa, Bastião, deixa isso comigo.

— Nhá Nena, não se apoquente. Hoje é comigo — Laurindo retrucava, sem se voltar, concentrado na tarefa.

Numa das noites de café e conversa no quarto, o feiticeiro falava de magia e poder, de bênção e maldição, de corpo fechado e pacto; meu pai, acostado em travesseiros altos, escutava histórias já sabidas, até que o assunto resvalou para o futuro e Laurindo indagou se eu desejava conhecer a minha ventura.

Estendi a mão direita espalmada e, depois de um espaçado silêncio, enquanto inspecionava com diligência as linhas, o feiticeiro profetizou muitos caminhos de futuro, estradas largas, disse que eu me meteria em muitos empreendimentos, até tomar a decisão de seguir o rumo de minha força. "Tem aqui uma confusão de cipós no seu destino, mas seu farol será sempre os estudos: vejo números e letras em suas veredas de conhecimento." Isso dito e já se intrometia a voz fininha e sem peso... até aqui tudo é harmonia... ele, por certo, ouviu os comentários dentro de casa, seu desejo de ser professor, ou até engenheiro... as loas sobre sua capacidade em fazer contas, aquele caso de ter botado a nu a contabilidade fraudulenta da serraria... Vinham-me essa natureza de palavras brotadas do inconsciente, em débil golpe de vento. Laurindo, ainda retendo minha mão direita em sua mão esquerda, alçou os olhos, levantou a mão livre na frente do meu rosto e, em um gesto rápido, desenhou no ar um sinal quebrado em forma de estrela de muitas pontas, enquanto murmurava palavras ininteligíveis. E, no arremate da coreografia, projetou os dedos sobre a minha testa e pôs-se a examinar toda a região da raiz do cabelo até o nível das sobrancelhas. Como se fizesse uma leitura em braile, se deteve numa sensível protuberância à direita — eu pouco me recordava dessa débil assimetria em minha testa, nunca lhe dispensara maior importância. Seria saldo daquele acidente com a xibanca ao descarregar uma tora do caminhão? — e então anunciou em um tom de voz oca, como se um ente dentro do seu corpo falasse por ele: "A vida é uma chama frágil, não vale quase nada, você tinha três e uma já fugiu. Esta uma daqui é vida perdida". E apertou o calombo durante um solene e breve segundo, e disse mais: "Rapaz, você nunca vai ter problema de dinheiro... sem opulência, só a necessária abundância. Vai bater cabeça, mas tem traquejo e arte para driblar os falsos destinos". As notícias me inundavam de vitalidade, em face do presente tempo de dificuldades econômicas por que passávamos. "E tem mais: você tem força e se quiser pode desenvolver poder", concluiu liberando minha mão, ao mesmo tempo que nossos olhares se encontravam profundamente. Como? Falava de potencial de poder? Desafiado pelo que Laurindo dizia, em lampejo voltou à minha mente a cena da agonia no quarto do hospital, meu desespero ao pedir pela vida do meu pai. Desviei o olhar para ele, continuava como antes, apoiado de costas na pilha de travesseiro, escutava tudo aquilo, e seu rosto sereno mostrava a saúde retornando em tons avermelhados. Teria sido essa minha força de poder a alavanca a catapultar meu pai do colo da morte? Eu estava diante de uma oferta misteriosa de caminho a desafiar meus ímpetos, aquele sentimento impávido de eternidade vigente na adolescência.

O feiticeiro mestre gostava do punhal e da pólvora, e eu do impressionante efeito pirotécnico da queima, do cheiro da combustão, do ritual do trabalho, do punhal fincado em vários pontos no chão do terreiro, das palavras suntuosas das rezas.

— Esse é o modo de convocar são Porfírio, cravar uma cunha no destino de uma pessoa que tá prejudicando outra, o espírito do encrenqueiro vai logo embora, seu corpo vai depois, mudam pra outra cidade e acaba a perturbação — ensinava Laurindo.

— Primeiro é preciso saber do caminho onde andam os pés da pessoa e ali enterrar, em uma noite de quarta-feira, um são Porfírio de barro. Desenhar com riscos de punhal o perfil do santo, colocar linhas de pólvora nos contornos e atear fogo, invocando poder com reza própria.

Outros tópicos vieram na revelação dos ensinamentos sobre rituais de defesa, patuás benzidos em proteção de armas brancas e armas de fogo, cerimônias de corpo fechado. Depois, em momentos de espairecer preguiça na varanda, em sussurros velados, Laurindo deixava escapar sombras da cena do seu encontro na noite do Pacto — fiapos de relatos, sempre incompletos... Teria sido numa encruzilhada?... Foi na aparência de um indígena nu que a Figura viera?... A pele transparecida humana, mas toda pintada, como de uma onça?... Ou vindo no corpo de um bode preto retinto, de barba comprida, fedendo a enxofre e arrastando atrás de si uma dezena de porquinhos miúdos, roncando de fome, em súplica de mamar nas tetas de porca do bode, a extremidade da cauda caprina terminada em três pontas?... e tudo foi assinado em sangue vertido na hora?... Era como me indagava a voz fininha e sem peso, sustentada num débil golpe de brisa; perguntas sugeridas e que não angariei coragem de ser o portador, de frente, escusas de melindrar o mestre. Seu modo de revelar os sinais, aqui e acolá, sempre tênues relatos de histórias de negócios de alma em benefício de poder, a mim figurava como peças soltas de um quebra-cabeças que nunca consegui fechar.

Com a iniciação em ponto de autonomia e Sebastião Laurindo já deambulando em outras governanças, dei de receber as pessoas em casa. Tinha montado meu figurino de feiticeiro. Rodava para lá e para cá em cima de botas gaúchas sanfonadas até a altura do joelho; adquiri também um punhal de um palmo e meio de lâmina, bainha de couro desenhado. Nos momentos de lazer e de trabalho, portava a arma enfiada na bota. Depois, quando colocava meu sapato normal para ir à escola durante a noite, livre do aparato, eu me sentia como se estivesse nu. Só na manhã seguinte, logo após o banho, voltava ao meu paramento de poder. O cabo do punhal era de vidro branco com anéis formando circunferências vermelhas. A lâmina, preparada numa pedra de amolar, cortava dos dois lados. É preciso, desde logo, informar que feiticeiros novos têm mais força: ensinamento propalado por Laurindo, como uma espécie de primeiro postulado da magia, e isso mexia com meu ego juvenil.

Um caso tocante foi o da mulher bonita, o rosto afogueado, recebida em consultas na sala de nossa casa. Devia ter um pouco mais de trinta anos, vinha sempre perfumada e às vezes abusava dos decotes ou dos vestidos transparentes. Não tinha filhos e era mulher do veterinário responsável pela sanidade animal no frigorífico da cidade. Na minha função eu não podia receber dinheiro, isso tiraria a força — outro postulado. Mas podia receber presentes. Nesse acordo tácito, a mulher de roupas finas, perfumada e sempre angustiada, me trazia produtos do frigorífico, frescos e de boa qualidade. Suas visitas aconteciam nas tardes de quarta-feira, também dia de poder — mais um postulado —, e seu pedido era de uma nota só: "Quero meu marido de volta. Que ele abandone a mulher da casa rosada!".

O veterinário mantinha uma amante na zona. Estava tão envolvido que não parava mais em casa, especialmente nos fins de semana. E o caso se estendeu em múltiplas visitas ao meu *consultório* — eu a recebia sempre na sala — e ela, quase sempre, se apresentava deprimida. No entanto, de uma feita apareceu com ares de felicidade, contando, animada, que o relacionamento voltava aos trilhos. O marido não se ausentara naquela semana e naquela noite ela o esperaria com um carinhoso jantar após o trabalho. Porém, como se confirmaria na consulta da semana seguinte, tudo não passara de fogo-fátuo: a comida esfriou sobre a mesa e as velas da solenidade nem foram acesas.

O caso resistia às várias vias de poder, quando me decidi por são Porfírio. Primeiro eu precisava conhecer o local de passagem do tal marido em seu trajeto cotidiano até o frigorífico. Marquei um discreto encontro com a mulher, duas esquinas distante de sua casa. Apesar das dez horas da manhã, ela veio vestida de um modo bizarro, um lenço preto na cabeça cobria quase todo seu rosto e seu vestido cinza-escuro alcançava o tornozelo. Parecia traje de disfarce, olhava em todas as direções, não falou nada e nem eu, enquanto caminhávamos algumas dezenas de metros até um ponto de esquina, onde ela rompeu o silêncio e apontou um trecho de caminho de terra meio sinuoso, por dentro de um terreno baldio: "Por aqui ele passa de segunda a sexta". Não lhe contei nada de meus planos, encarava o assunto como uma espécie de ensaio de laboratório e também não queria despertar falsas esperanças. Dois dias depois, em uma quarta-feira à noite, assim que voltei do colégio, mudei de roupa, enfiei o punhal na bota e recolhi os materiais. Minha mãe estranhou a hora adiantada, mas argumentei que precisava sair e ela, me vendo naquela disposição, intuiu que ia em missão de encantamento. Em menos de vinte minutos cheguei ao terreno baldio. Pelas frestas da madeira e pelos vãos dos humildes telhados sem forro de algumas poucas casas distantes, escapava o brilho de luzes acesas. No mais, tudo estava quieto, apenas o ciciar dos grilos na relva baixa. Não poderia existir noite de lua nova mais propícia para mudar destinos. Circunspecto, ao ferir o chão a risco de punhal no local de passagem e a imantar sob fogo de pólvora queimada o contorno do perfil do santo ali enterrado, invocava na reza a intercessão de forças pedindo a mudança do corpo e a acolhida de bons ventos em outro lugar ao Cordeiro de Deus eleito em sacrifício.

Depois de três semanas que o homem transitava por cima de um boneco de são Porfírio, recebi a mulher em casa. Chegava radiante, bela, em linda roupa colorida de tecido transparente, a me hipnotizar com sua presença perfumada. Nada daquelas manchas vermelhas a marcar seu rosto de afobação e angústia. Vinha serena e trazia de presente uma carga extra de carne. Mal se acomodou na cadeira e logo extravasava seus motivos de alegria:

— Meu marido arrumou colocação no frigorífico de Cornélio Procópio, vai ganhar um salário regulando o dobro. E a cidade é maior, as ruas todas asfaltadas, no domingo passado fomos conhecer. Nem acredito, fazia tanto tempo que não passeava com o meu marido! Tem lojas com belas vitrines, cinemas, parques, lugar bom para o Rogério ficar bem longe dessas tentações daqui.

Logo se viu, não era uma tarde qualquer de consulta, de conversa a dois, e sim de celebração. Minha mãe veio da cozinha, trouxe café e bolo e ficou escutando as conversas de futuro colorido da mulher. Força do destino, coincidência, ou força da magia? Dessa mulher e de seu marido infiel, nunca mais soube notícias. Depois, o caudal da vida tomou outros rumos. As práticas de encantamentos do breve aprendizado com o mestre Laurindo, que agora desencaixoto do porão da memória, assemelham-se com episódios vividos no contexto de sonhos... uma época esvanecida, sendo eclipsada pelo meu mergulho cada vez mais intenso no aprendizado da matemática, da física, da química e da biologia, revivia com força o desejo de ser professor e mesmo o sonho de ser um engenheiro, apesar dos grandes obstáculos. Pois, além das dificuldades financeiras a toldar meus projetos, se apresentava na curva do destino um poderoso obstáculo, afetando a mim e a todos os meus colegas: terminada a segunda série do científico, se extinguiam as possibilidades de estudos formais em Santo Antônio da Platina.

Simbiose

A economia de casa esperneava, a olaria já pertencia ao passado, o negócio ficou inviável com o pai fora de cena; até levei o Alencar, nos primeiros tempos, para ajudar nos serviços mais leves de moldar os tijolos e colocar para secar, mas não deu pé, nossa força era pouca e entregamos o empreendimento. Logo em seguida, também foi preciso vender a casa, foi a saída diante das prestações do terreno que venciam todo mês. Mudamos para uma casa alugada no outro extremo da cidade, longe do local da tragédia dos tiros. Eram tempos de procura de novos equilíbrios. Sem olaria, sem serraria, e com o caminhão parado, minha mãe intensificava seus trabalhos de costura — uma freguesia fiel não a abandonava, era muito requisitada nas roupas femininas — e começou a lavar roupa para fora, e eu, também precisando levar algum dinheiro para dentro de casa, sempre com a segurança de meus patuás enroscados no pescoço, emplumado nas botas, de punhal enfiado junto à perna, vagava pelas ruas olhando quintais, batia palmas nos portões e me oferecia para carpir o mato, essas espécies de trabalho miúdo, de parco rendimento, até que veio o suspiro da temporada da limpeza e colheita do café. Retornei à minha indumentária de boia-fria:

calça e camisa rústicas, botina no pé, embornal enroscado no pescoço levando dentro a marmita com arroz, feijão, às vezes carne, e uma sobremesa de banana cozida, polvilhada de canela e açúcar preto. Eu revivia a rotina de esperar o caminhão de madrugada no ponto, ganhar o dia na lavoura e regressar no mesmo caminhão no finalzinho da tarde, ainda a tempo de me preparar para o colégio. Nesse tempo eu cursava a segunda série do científico. Depois, terminada a estação de limpeza e colheita nos cafezais, me ajustei como servente de pedreiro. Um amigo meu, companheiro das jornadas nos cafezais, outro jovem vivente ganhando sustento saltando de um lado para o outro, foi quem me indicou para aquele trabalho. A firma tinha até boa estrutura e minha tarefa cotidiana consistia em carregar tijolos, preparar massas, armar ferragens de pilares e vigas, furar buracos e outras tantas tarefas do normal daquele batente. Naquela temporada ajudei a construir uma pequena igreja na periferia da cidade, bati muitas lajes de concreto — inclusive uma imensa laje de cobertura da clínica do doutor Aluísio, o médico e então prefeito da cidade. Era trabalho integral em todos os dias úteis da semana, inclusive aos sábados.

Meu pai estava em pleno poder de sua força antiga, sem sequelas notáveis, a não ser pelo pedaço de estanho encostado no pulmão esquerdo, o que lhe dava uma capacidade de adivinhar chuvas. Às vezes, mesmo em dias claros, acontecia de o silencioso fragmento latejar, acusando uma suposta eletricidade precursora no ar, e meu pai, ao sentir as comichões, decretava: "O tempo não tarda a virar, vem água forte por aí". E era preciso se apressar e recolher as roupas dos varais. Em seu retorno ao serviço, meu pai reanimou nosso velho caminhão, parado havia quase seis meses, acumulando poeira e com os pneus arriados. Ressuscitado em suas funções rodantes, o velho caminhão saiu pelas ruas em busca de pequenos fretes. Trabalho escasso, dificultado por uma concorrência já estabelecida. De todo modo era alvissareiro ter meu pai em ação, mais um esforço a se juntar em prol do equilíbrio das finanças depois de mais um grande tombo.

O ano ia terminando, éramos uma turma de dezessete alunos prestes a concluir o segundo ano do científico, o último estágio de formação na cidade. O desdobramento daquela circunstância corresponderia a um espalhamento, cada um indo continuar os estudos onde alcançassem as posses da família: os alunos mais abastados rumavam para Curitiba, a capital do estado, estudar para doutor nas áreas nobres de direito, medicina e engenharia; os remediados iam pra Jacarezinho, uma cidade vizinha e um pouco maior, buscar uma formação de professor nas áreas de matemática, geografia, biologia e ciências em geral; e muitos outros, sem retaguarda financeira, interrompiam os estudos, alguns deles à espera de melhores marés.

Diante de tal pedra no meio do caminho, no início do mês de outubro, eu, Naldo, Lúcio, Nair e outros colegas de turma batíamos à porta do professor Tanko levando o abaixo-assinado.

"Pode entrar", escutamos a voz de lá de dentro. E entramos entupindo a sala. O diretor, surpreendido pela garrida avalanche, se levantou da mesa e recebeu o documento das mãos da Nair. O documento levava dezessete assinaturas. E à medida que se inteirava do assunto — uma explanação entusiasmada em múltiplas vozes —, um brilho de sorriso de cumplicidade transparecia embaixo do bigode espesso do diretor. Imediatamente se comprometeu com a nossa causa — por certo ele já sabia dos assuntos circulantes, as notícias corriam céleres pelos corredores de mosaicos de duas cores do nosso colégio. E, após ajeitar a gravata-borboleta de cor vinho, declarou, em tom de voz alguns decibéis acima: "Nosso tempo é curto, mas farei tudo que estiver ao meu alcance. Hoje mesmo despacho a papelada para a nossa Secretaria Regional, em Londrina".

Tanko cumpriu a promessa, deu tudo certo, a cidade teria uma inédita terceira série. Uma reunião foi marcada, a fim de decidirmos o turno de funcionamento. Para mim seria estratégico o turno da noite, precisava do dia para trabalhar. Mas fui voto vencido, ganhou o turno da manhã. As aulas tiveram início e, como acontece muitas vezes em nossas vidas, a dificuldade interposta logo se transformaria em oportunidade: comecei a dar aulas particulares de matemática.

Eu possuía traquejo no assunto, por camaradagem tinha o costume de socorrer alguns colegas com dificuldades na matéria. Mas diante da nova realidade, tendo todas as tardes livres, distribuí anúncios de aulas particulares de matemática nos quadros de aviso. Logo chegaram os primeiros pedidos. Eu ia à casa dos alunos em horários marcados. E a clientela foi crescendo, e cresceu a ponto de, no fim do mês de março, ser formada uma turma de oito alunos com dificuldades comuns. Foi quando perguntei ao diretor Tanko se podia usar uma sala do colégio duas vezes por semana.

Com a devida autorização e de posse de uma chave, eu chegava às sete horas da manhã, abria a porta dos fundos e ocupava uma sala com quadro-negro amplo e gizes coloridos: uma autonomia jamais imaginada. Durante aquela hora, antes do início do expediente normal de aulas, eu ensinava para jovens em idade comparável à minha os segredos da tábua de logaritmos — a característica, a mantissa —, o domínio das progressões geométricas e aritméticas, como resolver equações quadradas, biquadradas e irracionais, os tantos pulos de gato, os ases na manga, as soluções de problemas que misturavam todos esses conceitos.

Trabalho asseado aquele das aulas particulares, remuneração superior ao que eu ganhava misturando massas de concreto, batendo lajes e construindo muros. Alunas ilustres foram as filhas gêmeas do prefeito. As meninas concorriam em beleza e extroversão. Tônia e Tânia estudavam a segunda série do científico e ambas já se preparavam para um futuro vestibular de medicina em Curitiba. Vejam o que pode o tempo! De um ano para o outro, o pulo de servente de pedreiro a professor das filhas do prefeito. Não tinha como não me sentir no caminho certo. E voltou com força a vontade de ser professor. Sentia ter descoberto um filão, poderia ganhar meu sustento com aulas particulares em Jacarezinho, morar numa pensão barata, cursar a Faculdade de Matemática, não estaria tão longe da família, só vinte e um quilômetros, eu poderia voltar todo fim de semana pra casa de bicicleta, economizando o dinheiro do ônibus. Eram os meus sonhos para o próximo ano, se desenhando nesses pormenores.

Naquele ano, em um fim da manhã da quarta-feira anterior ao Domingo de Páscoa, eu tinha saído do colégio e caminhava para casa, quando de repente um carro encostou mansamente ao meu lado. Uma mulher bem-vestida saltou do banco do carona e veio em minha direção com um pacote em mãos. Era a mulher do prefeito a me oferecer um presente. Fiquei encabulado ao receber a caixa de bombons — o prefeito de dentro do carro, descontraído, acenava-me inclinando a cabeça, com um largo sorriso de dentes saudáveis. Agradeci de modo atabalhoado, incompleto. E depois que o carro se afastou senti um calor gostoso no corpo, uma espécie de acréscimo na autoestima. Então, eu não era qualquer um? Vejam o que pode o efeito de ser distinguido pela primeira-dama com uma caixa de bombons!

As aulas particulares no atacado me permitiram um salto, mas nada comparável à requisição de Loide. Ela me pedia aulas particulares de matemática em extraordinária inversão, pois era, ao mesmo tempo, minha professora de biologia. Suas aulas eram excelentes, apesar da jovem autodidata ser formada apenas no científico. Quando Loide virava para o quadro a explicar a estrutura da célula, seus cabelos negros e ondulados se espalhavam nas costas como chuva. E as aulas de reprodução humana? Que máximo aquela linguagem científica que disfarçava os nomes reais! As estruturas internas do órgão reprodutor feminino desenhadas em giz colorido no quadro-negro. Toda a nomenclatura e respectivas funções bem explicadas. E o destaque para o local especial por onde entrava e saía a vida, acompanhado de um termo nominativo sem sabor — convenhamos o nome vulgar dito na rua era mais contundente. E ainda outro desenho perfeito dos mísseis espermatozoides, corredores loucos, buscando participar de uma festa, onde só um vencedor teria entrada no mistério da célula-máter, o instante mágico e único da fecundação. E ela seguia explicando as primeiras divisões da célula num ritmo geométrico...

Creio que a luta empreendida por nós, alunos, em prol da fundação da terceira série e o sonho que acalentávamos em seguir um curso superior possam ter acendido no coração de Loide o desejo de embarcar naquela nave rumo ao conhecimento. Seu plano era aprofundar seus estudos de biologia numa faculdade em Jacarezinho. E, como precisava intensificar sua preparação para o vestibular, surgiu esse nosso arranjo: ela me ensinava biologia duas vezes por semana no colégio e eu lhe ensinava matemática nas tardes dos sábados. Naquele tempo, eu gostava de imaginar que a troca entre nós, de algum modo, ilustrava a simbiose — conceito de recente aprendizado —, essa espécie de genuína cooperação entre seres vivos.

Loide morava numa das melhores casas da cidade. Devia ter cerca de vinte e quatro anos, imagino; era magrinha, de pele morena, o rosto bonito emoldurado por olhos negros que pareciam pérolas expostas na vitrine de seus óculos redondos. Aos sábados, eu apertava a campainha da porta e ela me recebia sempre com frescor, como se ali estivesse um convidado raro, apesar de encontrá-la duas vezes por semana durante as aulas de biologia. Lembro como se divertiu na primeira vez, ao me apresentar à sua mãe e troçar de nossa especial inversão de papéis. Todas as vezes, o ambiente de trabalho na sala espaçosa, de amplas janelas abertas, já estava preparado: a grande mesa, duas cadeiras e o material de estudo à disposição. Eram momentos sublimes aqueles sábados. Loide sempre sentada à minha direita, as cadeiras coladas me deixavam sentir seu perfume de flor de laranjeira, ouvir o doce timbre de sua voz e me permitir, de vez em quando, um olhar furtivo no volume dos seios pequenos que se deixavam entrever.

Depois de um tempo revisando a teoria e resolvendo os exercícios, a mãe dela chegava em passos silenciosos e depositava na mesa a bandeja com biscoitos, docinhos de chocolate caseiro, lindas xícaras e o bule de chá com desenhos na louça: pausa para o lanche, o momento de relaxar. Após o chá, sempre o recreio se prolongava um pouco mais com Loide ao piano tocando Tchaikovsky ou Chopin, seus compositores preferidos. As mãos indo e vindo, a pressão no pedal, o tecido da saia, um pouco acima dos joelhos, em leve deslizar, acompanhando o movimento, me mergulhavam numa espécie de encantamento. Seus olhos dançando no teclado, em alguns momentos se desviavam para me olhar, quando então ela abria um breve sorriso: minha professora de biologia, a garota mais linda do mundo.

No início do segundo semestre tomei consciência de que, no final do ano, haveria formatura e a outorga de um prêmio para o primeiro colocado. E eu desejei ganhar o tal prêmio. Mas a concorrência era forte. O Naldo arrasava em português e história, desde séries anteriores passava sempre direto, com notas altas. Também tinha o Lúcio, que pontificava acima da classe em inglês, era forte em português e bom nas outras disciplinas, exceto em matemática, na qual fazia apenas para o gasto. Eu precisava ganhar disparado em física e matemática e elevar minhas notas nas outras disciplinas, se quisesse superar a concorrência. Foi a minha estratégia. Estudava em qualquer intervalo de tempo livre, nas madrugadas e nos fins de semana. E não era sacrifício: estudar havia se tornado, aos poucos, um ato de prazer. Naquele tempo do científico era quase como respirar: eu emendava sem esforço, quatro ou cinco horas de estudos ou dias e noites inteiras nos fins de semana. Da dedicação veio a recompensa: divulgadas as notas das últimas provas e a média geral, eu tinha sido aprovado em primeiro lugar.

Da minha família, na noite de formatura no Cine Platinense, compareceram apenas três queridas testemunhas: meu pai, meu primo Agenor e meu avô. Não tínhamos mais casa na cidade. Um pouco antes, naquela tarde, eu dividira meu tempo entre decorar o discurso e ajudar na arrumação da mudança em cima do caminhão. Esse Ford F350, estacionado a duas esquinas do cinema, estava carregado com a mudança. Meu avô tinha adquirido a pequena joia havia pouco tempo; e como não sabia dirigir, Agenor assumiu de motorista permanente. Tudo se desenrolava dentro do planejado, era só o justo tempo de pegar o diploma e nós quatro embarcaríamos rumo à fazenda. Minha mãe e meus dois irmãos já tinham se adiantado em um ônibus dois dias antes: estava em marcha o corriqueiro remédio para mais um baque financeiro. E o declínio tinha sido grande, a miragem do fundo do poço dessa feita apresentava nosso velho caminhão habitando um ferro-velho, vendido a preço irrisório depois de ter fundido o motor, na zona rural de Abatiá.

Eu tinha sido escolhido orador da turma e, apesar do comprimido calmante, minhas pernas teimavam em bambear. O texto, pretensamente lírico, agradecia aos mestres, aos funcionários da limpeza e da cantina, a todos os colegas pela convivência cordial naqueles anos e exaltava a educação e a ciência. E, como uma boa citação sempre abrilhanta um discurso, introduzi no texto o tal argumento de autoridade, lembro-me bem, um toque poético evocando um provérbio chinês, talvez de Mao Tsé-tung: "Uma boa faísca incendeia toda a pradaria". Com a evocação eu queria expressar meu sincero agradecimento aos mestres especiais que fizeram a diferença, exprimir minha convicção de que a educação era o único caminho seguro para o progresso. No justo momento desse agradecimento, olhei para os meus professores alinhados na mesa solene e senti no olhar e no gesto de mãos de Loide que eu estava falando alto demais. Baixei o tom e fui me acalmando. Diante daquele alerta, também percebi que olhava quase que exclusivamente para os meus queridos dezesseis companheiros sentados em um compacto bloco de duas fileiras à esquerda do palco, uma formação onde cada um vestia sua beca preta. Então me lembrei dos conselhos do diretor Tanko, dias antes, quando conversávamos sobre o discurso e as minhas inseguranças, e ele me passara algumas orientações, entre elas a de não deter o olhar por muito tempo num ponto fixo, e sim tentar enxergar toda a plateia. Daí em diante continuei recitando o texto, mas cirandava o olhar buscando âncoras de recepção, quando levantava os olhos do papel. E duas ou três vezes encontrei os olhos atentos dos meus três mosqueteiros guardiões: meu avô entre meu pai e meu primo, sentados nos fundos. E, já indo para o fim do discurso, de novo me virei para o grupo de professores e encontrei os olhares sorridentes de Tanko, Vardin e Loide, meu trio fabuloso de mestres inesquecíveis daqueles tempos!

Os generosos aplausos tiveram o efeito de me distender por completo, as pernas não mais tremiam e senti no corpo um calor gostoso de dever cumprido. Desci do palco e ocupei meu lugar para ouvir os discursos do patrono e do paraninfo. E com o chapéu negro de copa quadrada apoiado no colo, sentado entre meus colegas, eu suportava tudo aquilo certo da recompensa.

Depois foi desencadeada a tradicional chuva de chapéus pretos jogados para o alto, após um dos nossos subir ao palco e prestar o juramento. E, vencidas todas essas formalidades, abriu-se a revoada das aves negras, o movimento de cada um se alçar ao palco, receber o diploma, posar para um fotógrafo do Studio Tanko e retornar flanando para sua cadeira na plateia. E já a turma estava, de novo, organizada nos assentos, à espera dos chamados de entrega de prêmios aos primeiros colocados.

Chamaram o Lúcio e o Naldo, nessa ordem, para receberem os prêmios de terceiro e de segundo lugares — com o ritual de praxe das fotos extras, dos parabéns, das palmas, alguns gritos de louvor de familiares e amigos. E eu pude ver os vistosos pacotes dos prêmios passearem diante de meus olhos, nas mãos dos meus amigos ao retornarem aos seus assentos. E sem transição meu nome foi chamado. Saí de minha cadeira, subi os oito degraus da escada do palco equilibrando na cabeça o chapéu da conquista e me perfilei diante de Loide — a professora escolhida para me presentear. Junto ao troféu de primeiro lugar veio um abraço carinhoso, um gozo de delícia ao aspirar o perfume de laranjeira, enquanto explodia o flash disparado pelo fotógrafo. Descendo as escadas do palco sob aplausos, e cuidando para não tropeçar na minha timidez, procurava esconder minha decepção: a caixinha tão pequenina, rasinha, em minhas mãos, esmagava a minha esperança. "O que é que pode caber numa caixinha dessas?", pensava, e já o diretor Tanko iniciava seu discurso de encerramento. Acomodado entre meus colegas, curioso e meio desmotivado, abri a caixinha e encontrei dentro dois papéis pequenos, retangulares. Reconheci um cheque: eu nunca tinha visto tantos zeros a direita em um cheque! E junto vinha um pequeno bilhete manuscrito: "Para você ir para

Curitiba. Dos seus professores do Colégio Estadual Rio Branco". Aquele cheque inesperado me dava asas! A caixinha rasa continha uma faísca de mudar destino, e logo desatei a sonhar.

Na confusão da saída, os professores desceram até a plateia e se misturaram a nós, alunos. Em tom de despedida, recebi, em particular, os cumprimentos fraternais de Tanko e Vardin, os dois renovando os parabéns pela formatura e pela conquista do primeiro lugar. Loide, como se aguardasse o momento propício para se aproximar, foi se chegando e me abraçou, feito um sabor de mordida de criança em fruta madura, e pela segunda vez naquela noite mergulhei no perfume de seus cabelos. Depois ela se afastou só um passo, mas manteve uma mão segurando meu braço, me olhou de frente, os olhos escuros, lindos e levemente úmidos atrás dos óculos redondos.

— A ordem do bilhete é séria, hem? Você tem que ir para Curitiba, nada de ficar por aqui, perdendo tempo. Jacarezinho é muito pouco pra você — a voz era imperativa, dourada em pílula de ternura.

— Sim, estou decidido, vou estudar engenharia. Logo no começo do ano irei pra Curitiba. Só preciso de uns dias, tenho algumas questões a resolver com meus pais.

— Que bom. Tenho uma ideia. Que tal você ficar com meu primo Juarez em Curitiba, algum tempo, até se acertar? Eu posso escrever para ele...

— Sabe, ele até já me convidou quando nos encontramos nas férias do meio do ano — comentei. — Disse que as portas do seu apartamento me esperavam abertas. Se bem que ele sabia que seria muito difícil eu ir. Mas agora ele não pode recuar, não é mesmo? — brinquei a simular que o convite de Juarez o tinha lançado em uma canoa furada.

— Excelente, mas deixa comigo. Preciso mesmo lhe escrever, vou reforçar o pedido. Mas o mais importante e urgente é você enviar os seus documentos pedindo pra ele fazer sua inscrição no vestibular. Faça isso amanhã mesmo. Tem de se apressar, e torcer para dar tempo.

Expliquei a Loide que não poderia atender a essa providência, precisava me organizar. Contei da mudança em cima do caminhão parado na esquina e de nossa saída para a fazenda de meu avô. Falava tentando simular normalidade, não podia explicar a verdadeira situação. Conversava isso com ela e, ao mesmo tempo, vigiava de canto de olho os três homens curiosos, um pouco afastados, a observarem a cena.

— Tudo bem, entendo — Loide respondeu, soltando meu braço. — Eu pego seus dados e documentos no colégio e, amanhã mesmo, envio numa carta com postagem urgente. Digo ao Juarez que você pagará a inscrição quando chegar a Curitiba. Espero que dê tudo certo!

Nos despedimos com um abraço apertado e um duplo beijo nas faces. Já me afastava um pouco quando olhei para trás, ela sorria; emendei o passo caminhando em nuvens ao encontro da minha comitiva, levava comigo o perfume de minha querida professora.

Últimos tempos

Viajando dentro da noite, em pé ao lado do meu pai na carroceria, os faróis do caminhão a decifrar a estrada, o açoite da ventania de frente — brando nas curvas, mais forte nas grandes retas —, eu ia pensando nas voltas que a vida dá, e no poder da inesperada faísca do cheque na caixinha rasa, capaz de transmutar sonhos impossíveis em realidade; experimentava uma qualidade nova de felicidade, já sonhava com uma vida de estudante de engenharia em Curitiba. Se uma cigana, alguns dias antes, tivesse lido minha mão e dito que em breve eu ganharia uma boa soma de dinheiro e faria uma fabulosa viagem, teria me recusado a pagar a consulta.

Durante os restantes dias do mês de dezembro fiquei na fazenda me organizando para o grande salto e ajudando nas tarefas das lavouras do meu pai, só retornando a Santo Antônio da Platina no começo de janeiro. Ao desembarcar na rodoviária, deixei a mala grande e a mochila no depósito e saí em direção ao banco — eu trazia o pai em companhia, pois já tinha decidido deixar a metade do dinheiro com a família. Cheque descontado, retornamos apressados à rodoviária, pois o ônibus de volta do pai partiria em pouco tempo. Ao lado da plataforma de embarque, duas ou três lojinhas ofereciam suvenires e alimentos. Entramos numa pastelaria. Os pedidos foram idênticos: um pastel gigante acompanhado de um copo de caldo de cana. E naquele ambiente despojado, sem mesas ou cadeiras, encostados no balcão, devoramos as iguarias. Ah, saudades do pastel gigante daquele tempo! A arte e o capricho do cozinheiro no preparo do pastel: dentro da massa vinha um generoso pedaço de queijo minas curado e um ovo inteiro estalado. A massa fechada era levada ao tacho de óleo fervente, tudo preparado à vista do freguês: um verdadeiro almoço!

Depois fomos ao guichê e comprei uma passagem para Curitiba no único horário disponível, um pouco tarde da noite. O pai, sempre ao meu lado, observava os movimentos, em um misto de excitação e melancolia. Eu mal acomodava o bilhete no bolso, quando já nos precipitávamos em um abraço longo e apertado, pois o motorista do ônibus que o levaria de volta tomava posição e ligava o motor: "Se cuida, filho, e não esquece de escrever sempre para nós", me aconselhava com olhos úmidos, entrando no ônibus. Da poltrona da janela projetou o braço para fora e acenou, já com o carro se afastando, até sumir de vista.

Eu tinha um oceano de tempo pela frente e saí vagueando por ruas e lugares. Voltei à praça e sentei-me no banco predileto, trazia um livro e algumas folhas em branco que havia retirado da mochila. Depois de me entreter umas duas horas estudando assuntos de geometria descritiva, resolvi passar no colégio, em mais um ato de despedida. Estava parado na calçada defronte, admirando a conhecida fachada do prédio de dois andares, já com olhos de saudades, quando chegou o Naldo. Vinha buscar seu histórico escolar. Lancei a ideia de irmos antes à cantina saborear um sagu: uma afetuosa despedida da iguaria cor de vinho, tão apreciada em nossos recreios. Entre uma colherada e outra, Naldo me contou a notícia corrente: Loide tinha sido a líder da coleta de dinheiro do prêmio, junto aos outros professores.

Ao entrarmos no prédio principal, deixei Naldo seguir seu caminho em busca de seus documentos e fui procurar o professor Tanko em seu gabinete. O colégio estava quieto, duas ou três salas com poucos alunos em aulas de recuperação, os sons de meus sapatos no piso de mosaicos levantavam ecos nas paredes. Ao toque de nós dos dedos na porta, ouvi a senha: "Pode entrar". Os olhos do diretor dispararam em festa ao vislumbrar a inesperada visita. Levantou-se e veio ao meu encontro com os braços abertos, junto vieram a gravata-borboleta e o inconfundível sorriso largo debaixo dos bigodes densos. Ofereceu-me a cadeira defronte à mesa e voltou a ocupar a posição de diretor. Após os comentários sobre a bonita festa de formatura, e os meus renovados agradecimentos pelo prêmio, a conversa recaiu sobre a continuidade de meus estudos. Contei dos meus planos de estudar engenharia e bati a mão no bolso para contar da passagem de ônibus: "Tudo acertado, amanhã desembarco em Curitiba". Expunha meus planos e o diretor, em gestos com a cabeça e palavras em monossílabos, apoiava plenamente a decisão. De repente, levantou-se de um salto, como se uma agulha o espetasse na poltrona ou como se lembrasse, de última hora, de uma providência importante. Informou que estava saindo, e pediu que o acompanhasse até a sua casa: "Tenho umas coisas pra te passar".

Na região central de Santo Antônio tudo era perto; fomos caminhando pelas calçadas, ele andava rápido, em seu modo característico, e eu tive de acelerar para não perder o passo. A conversa seguia sempre alimentada com meus planos para Curitiba e os conselhos que ele ia me passando, baseado nas várias viagens que fizera à capital. Atravessamos a praça em diagonal, de afogadilho, as pontas do paletó do mestre voavam, eu seguia informando que estava sendo esperado pelo Juarez, que ficaria hospedado por algum tempo em seu apartamento, até me arrumar. Tanko fez comentários elogiosos ao Juarez, disse ser um bom pouso de chegada, junto a um amigo que também prestaria vestibular.

A residência do professor Tanko era no andar superior de um sobrado. No térreo estavam instalados a moradia e o estúdio de fotografia de seus pais — o Studio Tanko —, o principal da região, para fotos de batizado, casamento, formatura e venda de produtos do ramo: rolos para fotografias e inclusive máquinas fotográficas e seus acessórios. Para os padrões da cidade, era uma família de classe alta. Subimos uma escada por um acesso lateral — era a primeira vez que eu ia lá. Ele me deixou na sala, apontou uma poltrona confortável, pedia-me para esperar um pouco, ficasse à vontade, e se afastou ligeiro em direção ao corredor, entrando numa porta que deveria levar a um dos quartos. Os tacos de madeira do piso da ampla sala, límpidos e reluzentes, recendiam a cera recente. Nas paredes, quadros de família, aqueles quadros do tipo oval representando quase sempre casais: os avós, os pais. No canto esquerdo perto da janela dos fundos um aquário de peixes pequenos e vermelhos. Por alguns minutos fiquei enlevado com o conforto, a beleza e a paz silenciosa do ambiente. Em pé, eu admirava a calma dos peixes nadando quando o professor reapareceu. Trazia pendurados nos braços e nos ombros peças de roupa, as quais foi logo me entregando: "Agora é início de verão, época de calor, mas o inverno em Curitiba é de rachar. Bate fácil zero graus. Leve essas roupas de presente. São usadas, mas estão limpas e em bom estado".

Eram uma calça marrom de um tecido quente e um bonito paletó de veludo, tipo blazer, azul-celeste com riscas brancas miúdas. Não deixei de examinar a silhueta do diretor, ele não tinha engordado. Por que dispensava aquelas roupas tão novas? Sentia que a oferta vinha do coração, não era um descarte. Minha alma cantava de alegria, com a surpresa daqueles genuínos presentes de última hora. Enquanto eu admirava a roupa, ele se afastou para um outro cômodo e de lá voltou com uma sacola de papel, onde pude arrumar os presentes. Na despedida trocamos um abraço carinhoso e desci a escada. No último degrau, antes de sair para a rua, voltei o olhar para trás e lá estava meu professor Tanko, no alto, com um sorriso aberto. Levantou a mão e desejou naquela voz vibrante, inesquecível: "Felicidades em Curitiba. Arrasa nesse vestibular".

Saí assobiando pela rua, voltei ao banco da praça, o meu preferido, divaguei, sonhei, cumprimentei alguns passantes, os quais não podiam supor a grande aventura à minha espera. Depois, na rodoviária, experimentei as roupas no banheiro: o paletó caiu bem, parecia feito sob encomenda, a calça ficou um pouco larga na cintura (mas se ajustaria bem com uma cinta). A empatia com o blazer azul de sutis riscas brancas foi imediata, e mais tarde ganharia presença cativa na minha indumentária, nos muitos invernos curitibanos. Eu adorava aquele paletó leve e quente. E tantos anos transcorridos, às vezes remexendo recordações antigas, tento, sem sucesso, desencavar dos vãos de minha memória como teria terminado aquele querido paletó azul-celeste de tão terna recordação.

Desembarque do caipira

O ônibus roda soberano. Na estrada quase vazia apenas encontro de faróis, espécies de breves vaga-lumes ariscos cruzando na escuridão da noite. No bagageiro segue a mala grande e junto ao viajante, na poltrona ao lado, vai a mochila. Tinha comprado o assento da janela e deu sorte: a poltrona ao lado não foi ocupada. Com isso pode se expandir. Mas apesar do conforto extra, dissipado pelo estado de apreensão, pelo cuidado com a segurança do dinheiro no bolso interno da mochila, pela excitação de correr para o futuro, o sono lhe escapa. Muito asfalto ainda pela frente, compridas horas até o desembarque na rodoviária de Curitiba, previsto para o alvorecer das cinco horas. Na poltrona à sua frente um casal de jovens namorados dorme enroscado, o moço ronca levemente. A janela do ônibus enquadra um pedaço de céu de lua nova. Na profusão de pontos luminosos se destacam as estrelas alfa, beta, gama e delta desenhando os quatro pontos cardeais do Cruzeiro do Sul. E, entre elas, a intrometida épsilon, a ovelha negra, desafiando a simetria. A constelação se perde em uma volta grande da estrada, e o viajante entra num estado repetitivo de sonos curtos e vigílias breves, confusa disputa entre o corpo precisado de sono e a alma acesa remoendo emoções: as pernas tremendo na formatura, um incêndio na pradaria, o vento na carroceria do caminhão, o ronco abafado do motor do ônibus rasgando a solidão... os três mosqueteiros no cinema esperando em pé no canto, a plateia se dissipando, a caixinha, o presente que lhe abre o futuro... o abraço e o perfume de laranjeira...

Depois de mais de seis horas atravessando a noite, de duas paradas em lugares ermos da estrada para os passageiros irem ao banheiro, comerem algo e destravarem as pernas, eis que, com a claridade se impondo à madrugada, um caipira desembarca na rodoviária. Estica as pernas, estende os braços em boa espreguiçada, tem aos pés mala e mochila e, diante de si, Curitiba — metrópole a mais de novecentos metros de altitude e oitocentos mil habitantes. Vindo de longe, tropeando seus sonhos desde o ribeirão do Engano, ali está, sondando rumos, o caipira que nunca viu um semáforo, nem um prédio com mais de dois andares, e desconhece o mar.

O moço de tocos de barba despontando tem fome. Com a mochila aos ombros, arrastando a mala grande, anda alguns metros sem deixar a calçada de desembarque e entra no bar. O aroma é apetitoso, cheiro bom de café acabado de passar pelo coador de pano. Com olhos ávidos examina a pequena vitrine em cima do balcão e indaga ao atendente, num sotaque do interior:

— O que é que o senhor tem aí, de sal, pra comer?

O rapaz atrás do balcão, entre estupefato e divertido, estreita os olhos, enquadra a cara do caipira e dispara:

— Temos sal!

É o primeiro tranco do novato na cidade grande. Sem alternativa e com medo de ser zoado de novo, opta pelo simples:

— Quero um copo de café com leite, meio a meio, e um pão com manteiga na chapa.

Ao pedido, o atendente coloca a cabeça no guichê e grita para a cozinha:

— Saindo uma canoa na chapa e uma média!

Uma média, uma canoa! Assim o novato conquista as primeiras palavras de um novo vocabulário.

A marca FSC® é a garantia de que a madeira utilizada na fabricação do papel deste livro provém de florestas gerenciadas de maneira ambientalmente correta, socialmente justa e economicamente viável e de outras fontes de origem controlada.

Copyright *A arte de driblar destinos* © 2023 LeYa, S.A.
e Celso Costa

Todos os direitos reservados. Nenhuma parte desta obra pode ser reproduzida, arquivada ou transmitida de nenhuma forma ou por nenhum meio sem a permissão expressa e por escrito da Editora Fósforo.

DIRETORAS EDITORIAIS Fernanda Diamant e Rita Mattar
EDITORA Juliana de A. Rodrigues
ASSISTENTE EDITORIAL Cristiane Alves Avelar
PREPARAÇÃO Andressa Veronesi
REVISÃO Andrea Souzedo e Eduardo Russo
DIRETORA DE ARTE Julia Monteiro
CAPA Estúdio Arado
PROJETO GRÁFICO Alles Blau
EDITORAÇÃO ELETRÔNICA Página Viva

Dados Internacionais de Catalogação na Publicação (CIP)
(Câmara Brasileira do Livro, SP, Brasil)

Costa, Celso
   A arte de driblar destinos / Celso Costa. — São Paulo : Fósforo, 2024.

   ISBN: 978-65-6000-003-2

   1. Ficção brasileira I. Título.

23-187287   CDD — B869.3

Índice para catálogo sistemático:
1. Ficção : Literatura brasileira   B869.3

Eliane de Freitas Leite — Bibliotecária — CRB-8/8415

Editora Fósforo
Rua 24 de Maio, 270/276
10º andar, salas 1 e 2 — República
01041-001 — São Paulo, SP, Brasil
Tel: (11) 3224.2055
contato@fosforoeditora.com.br
www.fosforoeditora.com.br

Este livro foi composto em GT Alpina e
GT Flexa e impresso pela Ipsis em papel
Pólen Natural 80 g/m² da Suzano para a
Editora Fósforo em janeiro de 2024.